猎头游戏

HODEJEGERNE

［挪威］尤·奈斯博——著 陈荣彬——译

JO NESBØ
STANDALONE THRILLER

新 星 出 版 社 NEW STAR PRESS

HODEJEGERNE: Copyright © Jo Nesbø 2008
Published by agreement with Salomonsson Agency AB,
through The Grayhawk Agency Ltd.
本书译文由台湾漫游者文化授权简体中文版出版发行
著作版权合同登记号：01-2020-6870

图书在版编目（CIP）数据

猎头游戏 /（挪威）尤·奈斯博著；陈荣彬译 . -- 北京：新星出版社，2021.1
ISBN 978-7-5133-4207-0

Ⅰ.①猎… Ⅱ.①尤… ②陈… Ⅲ.①长篇小说—挪威—现代 Ⅳ.①I533.45

中国版本图书馆 CIP 数据核字（2020）第 206252 号

猎头游戏

[挪威] 尤·奈斯博 著；陈荣彬 译

监　　制：	吴文娟
策划编辑：	董　卉
责任编辑：	李文彧
特约编辑：	李甜甜
版权支持：	辛　艳　张雪珂
营销编辑：	闵　婕
封面设计：	利　锐
版式设计：	潘雪琴

出　　版：	新星出版社
出 版 人：	马汝军
社　　址：	北京市西城区车公庄大街丙 3 号楼　100044
网　　址：	www.newstarpress.com
电　　话：	010-88310888
传　　真：	010-65270449
法律顾问：	北京市岳成律师事务所

读者服务：	010-59320018
邮购地址：	北京市朝阳区融科望京中心 B 座　100102

印　　刷：	北京中科印刷有限公司
开　　本：	875mm×1270mm　1/32
印　　张：	7.5
字　　数：	192 千字
版　　次：	2021 年 1 月第一版　2021 年 1 月第一次印刷
书　　号：	ISBN 978-7-5133-4207-0
定　　价：	49.00 元

版权专有，侵权必究
如有质量问题，请致电质量监督电话：010-59096394

目录 CONTENTS

序曲   001

第一部
初次面试   003

第二部
中计   059

第三部
第二次面试   083

第四部
棋步   167

第五部
一个月后的最后面试   203

尾声   229

序曲

两辆车相撞只是最基本的物理学现象。一切完全取决于偶然，但能够解释这种偶然现象的，则是以下这个方程式：能量 × 时间 = 质量 × 速度差。给这些随机变量赋予数值，就可以得出一个简单、真实又残酷的故事。例如，它会告诉我们，一辆载满货物、时速八十公里、重二十五吨的重型卡车，撞上一辆重一千八百公斤、以相同时速行驶的轿车时，会发生什么。考虑到碰撞点、车体构造与两车相撞时的角度等因素，这个故事可能会衍生出好几个不同的版本。不过所有的版本都会有两个共同点：一、它们都是悲剧；二、下场比较惨的，都是那辆轿车。

此时四周静得出奇，我可以听见风吹过树梢以及河水流淌的声音。我的手臂麻木，整个人倒悬着，困在肉体与铁皮之间。在我的上方，血液与汽油不断从汽车地板往下滴。在我的下方，棋盘格纹天花板上，有一把指甲钳、一只断了的手臂、两具尸体，以及一个打开的旅行袋。白皇后不再完整，我是个杀人凶手，而车里没人有呼吸，连我也没有。我很快就会死去。闭上双眼，我就此放弃——放弃是一件多么美好的事。现在，我不想再等下去了，所以我急着要说出这个故事，说出这个有关两车的车体构造和相撞角度的故事。

第一部
初次面试

1 应征者

这个应征者看起来很害怕。

他浑身的行头都是在居纳尔·欧耶服饰店置办的：一套灰色杰尼亚西装、一件手工博雷里衬衫，还有一条带精子图案的酒红色领带——我猜是瑟瑞蒂牌的。不过，我很确定他的鞋子是菲拉格慕的手工皮鞋，我曾经也有一双。

从我面前的简历来看，这位应征者的经历非常出色：他毕业于卑尔根市的挪威经济与工商管理学院，在挪威的保守党议会工作过一段时间，后来又进入制造业，在一家中型企业担任总经理，四年任期内成绩卓著。

尽管如此，这位叫耶雷米亚斯·兰德尔的应征者还是很害怕，唇上的薄汗闪着点点的光亮。

他端起秘书摆在我俩面前的矮桌上的水杯。

我面露微笑说："我想要……"不是那种真诚无私的、邀请陌生人从寒冷的室外进屋坐一坐的微笑，那种笑容太随便了。我的微笑是那种彬彬有礼又略带暖意的微笑，据某些研究文献说，它可以展现面试官的专业、客观与善于分析。事实上，在应征者眼中，主考官不表露情绪会让人相信他们正直无私。上述文献还说，如此应征者就能提供较为审慎而客观的信息，因为主考官让他们觉得任何伪装都会被一眼看穿，任何的夸大都会露馅，耍诈更是会遭受惩罚。但我不是因为一篇文献才刻意挤出这种微笑的。我才懒得理什么文献，那只是各种专家不同程度的废话的集结。我唯一需要的，是英鲍、莱德与巴克利开发的九步审讯法。不对，我之所以有这种笑容是因为我真的既专业又客观，还善于分析。我是个猎头。干这一行没有多困难，但我可是最厉害的。

我又说了一次:"我想要……我想要你聊一聊你的生活,我是指工作以外的生活。"

"工作之外还有生活吗?"他的音调比正常高了一度半。而且,如果你在面试过程中说了一个冷笑话,就不该像他那样自己也笑出来,还同时观察对方是否抓到了笑点。

我说:"我当然希望答案是肯定的,"——此时他用清喉咙来掩饰笑声,"我相信,新任执行总裁能够兼顾工作与生活,对一家公司的经营来说是至关重要的。他们想要我的是能够在公司待上好几年的人,一个懂得调控自己速度的长跑选手,不是那种才四年就把自己弄得心力交瘁的家伙。"

耶雷米亚斯·兰德尔又吞了一大口水,同时对我点点头。

他的身高大概比我高十四厘米,年纪大我三岁。那就是三十八岁,他接这份工作有点太年轻了。而且他也知道这一点,所以把太阳穴旁的头发染成那种几乎难以辨识的灰色。不过有什么花招是我没见识过的呢?我见过有些应征者因为手掌容易出汗,就在外套的右侧口袋里装上一支粉笔,如此一来,跟我握手时才能让手掌尽量保持干燥白皙。兰德尔的喉咙发出一阵不由自主的咯咯声。我在面试的评估表上写下:有上进心,以解决问题为导向。

我说:"我看资料上写着你住在奥斯陆。"

他点头说:"斯凯恩。"

"你老婆叫作……"我翻阅着他的资料,装出一副好像不耐烦的样子,这种表情会让应征者们认为我希望他们主动回答。

"卡米拉。我们已经结婚十年了,有两个孩子,都在读小学。"

我没有抬头就直接开口问:"你会怎样描述你们的夫妻关系?"我多给了他两秒钟的时间,在他想清楚答案之前就继续问:"你觉得,如果你三分之二的清醒时间都在工作,你们的婚姻撑得了六年吗?"

我抬头盯着他。正如我所料,他一脸困惑,因为我的论调前后矛盾。一会儿要他平衡工作与生活,一会儿又要他全力投入工作,这说不通。过了四秒,他回答说:"我当然希望答案是肯定的。"他至少让我多等了一秒。

稳妥而老练的笑容。不过还没有老练到家——至少对我而言。他用我说的话来对付我,如果他真的有意讥讽,那我会给他加分。不幸的是,他只是无意识地模仿阶位更高的人的语言。我草草写下:自我认同度低。而且,他说的是"希望",而不是"知道"。他没有表达任何愿景,不是一个能够看透未来的人,不符合任何一个经理人需要满足的基本条件:必须表现出一副能洞察未来的样子。他不懂得随机应变,无法在混乱中引领企业突围。

"她有工作吗?"

"有,在市中心的一家律师事务所工作。"

"每天朝九晚四?"

"对。"

"如果孩子生病了,谁会留在家里?"

"她。但是,所幸尼克拉斯与安德斯很少……"

"所以,白天家里没有管家或其他人?"

他犹豫了。当应征者不知道哪一个答案让自己看起来比较厉害时,就会这样。不过,他们很少会说一些令人失望的谎话。耶雷米亚斯·兰德尔摇摇头。

"兰德尔,看来你把自己的身体状态保持得很好。"

"嗯,我有运动的习惯。"

这次他没有犹豫。谁都知道,没有哪家企业希望他们的高层主管刚上任就死于心脏病发。

"跑步跟越野滑雪吗?"

"对，我们全家人都爱户外活动。而且，我们在努勒峰有个小木屋。"

"嗯。也养狗？"

他摇摇头。

"没有？对狗过敏？"

他用力摇头。我写下：缺乏幽默感？

然后我往后靠在椅子里，双手指尖相抵。当然，这种姿态看来夸张又自大。有什么好说的呢？我就是这种人。"兰德尔，你觉得自己的声誉值多少？而你又愿意付出多少去捍卫它？"

此时他皱起已经在冒汗的额头，同时努力去想这个问题。过了两秒，他放弃了，问道："这是什么意思？"

我叹了一口气，好像这应该是个简单的问题一样。我环顾房间的各个角落，仿佛想要找出一样自己不曾拿来打比方的东西。然后，一如往常在墙上找到了它。

"兰德尔，你对艺术有兴趣吗？"

"一点点。至少，我老婆有兴趣。"

"我老婆也是。你看到墙上那幅画了吗？"我指着那幅高度超过两米、画在塑料材质上的《莎拉脱衣像》，画里那个女人身穿绿色短裙，交叉双臂，正要脱掉她的红色毛衣。"我老婆送的礼物，作者叫朱利安·奥培，价值二十五万克朗。你有什么价值差不多的作品吗？"

"说实话，我有。"

"恭喜你。你看得出那幅画价值几何吗？"

"如果我知道的话，我就看得出来。"

"对，如果你知道，你就看得出来。挂在那里的画由几条线构成，那个女人的头是个圆圈，一个没有面部的零，而且用色平淡无奇，缺乏层次感。此外，它是用电脑画出来的，只要按一个按键，就可以生成上百万份。"

"我的天哪！"

"让那幅画值二十五万的唯一——没错，我说唯一——原因就是画家的名气。那些说他很好的传言，市场相信他是个天才。我们很难明确地说出是什么构筑了一个天才，我们不可能确切知道这种事。兰德尔，对高级主管来说也是一样。"

"我明白。是声誉。是领导者能否散发出一种自信。"

我很快地写下：不是个笨蛋。

我继续说："完全正确，最重要的就是声誉了。不只是主管的薪水高低，还有公司在股市上的价值。你手上那幅画作是什么？它价值多少钱呢？"

"那是一幅爱德华·蒙克的版画，叫《胸针》。我不知道它值多少钱，但是……"

我挥挥手，不耐烦地要他继续讲下去。

他说："它最后一次被拿到拍卖会的时候，被竞拍到了大概三十五万克朗。"

"为了防止这件宝贝被窃，你采取了什么措施呢？"

"我家装了非常厉害的防盗系统，是三城公司的。我们家那一带的人都用这家。"

我说："三城公司的防盗系统很好，不过也贵。我自己也用三城，一年大概要八千克朗。为了保护你个人的声誉，你做了什么投入？"

"什么意思？"

"两万？一万？还是更少？"

他耸耸肩。

我说："一毛也没有。从简历与职业生涯看来，你这个人的价值比你刚刚提到的那幅版画还要高十倍，我是指一年的价值。不过，没有人守护你的价值，没有人帮你管理声誉，因为你觉得没有必要。你觉得你领导的那家公司获得的成功足以说明你的价值,是不是?"

兰德尔没有答话。

"嗯……"我身体前倾,压低嗓子,好像要透露一个秘密似的,"这是不对的。你的成就跟奥培的那些画作一样,只是一些线和圆圈,都没有脸。画作本身什么也不是,声誉才是关键。而那就是我可以提供给你的。"

"声誉?"

"坐在我面前要应征这份高层主管工作的,连你一共有六个人。我不认为你有机会得到这份工作,因为,你缺乏这个职位所需要的声誉。"

他撇撇嘴,好像在抗议。不过,他没说什么。我用力往椅背上靠,椅子发出尖锐的声响。

"我的天哪,老兄,你居然来应征工作!你的策略应该是暗地里造势,让我们注意到你,而在我们联系你时,假装什么也没做过。一流的人才得等着被猎头公司盯上,而不是自己送上门等着被砍掉头,然后被大卸八块。"

我看出这番话达到了我想要的效果。他慌了。我用的不是常规的面试套路,也并非库特测试、DISC 个性测验,或其他那些愚蠢又无用的性格测试——设计出那种东西的团队都是由各种两耳不闻窗外事的心理学家与草包人力资源专家组成的。我再次把声音压低。

"我希望今天下午你告诉你老婆这个消息时,她不会太过失望。到时候她会知道你错过了这个梦寐以求的工作,知道你今年在事业上又处于待定状态,就像去年一样……"

他突然靠向椅背,睁大眼睛。当然了,因为他所面对的可是罗格·布朗,当前猎头行业中最璀璨的明星。

"去……去年?"

"嗯,我说错了吗?你不是也应征了丹亚食品的高层主管工作?就是生产蛋黄酱与肝酱的那家公司。那不是你吗？"

耶雷米亚斯·兰德尔沉声说："就我所知，他们应该把这种事列为机密才对。"

"没错。但是，因为职责所在，我必须善用所有资源。这就是我的工作，用尽一切手段。兰德尔，像你这种地位的人还去应征那些不会被录用的工作，实在太蠢了。"

"我这种地位？"

"依你的条件、你的经历、我刚刚对你做的测试，以及我个人的印象，我知道你是够格的。你唯一欠缺的就是声誉。要想建立声誉，最重要的就是有独一性。像你这样随意应征工作，独一性会荡然无存。你这种高层主管不该只是接受挑战，而是要接受唯一的挑战——独一无二的工作。而且那工作该是别人主动双手奉上的。"

"会有那种事吗？"他说话时又想要露出那种无所畏惧的歪嘴笑容，但是这次笑不出来了。

"我希望你能加入我们。你不能再去应征其他工作，如果有其他猎头公司与你接触，开出诱人的条件，你也不能接受。跟我们一起，成为一个独一无二的人。我们会帮你建立声誉，然后好好维护它。就像你找三城公司保护你的家一样，就找我们保护你的声誉吧。不出两年，你一定可以带着好消息回家找你老婆，而且会是一份比我们今天说到的好得多的工作。这是我对你的承诺。"

耶雷米亚斯·兰德尔用大拇指与食指摩挲着他那胡子刮得一干二净的下巴，然后说："嗯，这一次面试的结果跟我原先想象的截然不同。"

挫折使他冷静了些。我把身体往前倾，张开双臂，高举手掌，直视他的双眼。有研究表明，面试时留下的第一印象有百分之七十八来自肢体语言，而所说的话只占百分之八。其余的要素则包括你的衣着、是否有狐臭或口臭，还有你在墙上挂的东西。我的肢体语言很棒,此刻我的姿势传达出一种敞开心胸、愿意信任的信息。终于,在我的力邀之下,他加入了我们。

"听我说,兰德尔,这家公司的董事长与财务主管明天要来这里跟其中一位应征者见面,我希望他们也能见见你。十二点钟方便吗?"

"好。"他没查看任何行程就回答。我已经比较喜欢他了。

"我希望你听听他们说些什么,然后你可以很有礼貌地解释一下你为什么不再对这份工作感兴趣了,告诉他们这不是你目前正在寻找的挑战,然后祝他们一切顺利。"

耶雷米亚斯·兰德尔歪着头说:"如果像那样退出,会不会被当成一个随便的家伙?"

我说:"你将被视为一个有野心的人。他们会认为你很清楚自己的价值,并且能做出他人无法取代的贡献。我们就从这里开始我们的故事,也就是我们刚刚所说的……"我又挥挥手。

他微笑说:"建立声誉?"

"建立声誉。我们达成共识了吗?"

"在两年内?"

"我可以保证。"

"你怎么保证?"

我写下:很快地转守为攻。

"我会推荐你坐上目前我正在谈的一个位子。"

"那又怎样?做决定的人可不是你。"

我眯着眼睛。我老婆狄安娜曾说,这种表情会让她想起一只慵懒的狮子,一个心满意足的君王与主人。我喜欢这种说法。

"兰德尔,我的推荐就是客户的决定。"

"什么意思?"

"正如你再也不会去应征自己没有把握获得的工作,如果我没有把握让客户接受,我也绝对不会推荐。"

"真的?从来没有过?"

"这是大家都知道的。除非我百分之百确定客户会接受我的推荐,否则我不会推荐任何人,我宁可让这份工作落到竞争者手上。就算我有三个很厉害的人选,而且已经有九成把握,我也不会。"

"为什么?"

我微笑说:"答案一样——声誉。那是我整个事业的基础。"

兰德尔笑了出来,摇头说:"布朗,大家都说你是个狠角色,现在我知道是什么意思了。"

我又露出微笑,然后站起来说:"现在呢,我建议你回家跟你那美丽的老婆说,你打算拒绝这份工作,因为你已经决定着眼更高阶的职务。我猜你一定能度过一个美妙的夜晚。"

"布朗,你为什么要帮我?"

"因为,你的雇主付给我的佣金会是你第一年年薪总额的三分之一。你知道吗,伦勃朗曾去拍卖会会场为自己的画举牌出价?我只要稍稍帮你建立一些声誉,就能以五百万的价格把你卖掉,那我为什么要选择现在用两百万卖掉你?我们对你的唯一要求就是你必须接受我们的安排,一言为定?"我伸出手。

他热情地握住我的手说:"布朗,我觉得这次谈话必定让我获益良多。"

我说:"我同意。"同时提醒自己,在让他与那个客户见面之前,要教他一两招握手的秘诀。

耶雷米亚斯·兰德尔一离开,费迪南就溜进了我的办公室。

"哎哟!"他皱眉瘪嘴,用手在鼻子前扇一扇,接着说,"香水伪装法啊？"

我一边点头，一边把窗户打开，让新鲜空气流进来。费迪南的意思是，刚刚那个应征者知道自己会紧张到流汗，所以企图用须后水来掩饰弥漫在整个会面室里的汗味，但未免也喷得太多了。

我说："不过，至少他用的牌子是克莱夫·克里斯蒂安，是老婆帮他买的，他的西装、皮鞋、衬衫和领带都是。还有，把太阳穴旁的头发染成灰白色，也是她的主意。"

"你怎么知道？"费迪南在兰德尔坐过的椅子上坐下，但是一感觉到兰德尔带着湿黏的余温就立马跳了起来，一脸嫌恶的神情。

我回答道："我一按下'老婆钮'他就立刻面色惨白。我说如果他跟他老婆说这工作没戏，他老婆得多么失望啊。"

"居然把老婆比喻成按钮！罗格，你是怎么想到这种说法的？"费迪南已经在另外一张椅子上坐下，双脚摆在一张几可乱真的仿野口勇①茶几上。他拿起一个橘子剥开，橘子喷溅出一串几乎看不见的汁液，全都洒在他上身那件新烫好的衬衫上。真不知道怎么会有费迪南这么粗心的同性恋？而一个同性恋居然会来当猎头，这也令人匪夷所思。

我说："英鲍、莱德与巴克利。"

费迪南说："你以前提过那种面试方法，但它到底是什么？比库特设计的问题还厉害吗？"

我笑着说："那是 FBI 采用的九步审讯程序。跟其他薄弱的手法相比，它的火力简直像机关枪一样猛，可以把干草堆轰出一个大洞，杀无赦，而且能很快问出具体的结果。"

---

① 拥有国际声望的雕塑艺术家，对今日的公共花园和景观雕塑有很大的影响。本书注释如无特殊说明，均为编者注。

"那么,你问出的结果是什么,罗格?"

我知道费迪南想要套什么话,但是我不介意。他想知道我为什么这么厉害,而他——至少就目前而言,为什么是个二流角色。我让他得偿所愿。因为知识是用来与人共享的,这是不能改变的规则。同时也因为他永远都不可能比我厉害。他永远都会像这样,在我面前出现时把衬衫弄得满是柑橘汁,永远都在思考别人是不是有什么绝招,有什么比他更棒的手法或秘诀。

我回答道:"让他们服服帖帖,向你招供,说出真相。只要遵循一些简单的原则就可以了。"

"例如?"

"例如开始时先问一些关于家人的事。"

费迪南说:"呸,我也是这么做啊!如果他们能谈论一些熟悉而亲近的事物,就会感到安心。还有,这能让他们敞开心扉。"

"完全正确。但这也能帮你刺探他们的弱点——他们的阿喀琉斯之踵①。那都是稍后在你的审讯过程中能派上用场的东西。"

"嘿,多么妙的术语啊!"

"稍后在审讯过程中你一定会问到什么让杀人犯如此痛苦,发生了什么事,问到他背负的那一桩谋杀案,为何他感到孤独、被所有人离弃,为何他要有所隐瞒,到时候你一定要在桌子上摆一卷厨房用纸,而且要刚好摆在他拿不到的地方。"

"为什么?"

"因为你已经很自然地进入了审讯的重头戏,该是你按下情绪按钮的时刻了。你必须问他,如果他的孩子发现自己的爸爸是个杀人凶手,会有什么想法?然后,等到他热泪盈眶的时候,你就把纸巾递给他。你必须扮

---

① 意为致命的弱点或薄弱环节。

演一个能体谅他、想帮助他的角色，让他能对你坦承所有不好的事情，让他说出刚刚发生的那桩谋杀案有多么愚蠢，好像这一切都是他自愿透露的。"

"谋杀案？你在鬼扯什么？难道我们不是在招募人才吗？我们可不是要让他们招认自己犯下了谋杀罪。"

"但我是，"我拿起办公椅上的外套，接着说，"这就是为什么我能成为奥斯陆最顶尖的猎头。顺便跟你说一声，我已经安排好了，由你在明天十二点向客户介绍兰德尔。"

"我？"

出门后我沿着走廊一直走，费迪南在我身后追着我，我们俩走过另外二十五间办公室——阿尔发公司就这么大而已。我们是一家中型猎头公司，过去十五年来勉强维持营运，年收入在一千五百万到两千万克朗之间，扣除那一点付给我们这些好手的微薄奖金，其他都进了远在斯德哥尔摩的老板的口袋。

"很简单的。所有的信息都在档案里。没问题吧？"

费迪南说："没问题。我只有一个条件。"

"条件？这可是我在帮你。"

"你老婆今晚要在画廊办的那个私人赏画会……"

"怎么了？"

"我可以去吗？"

"你受邀了吗？"

"这就是重点。我有吗？"

"我想没有。"

费迪南突然停了下来，就此离开了我的视线。我继续往前走，心里很清楚他一定还站在那里，双臂垂在身体两侧，目送我离开，心想自己再度错失良机，无法高举香槟酒杯，与拥有喷气式飞机的奥斯陆富豪、宴会名媛以及名流显贵一起畅饮。就算狄安娜的赏画会再怎么光鲜亮丽，他也没办法沾一点光，没办法接触到那些有潜力的应征者、床伴，或是能同我们有其他罪恶交集的人。可怜的家伙。

接待处的女孩说："罗格？你有两通电话，一通是……"

我没有停下脚步，只是对她说："欧达，现在不是时候。我要出去四十五分钟，不要帮任何人留话给我。"

"但是……"

"如果有要紧的事，他们会再打过来的。"

欧达是个很漂亮的女孩，但是她还有一些要学习的地方。不过她到底是叫欧达，还是伊达来着？

2　服务业

　　秋日空气里的汽车尾气带着一股浓烈的盐味,让人想起大海、原油开采以及国民生产总值。耀眼的阳光斜射在办公室大楼的玻璃上,在一片工业区的旧址上形成一个个鲜明的矩形阴影。如今这片土地已经变成都市区,充满了要价过高的商店、租金昂贵的公寓与办公室,里面坐着收费过高的顾问。从我站的地方可以看见三家健身中心,每一家从早到晚的所有时段都已经被人预订了。一个年轻人与我打照面时毕恭毕敬地跟我打招呼,我也优雅地点点头——他身穿克莱利亚尼西装,戴着极客范的眼镜,不过我还真不知道他是谁,只能假设他是另一家猎头公司的员工。也许是爱德华·W.凯利公司?会那样恭敬地跟猎头顾问打招呼的,只有同行。说得更准确一点:除了猎头顾问,没有人会跟我打招呼——其他人都不知道我是谁。一来,当我不跟我老婆狄安娜在一起时,我的社交圈实在非常小。二来,我们公司跟爱德华·W.凯利一样,只跟精英来往,避免自己成为媒体的焦点,直到某一天你有资格应征全国最顶尖的工作了,你才会接到电话,从话筒的另一头听见我们的名字:阿尔发公司。你心想:我什么时候听到过这个名字?是在某个新任地区负责人的任命会议上吗?所以说,到头来你还是早就听过我们的名字了,但你对我们一无所知。因为,谨慎是这一行的最高守则,也是唯一的守则。当然,从头到尾我们最主要的工作就是说谎——最卑鄙的那种谎言,例如,我总是会以惯用的一套说辞来结束第二次面试:
　　"你就是我为这份工作选中的人。我不但认为,也知道你是完美的人选,所以这对你而言也是一份完美的工作。相信我。"

嗯，好吧，你不该相信我。

没错，我想应该是爱德华·W. 凯利，或者阿姆罗普。从那一身西装看来，他工作的地方肯定不是那种承接各种大小案子、一点也不酷的大型猎头公司，像是万宝盛华人力银行或者德科人事顾问公司。也不是那种只接大案子的顶尖公司，像是霍普兰之类的，否则我就会认识他。他当然有可能是来自智瑞或者德尔菲等还算不错的大公司，或者是那些名不见经传、一点也不厉害的小公司，通常只负责招募中层主管，难得有机会与我们这些人竞争。竞争了也只会是输家，只能继续帮人招募一些店长与财务主管，然后每次见到我们时都毕恭毕敬地跟我们打招呼，一心期盼着某天我们会想起他们，给他们提供一个工作机会。

猎头顾问是一个没有正式排名的行业：不像有人会针对股票经纪人的表现进行调查，也不像电视或者广告行业会举办年度风云人物的颁奖典礼。但是我们都心知肚明。我们知道谁是这一行的王者，谁是挑战者，还有谁开始走下坡路了。我们总是静悄悄地获得成就，同样会是在一片死寂中输得永远无法翻身。但是，刚刚跟我打招呼的家伙知道我是罗格·布朗——只要是我提报的人选，最后百分之百会获得工作。罗格·布朗会在必要时操纵、强迫、撬动，把候选人塞进去。罗格·布朗深得客户们的信任，他们会毫不犹豫地把公司的命运交到他手中，而且只交到他手中。换句话说，去年奥斯陆港务局任命交通部主管时，做决定的不是港务局自己，还有安飞士租车公司任命北欧区主管、西尔达尔当地政府任命发电厂厂长时，做决定的也都不是他们自己，而是我。

我决定在心里记下这家伙。漂亮的西装，知道如何对适当的人表达敬意。

我在纳维森便利店旁的电话亭拨电话给奥韦，同时查看我的手机。八个信息。我把它们都删掉。

奥韦接起电话后，我说："我们有一个人选了，摩诺利特文公司的耶雷米亚斯·兰德尔。"

"还用我再确认一下吗？"

"不用，你那边有他的资料了。他已经获选参加明天的第二轮面试，从十二点到两点。给我一个小时。知道吗？"

"嗯。还有别的事吗？"

"钥匙。二十分钟后在'寿司与咖啡'见？"

"三十分钟吧。"

我沿着鹅卵石铺成的街道走向"寿司与咖啡"餐厅。他们为什么会选择这样一个会发出更多噪声，制造更多污染，花费还比柏油路高的路面？可能是想要走田园风的路线，能营造一种传统、长久且实在的感觉吧。总之，比这个伪社区要实在多了。曾几何时，社区是由工人额头上的汗水创造出来的地方，是他们在熊熊烈火发出的哗哗声中与榔头的阵阵捶打下生产出的产品。而如今这种社区到处回响着咖啡机的嗡鸣声与健身中心里金属撞击的铿铿声。这是服务业的胜利，它战胜了工厂的工人，对设计的要求战胜了对住房短缺的忧虑，而虚构则战胜了事实。我喜欢这结果。

"寿司与咖啡"对面珠宝店的橱窗里，一对钻石耳环吸引了我的目光。我看着耳环，心想：在它们的映衬下，狄安娜的耳朵该是多么完美啊！不过，这对我的财务状况会是个灾难。我打消了这个念头，穿过街道进入那个名义上在卖寿司、实际上只会给人吃死鱼的地方。不过，那里的咖啡倒是无可挑剔。餐厅里的座位半满，到处可见一个个淡金发色、身形苗条的女郎，身上还穿着健身时的服装，因为她们不想在健身中心里冲澡，跟其他人赤裸相见。从某方面来讲，这是很奇怪的：既然已经花了那么多钱雕塑自己的身形（这正是虚构的胜利），为什么还不愿意给人看呢？她们可以说都是服务业的一员，而服务的对象是那些有钱的丈夫。如果说她们都是些没什么文化的人,自然另当别论。但事实上,这些女人都曾在大学主修法律、信息科技与艺术史等科目,给自己的美貌加分,而在接受挪威纳税人的数年资助后①,她们摇身一变,成为大材小用的居家玩物,坐在这里分享如何持续取悦那些上了年纪的有钱老公,让他们保持适度的忌妒与警觉,最后再用孩子把丈夫绑住。当然,有了孩子之后,整个局势便改变了,强弱就此逆转,男人形同被阉割,被牵绊住了。孩子啊……

我坐在吧台前的一张高凳上:"双份浓缩的可塔朵咖啡。"

我看着那些女人在镜中的身影,心里很满意。我是个幸运的男人,跟这些看似时髦、脑袋里却空无一物的寄生虫相比,狄安娜是如此与众不同。她拥有我所欠缺的一切:关爱他人的天性、同理心、忠诚、高挑的身材。总而言之,她是个内心跟外在一样美好的人。不过,她的美并非最完美的那种,因为她的比例太特别了。狄安娜看起来就像是从漫画里走出来的、仿佛娃娃似的日本卡通人物。她的小脸上长着一张又小又薄的嘴,她的鼻子也小,一双大眼充满了好奇,当她累的时候眼睛容易鼓起。但在我看来,她之所以有一种出众而惊人的美,就是因为这些特别之处。所以说,她到底为什么会选择我?我是个司机之子,大学学的是经济,资质只比平均值高一点,当年的就业前景比平均值低一点,还有远远不及平均值的身高。如果在五十年前,没有人会说身高一米六八的人是"矮子",至少在欧洲的大部分地区是如此。而且,从人体测量学的历史上讲,你会发现在一百年前,挪威人的平均身高就是一米六八。然而,经过一番演变后,局势早已变得对我不利。

因为一时的疯狂而选择我是一回事,让我不解的另一回事是:像狄安娜这种绝对可以得到任何男人的女人怎么可能忍受每天醒来时都会看见

---

① 挪威大学是不收学费的。——译者注

我？她到底为什么会盲目到看不出我生性可鄙而奸诈，遇到逆境就会变得懦弱，遇到鲁莽而邪恶之人也会跟着变得鲁莽而邪恶？是她选择不看这些吗？还是因为我足够奸诈，且手法高明，才让真实的我得以藏匿于爱情制造的盲区？当然，到目前为止我唯一拒绝过她的只有生孩子的请求。我到底为什么能制住这个住在人类躯壳里的天使？狄安娜自己说，我们俩第一次见面时她就被我的矛盾性格所吸引：傲慢无比之余也妄自菲薄。

当时我们在伦敦，都参加了一个专为北欧学生举办的晚会，我对狄安娜的第一印象就像对所有坐在这里的女人一样：一个来自奥斯陆的金发北欧美女，在那个国际都会里研读艺术史，偶尔打一些当模特的零工，反战也反贫穷，喜欢宴会与其他一切有趣的事物。过了三个小时，喝掉六品脱健力士啤酒以后，我才发现我错了。首先，她对艺术的确有一股热忱，可以说是深有研究。其次，她清楚地向我阐明西方资本主义戕害了许多不想与资本主义有所瓜葛的人，而令她备感挫败的是，她自己也是这体制的一部分。狄安娜还跟我解释，就算工业化国家一直以来都持续对第三世界国家进行援助，但它们进行的剥削更多。第三点是，她懂我的幽默——没有这种幽默感，我这种男人绝对追不到身高一米七以上的女人。而第四点，无疑就是这一点帮了我大忙：她的语言表达能力不强，但是逻辑思维很好。说得委婉一点，她的英文说得不太顺溜，当时她还微笑着对我说，她从没想过要学法文或西班牙文。然后我问她是否有一颗跟男人一样的脑袋，并且喜欢数学。她只是耸耸肩，但是我坚称她一定是那样，接着告诉她，微软公司在招聘面试时，总是会拿某个逻辑问题来考应征者。

"重点在于，一方面要看出应征者能否解答，另一方面也是测试他们应对挑战的能力。"

她说："那你问吧。"

"质数……"

"等一下！什么是质数？"

"不能被自己与 1 以外的任何数字整除的数字。"

"哦，我知道了。"她还没像其他女人一样，一说到数字的话题就敬而远之，于是我继续说下去。

"质数通常是连续的两个奇数，像 11 与 13，29 与 31。懂吗？"

"懂。"

"有连续三个奇数都是质数的例子吗？"

她说："当然没有。"然后把啤酒杯举到嘴边。

"哦？为什么没有？"

"你以为我是笨蛋啊？在连续的五个数字里，其中必定有一个是可以被 3 除尽的。继续说。"

"继续说？"

"嗯，你打算问的逻辑问题是什么？"她喝了一大口啤酒，用一种充满期待的好奇眼神看着我。在微软公司的面试里，应征者有三分钟的时间去想证明方法，但她却用三秒钟就办到了。平均来讲，每一百个人里面只有五个人能办到。我想，我就是在那一刻爱上了她。至少我在我的餐巾上很快地写下：录取了。

于是我知道一定要让她在我们俩还坐着的时候爱上我，因为只要一站起来，魔咒就会打破，所以我一直跟她讲话，讲个不停，讲得让自己好像有一米八五那么高——我很能讲。但是，就在我讲得正起劲时，她打断了我的话。

"你喜欢足球吗？"

我有点惊讶地问道："你……你呢？"

"英联明天有比赛，QPR① 要出战阿森纳。有兴趣吗？"

---

① 女王公园巡游者队（Queens Park Rangers）的缩写，主场就是洛夫图斯路球场。
　　——译者注

我说:"当然有。"不用说,我的意思是对她有兴趣,我对足球压根儿就没兴趣。

到洛夫图斯路球场看球时,伦敦正浸在一片秋雾里,她戴着一条蓝白相间的条纹丝巾,把嗓子喊到嘶哑,但她支持的 QPR 终究是一支可怜的小球队,难逃被阿森纳重击的命运。我只顾着端详她那洋溢着热情的迷人脸庞,至于那一场球赛,我唯一记得的就是阿森纳穿着很炫的红白相间的球衣,而 QPR 的球服则是白底加上蓝色横纹,把球员搞得活像一根根会移动的棒棒糖。

中场休息时我问她:为什么不支持像阿森纳那种战绩辉煌的劲旅,而选择 QPR 这种跑龙套一样的好笑球队?

她回答说:"因为他们需要我。"一字不差,她真的说:他们需要我。我感受到这句话中藏着我捉摸不透的智慧。然后她又发出她特有的那种咯咯娇笑,把塑料杯里的啤酒喝光,接着说:"他们就像一个个无助的小婴儿。你看看,他们真可爱。"

我说:"穿着婴儿服。所以,'让小孩子到我这里来'①是你的座右铭吗?"

她的回答是:"嗯……"然后把头转过来,低头看我,带着灿烂的笑容说,"有可能会变成那样哦。"

然后我们俩都笑了,肆无忌惮地大声笑着。

我忘了球赛的结果,不过我记得球赛的成果:我送她回牧羊人丛林区,在那幢管理严格的砖造女生宿舍外接吻。在那之后,我度过了一个毫无睡意、寂寞难耐、满脑子胡思乱想的夜晚。

十天后,我在闪烁的微光中看着她,光源是她床边桌上那根被塞进酒

---

① 此句引自《圣经·马太福音》,19:14。——译者注

瓶的蜡烛。那是我们的初夜，她闭上双眼，前额的血管凸出，在我频频用力之际，脸上呈现出一种夹杂着狂热与痛苦的表情——她眼睁睁看着QPR输掉英联杯赛事而被淘汰时，脸上也出现过同样的狂热神情。完事之后她说她喜欢我的头发，在那之前不知有多少人这样赞美过我，但同样的话从她嘴巴里冒出来，我就觉得好像第一次听到似的。

六个月后，我跟她说，尽管我爸在外交部工作，但他并不是外交官。

当时她只是重复我说的话："他是个司机，"然后用双手捧住我的脸，亲吻我，"那么他可以借来大使的豪华轿车，在婚礼后载我们离开教堂喽？"

我没回答，但是那年春天我们在伦敦汉默史密斯的圣帕特里克教堂办了一个全无排场，却很动人的婚礼。没有排场，是因为我费尽唇舌说服狄安娜接受一个没有亲友观礼的婚礼。没有父亲牵着，只有我们俩——一个简单而纯真的婚礼。婚礼的动人全因有狄安娜在场：她的光芒可以与日月争辉。结果，就在我们举行婚礼的那个下午，QPR也晋级了，我们乘出租车回到她位于牧羊人丛林的宿舍时，沿途飘扬着像棒棒糖包装纸的旗帜与标志，庆祝队伍喜气洋洋，四处都洋溢着欢欣愉快的气息。直到我们回到奥斯陆，狄安娜才第一次跟我提想要生孩子的事。

我看了看手表，奥韦应该快到了。我抬头看着吧台上方的镜子，跟其中一个金发女郎四目相对。我们对看了一会儿，那时间刚好足够我们俩误会对方有所企图。她看起来有一种A片明星的风韵，是整形医生的杰作。我对她没有企图，所以把目光移开。事实上，我唯一一次出轨就是从这种情况发展出来的：与别人对看了太久。我们在画廊偶遇，然后相约到"寿司与咖啡"，接着就在艾勒松特街的一个小公寓发生了关系。不过，如今洛蒂早已是一段过眼云烟了，而且我再也不会让这种事发生。我的目光在餐厅里飘来飘去，然后停了下来。

奥韦正坐在前门边的一张桌子旁。

表面上看来，他正在阅读一份叫《经济日报》的财经类报纸。这实在是很好笑，奥韦·奇克鲁不只是对股票走势与所谓社会上发生的大部分事情没兴趣，他可以说几乎没有任何阅读能力，或写作能力。我还记得当时他应征保安主管的申请书：里面的拼写错误多到令我爆出大笑。

我滑下凳子，走向他那一桌。他把《经济日报》折起来，而我朝着报纸的方向点点头。他脸上露出一闪而过的微笑，意思是他已经看完了。我一语不发地把报纸拿走，走回我在吧台前的位子。一分钟后，我听见前门打开又关上的声音，当我再次瞥向镜子时，奥韦·奇克鲁已经不见了。我把报纸翻到股票那几页，小心地把他藏在报纸里的钥匙握在手里，然后把它放进外套口袋。

等到我回到办公室时，发现手机里有六条信息。我连看都没看就把其余五条删掉，打开狄安娜发给我的那一条。

别忘了今晚的赏画会，亲爱的。你可是我的吉祥物。

她还特别在文字之后加了一个戴着太阳镜的黄色笑脸——用她的普拉达手机，那是今年夏天我送给她的三十二岁生日礼物，有很多特别的功能。她打开礼物的时候说："这就是我最想要的！"但我们俩都知道她最想要的是什么，而且我并不打算给她。不过她还是撒了谎，然后亲亲我。对于女人，你还能有更多要求吗？

3 私人赏画会

一米六八。我才不需要那些脑残心理学家的安慰，说什么补偿心理能造就我的成功，矮小的身材能督促我努力向上。他们说这世界上有许多艺术作品是矮子创造出来的，数量多得惊人。矮子有本事征服帝国，提出最了不起的思想，把最漂亮的电影明星弄上床；简而言之，他们总在寻找着最好看的"增高鞋"。许多白痴发现有些盲人是杰出的音乐家，某些自闭症患者能够用心算开根号，就得出结论：所有的残疾背后其实都隐藏着天赋。首先，我要说这实在是一派胡言。其次，尽管我不高，但也不是个侏儒，只是比平均身高稍矮而已。第三，不管是在哪个国家的公司，高于该国平均身高的高管都占百分之七十以上。而且，根据调查结果显示，身高与智力、收入、人气等都是成正相关的。当我要提名某人为业界高管时，身高往往是我最看重的标准之一。长得高才会令人尊敬与信任，身高是一种权威。高个子总是非常突出，他们没有地方可以躲，他们是主宰者，身高掩饰了他们的所有缺陷，他们一定得挺起自己的身子，让人看重。矮子则总是很低调，他们总是有秘密的计划，一些因为他们是矮子而想要去做的事。

当然，这些都是废话，不过我会推荐的绝对不是最棒的人选，而是我的客户一定会雇用的人选。我找的人一定都会是客户们喜欢的身材，而且头脑过关。他们看不出谁的头脑比较好，但是一定看得出谁的身材比较好。就像那些出现在狄安娜的赏画会里的、有几个臭钱的所谓"艺术鉴赏家"，他们没办法品评画作，但是看得懂画家的签名。这世界上有许多人愿意花大把钞票购买艺术名家的糟糕作品，就像有许多人肯用高薪聘请才智平庸的高个子。

我开着那辆崭新的沃尔沃 S80，绕过弯道，往上爬升，目的地是我们那座位于霍尔门科伦、买得有点贵的漂亮新家。我会买下它，是因为房产经纪带着我们四处参观时，狄安娜的脸上又出现那种狂热而痛苦的表情，我们缠绵欢爱时总会浮现在她额头上的那根血管变成了蓝色，在她那双杏眼上方跳动着。她举起右手，把一缕短短的麦色秀发别到右耳后面，好像是为了更仔细地聆听，以免眼睛骗了自己，骗她说这就是她梦寐以求的房子。她根本不需要开口，我知道这房子的确是。当房产经纪说已经有人出了比当前要价还要高一百五十万的价钱时，她眼中的光芒突然暗了下去。我知道，我必须为她买下这房子，在说服她打消生孩子的念头后，这是唯一可以用来补偿她的东西。我已经不太记得自己举出了哪些理由说服她去堕胎，因为没有一个理由是真话。而真话是，虽然我们有三百二十平方米的超大空间，却没有孩子的容身之处。也就是说，我跟孩子不可能共处。因为我了解狄安娜，与我相反，她非常执着于一夫一妻制。而小孩从诞生那天开始就会被我讨厌。所以，我给了她一个新生活——一所新房，还有一家画廊。

我把车转进新家的车道。隔着一大段距离，车库的门就已经感应到了我的车，自动开启。豪华轿车滑进冷冽阴暗的车库，当门在我身后滑下时，引擎也被我关掉了。我从车库的边门走出去，沿着石板路往屋子里走。那是一栋建于一九三七年的壮观建筑，设计者是功能主义建筑师奥韦·班恩，在他看来，花多少钱不是问题，重点是美观——在这方面他跟狄安娜可以说是声气相投。

我常想我们应该把这房子卖掉，搬到小一点、普通一点、实际一点的地方。但每次像现在这样回到家时，西沉的太阳清晰地勾勒出建筑的轮廓，光线与阴影形成奇妙的对比，屋后矗立着一片火红的秋日森林，我就知道自己不可能忍心卖掉它。我知道我无法停止付出。因为我爱她，所以也只能这么做。因为爱,我必须承担其他的一切:房子、那家花钱如流水的画廊,为了证明我的爱而衍生的不必要的花费,还有我们根本负担不起的生活方式。这一切都是为了纾解她对孩子的渴望。

我打开门,把鞋子甩掉,在二十秒的时间限制内解除防盗系统,以免三城公司那边铃声大作。对于密码的设置,狄安娜和我讨论了很久才达成共识。本来她希望能设成 D-A-M-I-E-N,因为她最爱的艺术家是达米安·赫斯特(Damien Hirst),但是我知道那也是她为我们那个没能出生的孩子取的名字,所以我坚持密码应该设为一串随机组合的字母与数字,以免被猜出来,而她也让步了。每当我立场坚定、态度强硬时,狄安娜总会让步,因为她生性温柔。不是软弱,而是温柔又灵活,就像泥土一样,就算你用最轻微的力道在上面压一下,也会留下痕迹。奇怪的是,她越是让步,就越是变得强大而坚毅,我却变得更弱。最后,她会像巨大的天使一样高耸在我面前,我则满怀罪恶、亏欠,而且良心不安。不管我多么努力四处揩油,不管我弄了多少钱回家,不管我从斯德哥尔摩总公司那里瓜分到多少奖金,都不足以让我获得赦免。

我走到楼上的客厅与厨房,摘下领带,打开 Sub-Zero 牌冰箱,拿了一罐生力啤酒。我们喝的不是常见的特级啤酒,而是生力 1516,它根据古代的纯度法令酿造而成,是狄安娜喜欢的那种温和口感。我俯视花园、车库还有邻居,心里想着奥斯陆、峡湾、斯卡格拉克海峡、德国,还有全世界,然后我发现自己已经把啤酒喝完了。

我又拿了一罐,往下走到一楼,想要改看自家的景色。

我经过那个被我视为"禁地"的房间,注意到门开了一条缝。把门推开后,即刻映入眼帘的是窗下那张像神坛的矮桌上的小小石像旁边,她摆的一束鲜花。桌子是房间里唯一的家具,石像就像一个童僧,脸上挂着佛陀般的满足微笑。花旁边摆着一双婴儿鞋跟一只黄色的手摇鼓。

走进去后我啜饮了一口啤酒，蹲下来，用手摸摸石像滑顺的光头。那是一尊"水子地藏"，根据日本的传统，它可以保佑"水子"，也就是那些被流产的胎儿。它是我从东京带回来的，当时我去物色人才，但是没有成功。那是狄安娜堕胎后头几个月的事，她还是很心碎，我觉得它可能会带来一些安慰。石像贩子的英文不够好，所以我听不懂细节，不过日本人似乎认为，当胚胎死掉时，婴灵就会回归到原来的液体状态，变成"水子"。如果再融入一点日式佛教元素的话，它会开始等待重新投胎的时刻。在此同时，人们会进行一些"水子供养"的简单祭拜仪式，不但能保护未出世的婴灵，也会让父母免遭水子的报复。我从来没跟狄安娜提及最后这部分。刚买来的时候我开心了一些，而她似乎也能通过那尊石像获得慰藉。但是，当她对那尊地藏石像越来越着迷，想要把它摆在卧室里的时候，我就必须坚决表明立场了。我说：从此以后你再也不可以对着石像祷告或祭拜。不过，在这件事上我没有对她来硬的，因为我知道我有可能因此失去狄安娜。如果真的发生那种事，我是不会原谅自己的。

我走进书房，打开电脑，在网络上搜索爱德华·蒙克那幅又被称为"伊娃·莫多奇"的画作《胸针》，直到我找到一张高分辨率的图。这张画在合法画市里的标价是三十五万，拿到黑市的话，到手的钱最多也只有二十万出头。销赃的人要分百分之五十，百分之二十归奥韦，我则分得八万。这是惯常的分赃比例，不会惹出什么麻烦，当然也就没有什么风险。那是一幅 58×45 厘米的黑白画作，差不多是 A2 纸张的大小。八万克朗。那一点钱还不够支付我下一季度的房贷，与我答应会计师要在十一月补足的上一年度的画廊赤字相比，更是杯水车薪。还有，不知道为什么，如今这种好画作出现的频率越来越低了。距上一件作品——索伦·昂萨格的《穿高跟鞋的模特》出手已经超过三个月了，而且当时我到手的金额才不到六万克朗。最好立刻有奇迹出现，就像让 QPR 侥幸踢进一球，明明是失误，却一举将他们送进温布利球场——不管这是不是他们应得的好运。听说真的发生过这种事。我叹了一口气,然后把《伊娃·莫多奇》用打印机打了出来。

今天的晚会上有香槟,所以我打电话叫了出租车。上车后,我跟平常一样,只说出画廊的名字——用来测试我们的营销做得是否成功。但是那司机跟其他司机一样,只是从后视镜看着我,露出疑惑的表情。

我叹了一口气,然后说:"艾林史嘉格森街。"

在狄安娜为画廊挑选场地之前,她老早就跟我讨论过地点。我非常坚持画廊一定要开在西勒贝克与弗朗纳两区之间的轴线上,因为只有这一带的人才买得起像样的画作,而且只有这附近才有相当水平的画廊。新画廊如果在这个区域以外开张,可能早早就要关门大吉了。狄安娜理想中的画廊是伦敦海德公园的蛇形画廊那样的,而且她坚持她的画廊不能面对着车水马龙的主干道,像是碧戴大道或者老德拉门路之类的,而是应该设于一条静谧的街道上,如此一来人们才有沉思的空间。更何况,这种位于偏街的地点具有隐秘性,意味着它是给新手,也是给行家去的地方。

我说我同意,心想这样也许不会被租金压得喘不过气来。

我还没来得及庆幸,她又说,如此一来她就可以用省下的钱换取比较大的空间,以便有一个沙龙让她在私人赏画会之后举办招待晚宴。事实上,她早就相中了艾林史嘉格森街附近的一间空屋,那是个完美的地方,万里挑一。画廊的名字是我负责想的——"E画廊"。E代表艾林史嘉格森街。此外,城里最高档的"K画廊"也遵循这种命名形式,我希望这个名字可以透露一个信息:我们锁定的客户是那些最有钱、最有品位,也最酷的人。

我没有跟狄安娜说"E画廊"的发音听起来像是挪威语中"独一无二的画廊",她不喜欢那种耍嘴皮子的无聊双关语。

接下来我们签下租约，又进行了大规模的装修，财务状况的恶化可说是难以避免了。

当出租车停在画廊外的时候，我发现沿着人行道停放的捷豹与雷克萨斯轿车比平常要多。这是个好兆头，不过，也有可能是因为这附近那些大使馆中有某家在宴客，又或者是米德尔法尔特①在她那座东德碉堡里开派对。

当我进门时，轻柔悦耳的八十年代低音背景音乐从音响里流泻而出。我知道接下来要播放的是《哥德堡变奏曲》，因为这张CD是我刻给狄安娜的。

尽管才八点半，画廊已经半满了。这是个好兆头：通常E画廊的客户都要到九点半以后才会出现。狄安娜跟我解释过，私人赏画会如果人满为患的话，会显得太过俗气；半满才能突显尊贵的气息。不过，我自己的经验则是，到场的人越多，卖掉的画作才会越多。我对着左右点点头，但没有人响应我，接着我就直接朝移动吧台走过去了。狄安娜指定的酒保尼克拿了一杯香槟给我。

我尝了一口苦味的泡沫，问道："贵吗？"

尼克说："六百克朗。"

我说："最好能卖出一些作品。哪个画家？"

"阿特勒·诺鲁恩。"

"我知道他的名字，只不过不知道他长什么样子。"

尼克把他那黑如檀木的大头往右边一歪，然后说："在那里，你老婆身边。"

我只注意到那画家是个留着络腮胡的壮汉，再无其他。因为她在那里。

白色皮裤紧贴着她那双细长的腿，让她看起来更高了。她的头发从平

---

① 挪威女商人。

整的刘海两边垂下,这种直直下垂的轮廓让她更像日本漫画里的人物了。聚光灯投射在她那件宽松的丝质衣服上,她紧实的窄肩与胸部映照出蓝白色光芒,从侧面看来,胸部形成了两道完美的波浪。我的天哪!那对钻石耳环如果戴在她双耳上,该是多么闪耀动人!

我不情愿地把目光移开,开始环顾室内各处。受邀者们站在画作前礼貌地交谈,他们是这类活动的固定班底——事业有成的富有金融家(一律穿西装打领带),还有那些真的有点成就的名流(身上都是西装配潮T)。而里面的女人(全都身着名牌),不是演员、作家,就是政客。当然,少不了还有那些所谓前途被人看好的年轻艺术家,据说这些人都是穷鬼,而且叛逆不羁(穿着破洞牛仔裤和印着口号的T恤)——在我心目中,他们就跟QPR一样。一开始我看到宾客名单里有这些人时便皱起了眉头,而狄安娜则辩称赏画会需要一些"调味料",要注入一些活力,一些比较危险的元素,而不只是画作的买家、锱铢必较的投资客,还有那些只想来这里露露脸的家伙。这么说也挺合理的,但我知道那些浑球之所以会在这里,只是因为他们都低声下气地跟狄安娜要了邀请函。尽管狄安娜也知道他们来这里只是要钓买家上钩,把自己的作品卖掉,但根据过去的经验,每当有人请求帮忙时,她没有一次能说不的。我注意到有几个人(主要是男人)偶尔会往狄安娜的方向偷偷瞄过去。要瞄就瞄吧,她比他们所能追到手的一切货色都漂亮得多。这不是我个人的结论,而是一个在逻辑上难以撼动的事实,她就是万里挑一。而她是我的。至于她还会属于我多久,我不敢深想,不意用这种事情自我折磨。现在我的心情已经能平静下来,因为我告诉自己,她会永远这样盲目下去。

我算了一下里面有几个人是打领带的。依照惯例,他们才是买家。目前诺鲁恩的作品每平方米可以卖到五万克朗左右,因为画廊可以抽取百分之五十五的佣金,所以我们不用卖出很多画,今晚就可以大赚一笔。换言之,这样更好，因为诺鲁恩的作品会很少见。

此刻人们在门的两边穿梭来去，我必须侧身相让，他们才能拿到托盘上的香槟。

我缓步走向我老婆与诺鲁恩，对他表达我深深的崇敬之情。当然，我夸张了，但这也不是空口白牙的谎话；那家伙很厉害，这是毋庸置疑的。但是正当我要把手伸出去时，我们的大画家却被一个口沫横飞的家伙抓着衣领拉走了，显然他们认识，两人走到一个咯咯娇笑却明显尿急的女人旁边。

我站到狄安娜身边说："看来不错。"

她低头对我微笑说："嘿，亲爱的。"然后她打手势示意那两个双胞胎女孩可以再上一轮小吃。寿司已经吃完了，但赏画会之前我推荐了一家新的阿尔及利亚料理的宴会餐饮公司，菜式是吸收了法餐灵感的北非风味食物，非常热门。热辣。但我发现食物还是她从巴格德勒餐厅订的。当然，那里的东西也很好吃，只不过——天哪——价格高了三倍。

她用一只手握着我的手说："亲爱的，有好消息。记得你跟我提过的霍滕市那家公司的职位吗？"

"探路者公司。怎么了？"

"我找到了一个完美人选。"

我端详着她，感到有点讶异。身为一个猎头，我当然偶尔会用到狄安娜的顾客群和交友圈，其中有许多人是公司老板。这完全不会让我感到良心不安，毕竟，付账单的人可是我。这次让我感到有些不寻常的是，狄安娜居然自己要推荐某个人去做某份工作。

狄安娜挽着我的手臂，靠过来低声说："他名叫克拉斯·格雷韦，爸爸是荷兰人，妈妈是挪威人，还是刚好相反来着。不过这不重要。三个月前他辞职了，刚刚搬到挪威来整理一套他继承的房子。他曾当过鹿特丹市一家GPS科技公司的执行总裁，那公司的规模在全欧洲都是数一数二的。

在公司于今年春天被美国人买走之前,他一直是合伙人之一。"

我喝了一点香槟,然后说:"鹿特丹。公司的名字呢?"

"霍特。"

我几乎给香槟呛到:"霍特?你确定吗?"

"非常确定。"

"你有那家伙的电话号码吗?"

"没有。"

我抱怨了一声。霍特,探路者一直将之视为他们在欧洲的榜样。跟现在的探路者一样,霍特也曾是一家小规模高科技公司,专门为欧洲的国防产业提供 GPS 技术。如果在那里当过执行总裁,那当然是绝佳人选。每个猎头公司都说他们只接由他们独家代理的项目,因为这是使工作严谨而有条不紊的基本保障。但是,如果蛋糕又大又香的话,也就是那个职务的年薪总额接近七位数的时候,任谁都会修正原则。而帮探路者的高层职位找人这份工作就是一块又大又香的蛋糕,抢手得很。得到这项业务的有三家猎头公司——阿尔发、伊斯科和光明国际,三家都是业界最顶尖的。正因如此,这不只是钱的问题而已。每当我们承接这种"成交才有酬劳"的项目时,我们只能先拿到一笔支付前期成本的钱,直到找到符合各项条件的人选,才能拿到另一笔钱。然而,能否拿到真正的酬劳,还得看客户最后是否聘用了我们推荐的人。我对这一点没有意见,但这份工作说到底,只关系到非常简单的一件事:赢。赢了就证明我是这一行最厉害的,这是我的"增高鞋"。

我靠过去跟狄安娜说:"听我说,宝贝,这很重要。你可不可以给我任何能找到他的联系方式?"

她咯咯笑道:"只要有东西引起你的兴趣,你总是这么好声好气的,亲爱的。"

"你知道哪里……"

"当然。"

"哪里？哪里？"

她指着一处说："他就在那儿。"

在诺鲁恩那幅表现主义风格的画作前——画中是一个戴着囚犯专用头套、正在流血的男人——站着一个穿西装的人，身形细瘦而笔挺。射灯照在他那闪闪发亮的古铜色脑袋上，他两边的太阳穴都有浮起的青筋。他的西装是定制的，我想是来自伦敦萨维尔街。他穿着衬衫，没打领带。

"亲爱的，要我把他带过来吗？"

我点点头，看着她走过去，默默做好准备。我看到狄安娜往我这边指了一下，他同时优雅地欠了欠身。他们朝我走过来。我微笑了一下，但没有笑得太开，在他走到之前就把手稍稍伸了出去，不过也没有太早出手，时间恰到好处。我整个身体都转向他，与他的目光相交——百分之七十八的第一印象是由肢体语言决定的。

"罗格·布朗。幸会了。"我用英国腔念出自己的名字。

"克拉斯·格雷韦。我才是幸会。"

虽然他那正式的问候语不像挪威人会说的话，但他的挪威语说得几近完美。他的手温暖干燥，握手的动作有力，却又不会太过，而且过程持续了三秒，是最适当的时间。他的眼神看起来平静、机警，又带着求知欲，微笑友善且不勉强。美中不足的是，他没有我期待的那么高。离一米八还差一点。这让我有点失望，因为就人种的身高而言，荷兰人平均有一米八三或八四，居全世界之冠。

一段吉他的和弦响起。说得准确一点，是一段G11sus4和弦，之后是披头士的《一夜狂欢》，来自他们一九六四年推出的同名专辑。我之所以知道，是因为我送普拉达手机给狄安娜之前特地把这首歌设成了手机铃声。

她把那只小巧迷人的手机拿向耳边，点头向我们致歉，然后走开了。

"我听说阁下刚刚搬到这里？"我听到自己讲的话好像一出老旧广播剧里的台词，把"阁下"这种文绉绉的字眼都搬出来了，但是在进行买卖之前的开场白里，摆出一副低姿态是很重要的。不过情况很快就会改变。

"我继承了外祖母位于奥斯卡街附近的公寓。它已经闲置在那里两三年了，需要重新装修。"

"了解。"

我微笑了一下，抬高两边的眉毛，流露出好奇的神情，但是没有追问下去。这样就够了。如果他能遵守社交规范，就知道应该用多一点信息来回答我。

格雷韦说："嗯，在辛苦工作那么多年之后能好好休息一下，我觉得很高兴。"

我想不出不直捣黄龙的理由，于是说道："就我所知，你是在霍特公司供职吧？"

他露出稍感讶异的神情，说："你知道那家公司吗？"

"我效力的猎头公司有个客户叫探路者，是霍特的竞争对手，你听过那家公司吗？"

"我知道的都是些零碎的信息。如果我没记错的话，公司总部应该是在霍滕，规模小，但竞争力很强，对吧？"

"在你离开那一行的几个月里面，他们的规模应该有了大幅的增长。"

格雷韦说："在 GPS 行业，形势变化很快。"他转了转手上的香槟杯，"每家公司都想扩张。我们的座右铭是：要么扩张，要么等死。"

"我懂了。也许就是因为这样，霍特才会被收购？"

格雷韦露出微笑，淡蓝色眼睛周围晒黑的皮肤上浮现出一条条细纹，他说："想要扩张，最快的方式就是被收购，这你也知道。根据专家的估算，两年内不能挤进前五的 GPS 公司都可以关张了。"

"听起来你好像不同意？"

"我觉得，灵活与创新才是最重要的生存秘诀。只要有足够的资金，能够迅速适应环境比规模大小更重要，而小公司当然能更快速地调整自己。所以，尽管我因为卖掉霍特而变成有钱人，但坦白说当时我反对卖掉公司，而且在那之后就辞职了。显然我的想法跟不上时代潮流……"一闪而过的微笑再一次让他强硬却保养得宜的脸柔和了一点，"但是，也许那是因为我心里住了一个游击战士。你觉得呢？"

他说"你"，而不是"您"。这是个好兆头。

我说："我只知道探路者正在找新的执行总裁。"我对尼克做了一个手势，要他再拿两杯香槟给我们，"他们想要一个可以抵挡外国公司攻势的人。"

"嗯哼？"

"而我觉得，听起来你很可能就是他们的理想人选。有兴趣吗？"

格雷韦笑了出来，是那种迷人的笑容。"罗格，真抱歉，我要处理公寓的事情。"

他直呼我的名字。

"克拉斯，光是听你讲起公寓的语气，我就知道你不会对这种事情有兴趣。"

"那是因为你还没看到那所公寓，罗格。那房子又大又旧，昨天我还在厨房后面发现了一个以前不知道的房间。"

我看着他。那套西装之所以那么合身，并不只是因为是在萨维尔街定做的，也是因为他身材很好。不，不只是身材很好，应该说他的身材太完美了。他不是肌肉男，但他脖子上的血管、他的体态、他那缓慢的心跳，还有手背上的毛细血管，都恰如其分地展现了他强健的体格。而且人人都看得出那身西装的布料之下掩藏着多少肌肉的力量。我想，那应该是一种耐力吧，一种不屈不挠的力量。此时我已经决定，这个人我猎定了。

我递了一杯尼克拿来的香槟给他，问道："克拉斯，你喜欢艺术吗？"

"喜欢，但也可以说不喜欢。我喜欢真正有料的艺术。我看到的大部分作品都宣称自己有着某种美感或揭示了某种真理，但我觉得它们没有。也许艺术藏在他们的脑海里，不过他们始终欠缺表达的天分。如果我看不出美感或真理，那就是它们没有，就这么简单。如果一个艺术家总是声称自己被误解了，恐怕他多半是一个没有被误解的三流艺术家。"

我举杯说："我们的看法一致。"

格雷韦说："大部分人都没有天分，我不怪他们，我想是因为我自己也没多少艺术上的天分吧。"他的薄唇几乎没有因为喝香槟而沾湿，"但是我不能原谅那些所谓的艺术家。我们这些没有天分的人必须挥汗工作才能挣到钱，然后付钱请他们为我们创作。这很公平，本来就是这么一回事，但他们就该好好创作啊！"

我已经观察够了，也知道测试结果是什么。就算再跟他深谈也只不过证明我的看法是对的。他就是最理想的人选了，就算再给伊斯科或光明国际两年的时间，他们也找不到如此完美的人选。

"克拉斯，我们一定要好好聊一聊。我告诉你，这是狄安娜坚持的。"我把名片递给他。上面没有地址、传真号码或网址，只有我的名字与手机号码，还有用小小的字体印在角落里的"阿尔发"几个字。

格雷韦一边看着我的名片，一边说："如我所说……"

但我打断他："先听我说，拒绝狄安娜可不是明智之举。我不知道我们会聊些什么，或许是艺术，或许是未来，又或许是房屋装修。我刚好认识两三个奥斯陆最厉害且要价最合理的工匠。我觉得我们还是聊一聊，明天三点，如何？"

格雷韦对我微笑了一下，然后用修长的手轻抚自己的下巴，说："我还以为给人的名片上应该有足够的信息，让拿到的人能去拜访呢！"

我在身上摸索着找出我的康克令牌钢笔，把办公室的地址写在名片背面，看着格雷韦把它放进外套口袋里。

"罗格，我很期待跟你聊天，但是现在我必须回家去，鼓起勇气跟那些说波兰语的木匠吵架。帮我跟你那迷人的老婆说声再见吧。"格雷韦生硬地鞠了个躬，几乎像在行军礼，然后就朝门的方向走过去了。

当我目送他离开时，狄安娜转身朝我走了过来，她说："还顺利吗，亲爱的？"

"这个人选太棒了。光看他走路的样子就知道，像猫一样，太完美了。"

"意思是？"

"他甚至坚称自己对这份工作没兴趣。天哪！我真想把这只猎物弄到手，把他喂饱，让他露出尖牙。"

她高兴地拍拍手，像个小女孩似的。"所以我帮上了一点忙喽？我真的帮上忙了？"

我伸手环住她的肩头。一个个展示间都挤满了人，实在太棒了。"从今天起你就是个经过认证的猎头了，我的小可爱。画卖得怎么样？"

"今晚是不开放买卖的，我没跟你说过吗？"

有一瞬间我真希望自己听错了。"今晚只是……展示而已？"

"阿特勒不想卖掉他的任何一幅画。"她露出微笑，仿佛在道歉，"我能体谅他，我想你应该也不希望他割舍掉这么美的东西吧？"

我闭上双眼，吞了一口口水，思考了一下她那些不切实际的想法。

我听见狄安娜用困窘的声音说："罗格，你觉得这样很愚蠢吗？"接着我回答她："一点也不会。"

然后我感觉到她的双唇贴到了我脸上。"亲爱的，你真好。反正我们可以等一阵子再卖画,这可以帮忙塑造形象,突显我们的独特性。你自己也说过这有多重要。"

我挤出一丝微笑。"当然了,宝贝。独一无二是件好事。"

她的心情好了起来。"还有,你知道吗?我还请了一个 DJ 过来!那个在蓝厅夜总会播放七十年代灵魂乐的家伙,你总说他是城里最棒的……"她拍拍手,而我却感觉到微笑渐渐从脸上消失了,整张笑脸好像掉在地上摔碎了。但是,从投射在她那举起的香槟杯上的倒影看来,我的笑脸还在。约翰·列侬的那一段 G11sus4 和弦又响了起来,她从裤子口袋里拿出电话。电话另一头的人问她说他们能不能来,她叽叽喳喳地回答,我仔细端详着她。

"你当然能来,米娅!不会啦,把宝宝也带来。你可以在我的办公室里帮她换尿布。当然,我们欢迎小孩的尖叫声,他们可以炒热气氛!但是你要让我抱她。一定哦!"

天哪!我真是爱死这个女人了。

我又开始扫视室内的人群,然后,我的目光停在一张苍白的小脸上。可能是她。洛蒂。跟我第一次站在这里看到她的时候一样,那眼神还是如此忧郁。但那不是她。那一切都已经结束了。但是,那一晚洛蒂的身影就像一只流浪狗似的一直缠着我,萦绕在我心头。

4　偷画

我走进办公室时，费迪南说："你迟到了，而且还宿醉。"

我说："脚不要放在桌上。"我绕到办公桌后方，打开电脑，拉上百叶窗。光线不再那么刺眼了，我把太阳镜摘下来。

"所以说，赏画会办得很成功喽？"费迪南絮絮叨叨，尖锐的声音钻进我脑袋疼痛区域的正中央。

我说："有人跳艳舞。"我看看手表，已经九点半了。

费迪南叹气道："为什么我总是错过最棒的宴会？有什么知名人士出席吗？"

"你是说你知道名字的人吗？"

"我是说名流，你白痴啊！"他把手一挥，手腕发出咔咔的声响。他为什么总是这么不上道？不过，我早就学会不再生他的气了。

我说："有几个。"

"阿利·贝恩？"

"他没去。你今天十二点还得在公司跟兰德尔和客户见面，不是吗？"

"嗯，没错。那地狱汉克去了吗？温德拉·科斯伯姆呢？"

"拜托，出去，我得工作。"

费迪南板着一张臭脸，但还是乖乖出去了。当门在他身后砰的一声关上时，我已经在用谷歌搜索克拉斯·格雷韦的底细了。几分钟过后，我得知在霍特被收购之前，他当了六年的执行总裁与股东，还知道他和一个比利时模特有过一段婚姻，而且他在一九八五年得过荷兰军事五项全能的冠军。事实上,我查到的就只有这些,这倒是令我挺惊讶的。没关系,反正我会用英鲍、莱德与巴克利的那套审讯程序进行面试,但不会太为难他,等到五点就能获得我所需要的一切信息了。

在那之前,我有一个工作必须完成。一次小小的征收行动。我往后靠,闭上双眼。我喜欢行动过程中的刺激感,但是讨厌行动前的等待。即使现在我的心跳已经比平常还快了,但我仍然在想,如果那东西能让我的心脏跳得更快该有多好啊!八万克朗。听起来挺多,但实际上很少。尽管奥韦·奇克鲁分到的比我还少,但那份钱在他手里能发挥的作用可大多了。有时候我真羡慕他那种孤家寡人的单纯生活。当时我要招募他去当一个保安部门的主管,这就是我面试他之后查证的第一件事:他必须是个身边没有多少耳目的人。我怎么知道他是我的理想人选呢?首先,他表现出一种明显的防卫心与侵略性。其次,从他回避问题的方式看来,他自己也知道那种审讯技巧。因此,当我调查他的底细,发现他没有前科的时候,我几乎为此感到诧异。所以我打电话给我的某位女性合作伙伴,她并不在本公司的正式员工名单上。因为工作的关系,她可以进入SANSAK去查档案。SANSAK是一个关于恢复权利的数据库,里面有所有在押和已释放的犯人的名单,上面的名字永远不会被删除。后来她说我猜得没错:奥韦·奇克鲁常被警方审讯,次数多到让他摸透了那九个步骤的审讯模式。然而,奥韦从来没被起诉过,这让我知道他不是个笨蛋,只是有阅读障碍。

奥韦长得有点矮,而且跟我一样有着一头浓密的黑发。我劝他在就任保安主管之前去剪个头发,因为他看起来就像是个不入流的摇滚乐队的设备管理员,没有人会信任他。但是,对于他那一口因为嚼瑞典湿鼻烟而变色的牙齿,我就无计可施了。我对他的脸也没辙:看起来就像一片椭圆形的船桨叶,突出的下巴偶尔让我觉得他那两排黑牙会从嘴里伸出来咬人,有点像电影《异形》里面那只吓人的怪物。不过,对奥韦那种胸无大志的人而言，这些要求当然太高了。他是个懒鬼，却对发财有着强烈的兴趣。奥韦·奇克鲁的欲望与特质总是如此矛盾：他明明就是个有暴力倾向的罪犯，喜欢搜集武器，但也真心想过祥和宁静的生活。他想交朋友——不对，几乎是哀求别人跟他做朋友，但人们总是能感觉到他怪怪的，都与他保持距离。还有，他可以说是个百分之百无可救药的浪漫主义者，却靠买春来满足自己对爱的渴望，目前他正绝望地爱着一个名叫娜塔莎的俄罗斯妓女。就我所知，人家对他完全没兴趣，但他就是不愿意换个对象。奥韦·奇克鲁就像一颗随波逐流的水雷，一个没有任何锚点、意志或驱动力的人，像他那种人总是会漂啊漂的，最后漂向不可避免的灾厄。想要解救他那种人，只能是有人丢一条绳子套住他，让他的人生有方向与意义。就得是一个像我这样的人。我可以把他塑造成一个合群而勤勉、没有前科的小伙子，让他当上保安部门的主管。其他的事就简单了。

我关掉电脑，离开办公室。

"伊达，我一个小时后回来。"

我走下楼梯，觉得刚刚的话听起来怪怪的。她的名字肯定是欧达。

十二点的时候，我把车开进一家里米超市的停车场，根据导航，这里距离兰德尔给的地址刚好三百米。这套GPS导航系统是探路者公司送的——我猜，如果我们没有赢得这个猎头比赛，这套系统刚好可以当作安慰奖。他们也简要地跟我介绍了那被简称为GPS的"全球卫星定位系统"到底是什么：在无线电信号与原子钟的帮助下，不管你在地球上的哪个角落，围绕着地球的轨道上的二十四个卫星都可以锁定你和你的卫星信号发射器的位置，精确到半径3米之内。如果有四个或更多卫星捕捉到了信号，系统甚至可以显示你所在的高度，换言之，它知道你到底是在地上，还是树上。跟互联网一样，这种定位系统也是美国国防部研发出来的，用来指引战斧巡航导弹、巴甫洛夫炸弹与其他想要瞄准特定人物的导弹。探路者公司毫不掩饰地表示，他们开发出来的发射器可以连接陆地上一些隐秘的卫星定位基站，构成一个在任何天气下都可以正常运作的网络，而这种发射器甚至可以穿透房屋的厚墙壁。探路者的董事长也跟我说，为了让卫星定位系统顺利运作，必须考虑的一个因素是：由于卫星在外太空以最高速度运行，它的一秒跟地球上的一秒并不相同，因为那里的时间是扭曲的，人待在那里会老得比较慢。事实上，卫星证明了爱因斯坦的相对论是对的。

我把沃尔沃滑进一排档次相近的车子中间，然后熄掉引擎。这样没有人会记得这辆车。我拿着黑色文件包，沿着小丘往上走向兰德尔的那栋房子。我的夹克在车里，而我早就换上了一身没有任何记号或徽标的蓝色连身工作服。鸭舌帽遮住了我的头发，而且任谁看到我戴着墨镜都不会感到讶异，因为当天阳光普照，能拥有那种秋日可以说是奥斯陆的福气。几个菲律宾女孩正为郊区的有钱人推着婴儿车，我还低头与其中一个对视了一下。不过兰德尔居住的那条短街上倒是空无一人。阳光投射在一扇扇落地窗上。我看看手上那只百年灵空狼手表——狄安娜送我的三十五岁生日礼物。十二点六分。耶雷米亚斯·兰德尔家的警报系统已经解除了六分钟。这件事神不知鬼不觉地发生在安保公司中控室的计算机上，只消一个后门程序，这次系统中断就不会显示在记载所有关机与断电状况的数据日志里。我一定是获得了上天的恩赐才有机会找人去当三城公司的保安主管。

我向上走到前门处，听见远处传来鸟鸣，还有塞特猎犬的狂吠。面试时，兰德尔说他没有管家，白天老婆不在家，孩子们都去上学，也没养狗。但这种事没人能百分之百确定，通常来讲，我要有百分之九十九点五的把握才会作案，然后用肾上腺素来提升我的观察力、听力与感知力，弥补那百分之零点五的不足。

我拿出奥韦在"寿司与咖啡"拿给我的钥匙，那是所有用户都必须交给三城公司的备用钥匙,以免他们不在家时出现了盗窃、火灾或系统故障等状况。钥匙滑进锁孔,咔的一声就轻松转动了。

接着我就进入了屋内。墙上那不起眼的防盗铃沉睡着,平常亮着的指示灯也熄灭了。我戴上手套,把手套跟连身工作服的袖口用胶带粘起来,如此一来就不会有体毛掉落在地板上。我把戴在鸭舌帽下面的浴帽往下拉,盖住耳朵——重点就是,绝对不能留下任何DNA物证。奥韦曾经问过我,为什么不干脆把头发剃光。

除了狄安娜,我最不愿意割舍的东西就是我的头发,但我懒得跟他解释那么多。

我有很多时间,但还是很快地朝屋内走去。楼梯旁的墙壁上挂着两幅画,画的想必是兰德尔的两个孩子。我完全搞不懂这些大人为什么要花这个冤枉钱,请画家把他们挚爱的孩子们画成满脸哀愁的尴尬模样。难道他们喜欢在家里看到访客们的窘态吗?兰德尔的客厅里摆满了豪华的家具,但看起来单调乏味。唯一的例外是那张由盖特诺·佩斯设计的椅子,颜色红得像消防车,形状有如一个两腿张开的胖女人,前方那张大大的可以用来搁脚的方形矮椅则仿佛是她刚刚生出来的小孩。这应该不是耶雷米亚斯·兰德尔说要买的吧?

椅子上方挂的就是《伊娃·莫多奇》,画的是蒙克在十九、二十世纪之交结识的英国小提琴家。他为她画肖像时,是直接把草稿打在石头上的。这幅版画我已经看过好几次了,然而直到此刻,在这光线之下,我才看出这画中人像谁。是洛蒂,洛蒂·马森。画中的那张脸是如此苍白,眼神是如此忧郁,跟我从记忆中刻意抹去的那个女人是如此相似。

我把画从墙上拿下来,正面朝下摆在桌上,开始用美工刀切割。这张石版画被印在米黄色的纸上,用的是现代画框,所以不用去钉。换言之,这差事简单无比。

一阵防盗警报的声音毫无预警地打破了沉寂。警报响个不停，频率在一千到八千赫兹之间摆荡着，那声音划破天际传出去，盖住了背景的一切声响，几百米之外都听得到。我呆住了。不过那从街上传来的警铃声只持续了几秒就停了——一定是车主不小心触动的。

我继续干活，打开文件包，把画放进去，拿出我事先在家里打印好的《伊娃·莫多奇》。不到四分钟我就把它装进画框，恢复成原来的样子，挂回了墙上。我低头检视它，这幅画假得实在太明显，不过等盗画案的受害者发现这一荒谬的调包时，可能已经是几个星期之后了。春天时我偷了克努特·罗斯的油画《马与小骑士》，用来调包的是一张从艺术书籍上扫描下来、放大打印的图，四周后他们才报案。这张《伊娃·莫多奇》可能会因为纸的颜色太白而露馅，但也许需要些时间。不过，等到那个时候，就没有办法确认盗窃案发生的时间了，而且房子已经不知道被打扫了多少次，就连一丁点 DNA 证据也不会留下。因为我知道他们一定会找 DNA 证据。去年，我和奥韦曾在不到四个月的时间里连续犯下四起盗窃案，之后布雷德·斯佩尔警监——那个喜欢在媒体上出风头的金发白痴——还接受《晚邮报》的采访，说有一群专偷艺术品的专业窃贼正四处作案。他还说，尽管遭窃的都不是价值最高的作品，但是为了在这股歪风刚萌芽时就把它掐灭，警局肃窃组办案时，将会采用一般在谋杀案与大宗贩毒案上才会使用的侦办方法。有鉴于此，奥斯陆的市民们大可以放一百二十个心——说这句话时，斯佩尔那一头帅气的乱发在风中飘动着，直到摄影师离开，他那双铁灰色的眼睛都一直盯着镜头。当然，他没有说实话：他们之所以急着破案，是迫于受窃地区居民的压力，他们可都是一些深具政治影响的有钱人，最在意的就是保护自己的财产，以及保护跟他们一样的有钱人。而且，那年秋天早些时候狄安娜跟我说过，常出现在报纸上的那个干劲十足的警察到画廊去了一趟，盘问她有哪些客户，谁的家里有哪些画作，等等。我必须承认，听到这件事的时候我吓了一跳——显然窃画贼非常清楚哪一幅画挂在谁家里。当狄安娜问我为什么皱眉头时,我挤出一抹微笑,回答说,我不喜欢有人出现在她身边两米的范围内——那有可能是我的情敌。令我惊讶的是,她在大笑前居然还脸红了一下。

我机灵地走回前门,小心地摘掉浴帽和手套,出门前把门的内外把手都擦了擦。白天的街道仍是如此宁静,因为阳光明媚,秋日的天气显得凉爽而干燥。

取车的路上我看了看手表——十二点十四分。我打破纪录了。我的心跳很快,但很规律。再过四十六分钟,奥韦就会从中控室启动防盗系统。大概在同一时间,耶雷米亚斯·兰德尔会出现在我们的会面室里,站起来跟董事长握手,最后他会说声抱歉,然后离开办公室,接下来他要做什么我就管不着了。但他当然还是我的人马。费迪南会照我指示的跟客户解释说,没能成功网罗实在可惜,但如果他们想要争取到像兰德尔这么优秀的人,就应该考虑把薪水提高百分之二十。当然了,如果能提高三分之一的话,机会就更大了。

而这只是个开始。再过两个小时又四十六分钟,我要去干一票大的。我要去猎取格雷韦。我的薪水没有应得的多,但那又怎样?去你的斯德哥尔摩,去你的布雷德·斯佩尔。我是猎头中的王者。

我吹起口哨,落叶在我脚下咔嚓作响。

5　供认

据说，英鲍、莱德与巴克利等美国警探一九六二年出版的《刑事审讯与供述》为整个西方世界的审讯技巧奠定了基础。当然，那些技巧是早就被普遍采用的，对于如何从嫌疑人身上取得证供，联邦调查局很有一套，英鲍、莱德与巴克利只是把他们的百年经验浓缩成一个九步的模式。这种审讯方法成效卓著，在犯罪者和清白的人身上同样有效。自从DNA科技让一些旧案得以重新调查之后，光是美国就查出数以百计的冤案。在这些误判的案件里，大概有四分之一是通过那九个步骤取得证供的。光凭这点就可以看出那种审讯技巧到底有多厉害。

我的目标是要引导候选人承认自己在吹牛，承认自己配不上那份工作。如果他经过这九个步骤的考验依然没有承认我想让他承认的事，我就有理由认为这个候选人真的相信自己条件够好。而我要找的就是这种人。我之所以坚持使用"他"这个字眼，是因为九步模式对男人来说更有针对性。根据我丰富的经验，女人很少去应征那些要求高于自身条件的工作——她们喜欢让自己的能力超过工作要求。而且，突破她们的心防、让她们承认自己不够格是世界上最简单的事情。当然，我也常碰到没有供认实情的男人，但那没有关系。毕竟，他们也不会被关起来，只是错过了一份需要在压力下也能保持冷静、平和的管理工作。

使用这套审讯技巧时我完全没有顾忌，在自然疗法、草药和心理呓语的世界里，它就是一把手术刀。

第一个步骤就是正面交锋，很多人连这一关都过不了。你必须清楚地告诉候选人,你知道有关他的一切,也知道他不具备必需的那些能力。

我说:"格雷韦,也许我太心急了,才会说我有兴趣找你谈一谈。"我往后靠在椅子上,"我稍稍调查了一下,结果发现霍特的股东们认为你不是个称职的执行总裁。你太软弱了,没有杀手那样的本能,公司会被收购也是你的错。探路者最怕的就是被收购,所以我想你一定能明白,你很难被视作适当的人选。但是……"我露出微笑,举起咖啡杯,"我们就享用咖啡,聊聊别的事吧。装修进行得怎样了?"

克拉斯·格雷韦直挺挺地坐在仿野口勇茶几的另一侧,直直地盯着我的双眼。他笑了出来。

他说:"三百五十万。当然了,还要加上优先认股权。"

"你说什么?"

"如果探路者的董事会怕我拥有股权后会搞小动作、寻找买家,你可以叫他们放心,只要加上一个条款,声明那些股权一旦遇到收购就作废,我就没有保护伞了。如此一来,我跟董事们就会有共同目标了,就会共同致力于打造一家强大的公司,一家可以收购别人,而非被别人收购的公司。股票的价值用布莱克-舒尔斯期权定价模型来计算,再加上扣掉你那三分之一的佣金之后的固定薪酬。"

我努力挤出最好看的笑脸。"格雷韦,恐怕你把某些事情想得太理所当然了。有几点你没想清楚。别忘了,你是外国人,挪威的公司比较喜欢用本国人来……"

"罗格,昨天在你老婆的画廊,你的口水差一点就流到我身上了。算你有眼光。在你提议碰面之后,我调查了一下你和探路者公司,马上就发现尽管我是荷兰公民,但你其实很难找到比我更适合的人选。所以,问题只在于我没有兴趣。但是,十二个小时足以让人想很多事。例如,他可能会想到,翻修房屋这件差事的乐趣没办法持续太久。"

克拉斯·格雷韦用晒黑的双手环抱胸膛。

"该是我重操旧业的时候了。在我能选择的公司里，探路者可能不是最有吸引力的，但它有潜力。如果管理者有愿景，加上董事会支持，便有望将它打造成一家很有意思的公司。不过，我的愿景跟董事会的是否相符就不一定了。所以，我想你该做的是尽早让我们双方碰面，我们才知道继续下去是否有意义。"

"听我说，格雷韦……"

"罗格，你的方法毫无疑问会在很多人身上奏效，至于我，那一套就免了吧。还有，跟之前一样叫我克拉斯就好。毕竟，我们应该只是随意聊聊而已，不是吗？"

他像要跟我干杯似的举起咖啡杯。我趁机让自己喘息一下，也举起杯子。

"你看起来有点紧绷，罗格。有人跟你竞争这个委托案吗？"

每当我被打得措手不及的时候，我的喉咙总会产生想要咳嗽的本能反应。于是我赶快把咖啡吞下去，否则可能会全部喷在我那幅《莎拉脱衣像》上面。

"罗格，我非常清楚你必须全力以赴。"格雷韦露出微笑，把身体往前倾。

我可以感觉到他的体温，还有一股让我联想到雪松、俄罗斯皮革与柑橘的味道。是卡地亚的男士香水"宣言之水"吗，或是其他价位相当的款式？

"罗格，我一点也没有觉得被冒犯。你是专业人士，我也是。当然啦，你只是为了把客户的差事办好，毕竟他们就是为了这个才付钱给你的。你对你看中的人选越有兴趣，彻底的调查就越重要。你说霍特的股东不喜欢我，这一招不笨，如果我是你的话，大概也会尝试类似的招数。"

我不敢相信自己的耳朵。他说"那一套就免了吧"，简直就是把第一个步骤丢回我脸上，我的计谋被识破了。现在他开始采取英鲍、莱德与巴克利所说的第二步，也就是"将嫌疑人的罪行合理化，借此对其表达同理心"。

最不可思议的是，尽管我非常了解格雷韦在做什么，这个步骤还是起作用了，我产生了一种感觉：像嫌疑人一样想要供认一切——这种感觉我在书上读到过太多回了。我几乎笑了出来。

"我不太懂你的意思，克拉斯。"尽管我努力表现出一副很轻松的样子，但我还是听得出自己的声音有多僵硬，知道自己的思绪有多混乱。在我有能力反击之前，他又丢出了下一个问题。

"钱其实不是我的主要驱动力，罗格。但是如果你想多拿点钱，我们可以试着把我的薪水提高。增加三分之一……"

……把薪水提高。至此，这次面试的掌控权已经完全落入他手中，而他直接从第二步跳到了第七步：提出另一个选项。也就是给嫌疑人另一个供认的动机。他的手法实在太完美了。当然，他也可以把我的家人牵扯进来，说什么如果我能把薪水拉高，就可以多拿一点佣金与奖金，我那死去的爸妈或我老婆都会以我为荣。但是克拉斯·格雷韦知道那样就扯太远了，他当然知道得非常清楚。我这次真的是遇到对手了。

"好吧，克拉斯。"我听见自己说，"我投降。你说的都对。"

格雷韦又把身子往回靠到椅子里。他赢了，此时他吐了一口气，面露微笑。看起来不像刚刚打了一场胜仗，只是很高兴了结了一件事。我在那张心知稍后会被我丢掉的纸上写下：对胜利习以为常。

最奇怪的是，我没有被打败的感觉，只是松了一口气。没错，我还是那么精神焕发。

"不过，客户那边要求我提供一些具体的信息。"我说，"你介意我继续下去吗？"

克拉斯·格雷韦闭上眼睛，把双手的指尖相抵，摇摇头。

"很好，"我说，"那么，我希望你能说说你的情况。"

克拉斯·格雷韦一边说他自己的故事，我一边做笔记。在家里的三个小孩中，他是最小的。他在鹿特丹长大。那是一个乱糟糟的海港，不过他们家是上流社会的一员。他爸爸是飞利浦电子公司的高层，克拉斯和他的两个姐姐每年都会到位于奥斯陆峡湾的索恩镇，在外祖父外祖母的农舍里度过漫长的夏天，学习挪威文。他爸爸觉得他这个小儿子被宠坏了，欠缺纪律，因此两人关系很紧张。

"他是对的。"格雷韦微笑说，"我不费吹灰之力就能取得好成绩，又是个跑步健将。等到十六岁的时候，已经没有任何事可以勾起我的兴趣，于是我开始造访那些'见不得人的地方'。这种地方在鹿特丹一点都不难找。我之前在那些地方没有朋友，但也没在那里交到新朋友。不过我有的是钱。所以，我开始尝试各种乱七八糟的事：酗酒、抽大麻、嫖妓、小型入室盗窃，然后渐渐开始吸毒。回家时我爸总以为我是去打拳击才被揍得鼻青脸肿，双眼充血。我待在那种地方的时间越来越长，那里的人允许我留在那里，最重要的是他们不会管东管西。我不知道自己是不是喜欢这种新生活。我身边的人都把我看成一个怪胎，一个他们不能了解的十六岁孤独少年，而我就是喜欢他们的这种反应。渐渐地，我的生活形态影响了我在学校的表现，但我不在乎。最后我爸才惊觉苗头不对，而也许就是这样我才获得了自己一直以来都想拥有的东西：他的关注。他用平静与严肃的语调跟我说话，我用大吼大叫回应他。有时候我看得出他已经处于失控边缘。我喜欢这样。他把我送到奥斯陆的外祖父家，我就是在那里完成了最后两年的中学学业。你跟你爸相处得怎样，罗格？"

我很快地写下三个以"自"开头的词。自信。自贬。还有自知之明。

"我们不怎么交谈。"我说，"他和我差很多，不过那都过去了。"

"过去了？他去世了吗？"

"我爸妈死于一场车祸。"

"他是做什么的?"

"外交官。英国大使馆的。他在奥斯陆认识了我妈。"

格雷韦把头歪一边,打量着我。"你想念他吗?"

"不。你爸还活着吗?"

"我很怀疑。"

"很怀疑?"

克拉斯·格雷韦深吸了一口气,把掌心合在一起。"我十八岁的时候他失踪了。他没有回家吃晚餐,而他的同事们说他跟往常一样在六点离开。我妈打电话给警察,警方很快就采取了行动,因为当时欧洲常有富商遭到左翼恐怖分子绑架。高速公路上没有出车祸,没有任何一个叫贝恩哈尔·格雷韦的人被送进医院,他的名字没有出现在任何一份旅客名单上,他的车也没有在任何地方进出过。自此他一直行踪不明。"

"你觉得发生了什么?"

"我不确定。也许他把车开到了德国,用假名住进汽车旅馆,想自杀但开不了枪。所以,他有可能在大半夜开车上路,在某个森林里看到一个黑漆漆的湖,把车开进了湖里。又或者他在飞利浦大厦外的停车场被绑架——两个拿着手枪坐在后座的人想挟持他,他们打了起来,一颗子弹穿过了他的脑袋,当晚他就被连人带车送到废车处理场,压成铁饼后切成许多块。又或者他正坐在某处,一手拿着有小雨伞装饰的鸡尾酒杯,另一手抱着应召女郎。"

我观察着格雷韦脸上或者声音里是否有一丝反应。完全没有。他要么常常思量这件事,要么就是个铁石心肠的浑球。我不知道自己更喜欢哪一种。

"你十八岁的时候住在奥斯陆,"我说,"你爸失踪了,你是个问题少年。接下来呢?"

"我以第一名的成绩完成中学学业,申请加入荷兰皇家海军陆战队。"

"突击队。充满男子气概的精英部队喽？"

"没错。"

"一百个人里面只有一个会被录取的那种部队？"

"差不多是那样。我被选去参加入伍测验，一整个月都被部队系统化地操练，目的是让我们崩溃。如果通过了测验，就能花四年的时间继续接受磨炼。"

"听起来跟我在电影里看到的很像。"

"相信我，罗格，你不可能通过任何电影去体会我们的遭遇。"

我看着他，我相信他说的话。

"后来，我加入了位于杜恩的反恐部队'特别任务支援小队'，待了八年，获得周游世界的机会。我去过苏里南、荷属西印度群岛、印度尼西亚，还有阿富汗，冬天到哈尔斯塔与沃斯市去参加演练。在苏里南的一次缉毒行动中，我被俘虏，还遭到拷打。"

"听起来很刺激。你当时守口如瓶？"

克拉斯·格雷韦微笑说："守口如瓶？我像乡下妇人似的讲个不停，被那些毒枭逼供可不是闹着玩的。"

我身体前倾。"真的？他们都怎么做？"

回答之前，格雷韦抬起眉头，仔细观察我。"我想你还是不要知道比较好，罗格。"

我有点失望，但是点点头，又往后坐回去。

"所以，你的部队同袍们都被干掉了，或者是遭遇了类似的情况？"

"没有。当毒枭按照我供出的地点发动攻击时，部队当然都已经撤离了。我在地牢里待了两个月，只能吃烂掉的水果，喝的则是被蚊子下过蛋的水。等到特别任务支援小队把我救出来时，我只剩下四十五公斤。"

我看着他，试着想象他们是如何折磨他，他是怎么撑过去的，还有四十五公斤的克拉斯·格雷韦看起来是什么样子。跟现在不一样，那是当然的，不过差别也没有那么大。

我说："所以你退伍了，这一点也不令我感到意外。"

"那不是我退伍的原因。待在特别任务支援小队的那八年是我这辈子最棒的一段时间，罗格。首先，一切真的就是你在电影里看到的那样子：同袍情谊，忠诚。此外还有我学到的东西，那后来成为我的专长。"

"是什么？"

"找人。特别任务支援小队里有一个负责追踪的小组，其专长就是在任何状况下都可以找到这世界上的任何人，不论他在哪里。就是他们找到在地牢里面的我。所以我申请调到那个小组——也获准了，在那里学到了所有的技巧，从古代印第安人的追踪术、审讯技巧，到所有现代电子追踪设备的使用。我就是这样才知道霍特这家公司的。他们制造了一种只有衬衫纽扣大小的信号发射器，设想是把它放在一个人身上，通过接收器掌握那人的行踪，就像你在六十年代的谍战片里看到的一样，但事实上，他们从未获得过令人满意的效果。就连纽扣信号发射器本身也不怎么耐用，因为它没办法承受人体的汗液和零下十度的低温，信号只能穿透最薄的墙壁。但是霍特的老板喜欢我，他没有儿子……"

"而你没有父亲。"

格雷韦对我露出一个灿烂的微笑。

我说："请继续。"

"从军八年后，我到海牙大学去念工程学，学费由霍特公司提供。进了霍特之后，第一年我们就研发出一种可以承受各种恶劣条件的追踪器。五年后，我已经稳坐公司的第二把交椅。八年后，我变成老板，其余的事情你都知道了。"

我往后靠回椅子里，啜饮了一口咖啡。我已经得出结论了，这个家伙将脱颖而出。我甚至还写下了"录取"两个字。也许就是因为这样我才犹豫要不要继续下去,也许我心里有个声音对我说"到这里就够了"。又或许有别的原因。

格雷韦说:"你看起来好像还想了解更多东西。"

我避开他的问题,只是回了一句:"你还没有跟我说你的婚姻状况。"

"我已经把重要的事都讲完了,"格雷韦说,"你想知道我的婚姻状况?"

我摇摇头,然后决定赶快结束谈话。但是,命运之神改变了一切,经由克拉斯·格雷韦之手。

"这幅画挺棒的,"他转身对着后面那片墙壁说,"奥培的作品?"

"《莎拉脱衣像》,"我说,"狄安娜送的礼物。你收集艺术品吗?"

"才刚开始,花的钱不多。"

我心里有一个声音叫我别开口,但是来不及了,我已经问了出来:"你最棒的作品是哪一幅?"

"一幅油画,我在厨房后面的一间密室里发现的。我们家没人知道我外祖母有那幅画。"

"真有趣,"我说,同时感到内心因为好奇而悸动,一定是因为之前都太紧张了,"是哪一幅画?"

他打量着我,过了好一阵子嘴角才偷偷露出一点笑意。他做出要回答的口形,我心头浮现出一个奇怪的预感。那预感让我的胃一阵抽搐,仿佛我是个拳击手,看到对方一拳挥过来时腹部肌肉忍不住抽动了一下。但是他嘴唇的形状改变了。就算我的预感再强,也料不到他的答案。

"《狩猎卡吕冬野猪》。"

"《狩猎……》"那一瞬间,我突然口干舌燥,"《狩猎卡吕冬野猪》?"

"你也知道那幅画吗?"

"你是说,那幅画的作者是……是……"

"彼得·保罗·鲁本斯。"格雷韦帮我把话说完。

我心里只想着一件事，不过脸上仍是一副若无其事的表情。但是我眼前好像有什么东西闪烁着，好像被笼罩在伦敦大雾里的洛夫图斯路球场的记分板：QPR刚刚从球门上方的角落踢进一球。我的人生从此天翻地覆，我们要进军温布利球场了。

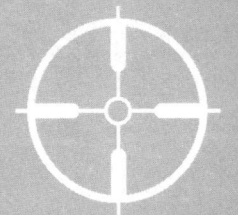

第二部
中计

6 鲁本斯

"彼得·保罗·鲁本斯。"

房间里的所有动作与声音好像在瞬间被冻结了。彼得·保罗·鲁本斯的《狩猎卡吕冬野猪》。当然了，合理的推测是，那是一幅做工精细、价值一两百万的仿制名画。然而，克拉斯·格雷韦声音中的一些东西打消了我的疑虑，也许是他透露出的紧张，也许是他这个人本身。这应该就是那幅以希腊神话中的血腥狩猎为主题的原作，被墨勒阿革洛斯的长矛刺中的那只幻想中的野兽。自从德军于一九四一年洗劫了鲁本斯家乡安特卫普的那家画廊之后，画作就失去了踪影，直到战争结束后，人们仍相信它被存放在柏林的某个地下碉堡里。我不是个艺术爱好者，但我有时候会很自然地上网去研究哪些作品是失踪待寻的名画。而这幅作品过去六十年来一直是排名前十的失踪名画——不过，这应该是出于大家的好奇心，因为人们普遍认为它应该是跟大半个柏林一样，毁于大火了。我试着舔舔上腭，把舌头沾湿。

"你刚好在去世外祖母家中的厨房密室里发现了一幅彼得·保罗·鲁本斯的画？"

格雷韦笑着点点头。"真有这种事，我以前也听说过。虽说这不是他最棒或者最有名的画，但一定也价值不菲。"

我没说话，只是点点头。五千万？一亿？最起码吧。几年前有一幅鲁本斯的画失而复得，《对无辜者的屠杀》，在拍卖会上以五千万的价格卖出，而且是英镑，相当于五亿多克朗。我需要喝口水。

"对了，她会藏有这种艺术品我也没有特别意外，"格雷韦说，"你知道吗，我外祖母年轻时是个大美女，跟挪威被德国占领期间的所有上流社会人士一样，她也同一些德国高级军官保持了友好关系。她跟一个对艺术感兴趣的上校关系特别好，我住在那里时，她常跟我说起这件事。她说，他交给她一些画作，要她帮忙藏起来，直到战争结束。不幸的是，在战争的最后阶段他被反抗军处决了，你说多讽刺，当年德国占上风时，那些人都还喝过他请的香槟。事实上，直到波兰装修工在厨房的用人房架子后面发现那扇门之前，我都觉得我外祖母的故事大半不是真的。"

我不由自主地低声说："太神奇了。"

"可不是嘛！我还没有鉴定那是不是真迹，但是……"

但那的确是真品，我心想，德国的陆军上校哪里会收藏复制品呢！

我问："你的装修工没有看到那幅画？"

"有，他们看到了。但我想他们应该不知道那是什么。"

"别那么说。公寓装警报系统了吗？"

"我知道你的意思。装了。那整条街上的公寓用的都是同一家公司的警报系统。还有，装修工们没有钥匙，因为他们只能在规定的时间内施工，也就是上午八点到下午四点。通常他们在的时候，我也都在。"

"我想你应该维持这样的装修时间。你知道那条街用的是哪家公司的警报系统吗？"

"那公司叫作三什么的。事实上，我正想问你老婆认不认识什么人可以帮我鉴定一下那幅画是不是鲁本斯的原作。目前为止我只跟你提过这件事，我希望你别跟任何人说。"

"当然不会。我会问问她，然后再打电话给你。"

"谢了，感激不尽。我目前只知道就算那是真画，也不是他数一数二的名作。"

我闪过一个短暂的微笑。"那太可惜了。我们再说回工作吧，我想要打铁趁热，你哪一天可以跟探路者见面？"

"你来定吧。"

"好。"当我低头看着行事历时，许多念头在我的脑海里打转。八点到四点有装修工待在房子里。"最适合探路者的时间，应该是让他们在下班后再到奥斯陆来。而从霍滕开车过来要整整一个小时，所以我们这个星期找一天，大概约在晚上六点钟，可以吗？"我尽可能轻声说话，但走了音的音调仍不时地跳出来。

"可以。"格雷韦说，他似乎没有察觉到任何异状。"只要不是明天就好。"他补充了一句，然后就站了起来。

"没关系，反正明天对他们来讲也太仓促了。"我说，"我会打你给我的那个电话号码。"

我把他送到接待区。"可以请你帮忙叫个出租车吗，达？"我试着从欧达还是伊达的面部表情来判断她对我的简称是否感到不自在，但是格雷韦打断了我。

"谢谢，但我开了车过来。帮我问候你老婆，我就等你的消息了。"

他伸出手，我跟他握手时脸上露出开心的微笑。"我会尽量今晚就打给你，因为你明天有事要忙，不是吗？"

"嗯。"

我不知道为什么我没有在这里结束谈话。就对话的节奏看来，我感到我们的交谈已经结束了，我该说句"再会"作为结束。也许是基于一种直觉，一种预感，也许是我内心早已浮现的恐惧，我才会格外小心。

我说："嗯，装修可是一件需要全心投入的事啊。"

"不是那样，"他说，"我明天要乘早班飞机回鹿特丹，去接我的狗，它被留置在检疫区了。我要到深夜才会回来。"

"这样啊,"说完我把他的手放开,以免他发现我的身体变得多么僵硬,"是哪种狗?"

"尼德猥犬。是一种追踪犬,但是跟斗犬一样好斗。如果家里挂了那样的名画,有那种狗看门不是很好吗?你说是不是?"

"的确,"我说,"的确如此。"

狗。我讨厌狗。

"了解,"我听见奥韦·奇克鲁的声音从电话另一头传过来,"克拉斯·格雷韦,奥斯卡街二十五号,钥匙在我这里,一小时内拿到'寿司与咖啡'给你。防盗铃会在明天下午五点的时候解除。我要编个明天下午才能去上班的借口。对了,为什么那么仓促啊?"

"因为从后天开始,公寓里会有狗看守。"

"嗯。但是为什么不跟平常一样,趁上班时间进行就好?"

那个身穿克莱利亚尼牌西装、戴着极客范眼镜的年轻人从人行道上朝着电话亭走过来。我不想跟他打招呼,所以转身背对他,嘴巴紧靠话筒。

"我想要百分之百确定没有装修工在公寓里。所以你现在就打电话到哥德堡去,跟他们要一幅精细的鲁本斯仿品。仿品有很多种等级,你要说我们就要一流的。还有,等你今晚把蒙克的画拿过去时,他们就必须把仿品准备好。记住,我明天就要拿到手,这很重要,懂吗?"

"懂啦,我懂。"

"还有,你还要跟哥德堡那边的人说,明晚你就会把真画拿过去。你还记得那幅画的名字吗?"

"记得,叫《狩猎加泰罗尼亚野猪》,鲁本斯画的。"

"很接近了。你百分之百确定我们可以相信这个销赃的?"

"天哪,罗格,我跟你说第一百次,可以!"

"我只是问问而已。"

"现在你听我说,那家伙知道如果他耍诈,就永远别想混了。因为只有盗贼才会用最残酷的手段惩罚盗贼。"

"很好。"

"只有一件事要先跟你说一下,我的第二趟哥德堡之行必须延后一天。"

这没什么,我们之前也那样干过。那幅鲁本斯可以安然存放在车顶的夹层里。不过,我还是感觉脖子上的汗毛竖了起来。

"为什么?"

"明晚我有个访客,是一位女士。"

"你必须把约会往后延。"

"抱歉,不能延。"

"不能?"

"是娜塔莎。"

我真不敢相信自己的耳朵。"那个俄国妓女?"

"别那样叫她。"

"她不就是干那一行的吗?"

"我说过你老婆是个芭比娃娃吗?"

"你现在是拿我老婆跟妓女比?"

"我的意思是,我从来没有说你老婆是个芭比娃娃。"

"这还算是句人话,狄安娜可是百分之百天然的。"

"你骗人。"

"我没有。"

"好啦,算我服了你。不过,我明晚还是不会去。我已经在娜塔莎的会见等待名单上排了三个星期了,而且我想把过程录下来,做成录像带。"

"录下来？你真是个浑球。"

"在下次见到她之前，我总得有东西看吧？天知道下次见面得是什么时候了。"

我大声笑了出来。"你疯了。"

"你为什么说我疯了？"

"你爱上一个妓女了，奥韦！会爱上妓女的，都不是真正的男子汉。"

"你懂什么！"

我哼了一声。"等你掏出那该死的摄像机时，你要怎么跟你的爱人解释？"

"她完全不会知道这件事。"

"装在衣橱里的隐藏摄像机？"

"衣橱？老兄，我整所房子都装了监控摄像头。"

现在奥韦·奇克鲁说什么都不会再让我感到惊讶了。他曾跟我说过，他不工作时，大部分时间都待在童森哈根山上的家里，在那座位于森林边缘的小房子里看电视。还有，如果电视屏幕上出现让他真的很不爽的画面，他就朝电视开枪。他曾经吹嘘过那些被他称为"女士"的格洛克手枪，说它们在击发之前不用竖起什么击锤。奥韦都是用空包弹朝电视射击，但是有一次他忘了自己装了整个弹匣的实弹，一台价值三万克朗的全新先锋牌等离子屏电视就这样被打得稀巴烂。当他不开枪打电视时，就从窗口朝着屋后树干上他自己装上的猫头鹰巢箱乱射。一天晚上，他坐在电视前，听见有东西闯进树林，于是打开窗户，拿出雷明顿来复枪开了一枪。子弹正中那只动物的头部，所以奥韦不得不把装满格兰迪欧萨比萨的冰箱给清空。接下来的六个星期，他吃的都是驼鹿：驼鹿肉排、驼鹿汉堡、炖驼鹿、驼鹿丸与驼鹿肋排，直到他自己受不了。于是他又把冰箱清空，重新用格兰迪欧萨比萨把它填满。我觉得这些故事的可信度都还挺高的，但是这件事……

"整座房子都是监控?"

"这不是在三城公司工作的额外福利嘛。"

"而你可以在不被她察觉的情况下就启动摄像头?"

"没错。我去接她,之后一起进到我的房子里,如果我没有在十五秒内输入密码的话,摄像头的画面就会传回三城公司。"

"而你的屋子里就会铃声大作?"

"不会,我装的是无声警铃。"

我当然知道事情是怎么运作的,只有三城公司那边的警铃会响。三城公司报警后,警方会在十五分钟内赶到现场,这种操作的目的是不把小偷吓跑,在小偷离开前人赃并获地逮到他们,就算逮不到,也可以通过录像画面指认他们。

"没错,我告诉过值班的那些家伙不要有任何动作。他们只要屁股往那儿一坐,就可以通过屏幕观赏好戏。"

"你是说,那些家伙会看到你跟那个俄……娜塔莎?"

"我总得跟别人分享我的快乐吧?但是,我非常确定镜头不会拍到床上,那可是私密的地方。不过,我会让她在床角脱衣服。没错,就在电视旁的椅子上。她会遵从我的舞台指令,这就是美妙之处——让她坐下,在那里爱抚自己。完美的拍摄角度。我还把灯光微调了一下。如此一来我可以在镜头外的地方打手枪,没错。"

我知道那么多干吗?我咳了一声。"那么,你就今晚来拿蒙克的画。后天晚上来拿鲁本斯的画,好吗?"

"好。你没事吧,罗格?你的声音听起来有点紧张。"

"一切都很好。"我说,用手背擦擦额头,"一切都好得不得了。"

我放下电话,继续前行。云朵在天空聚积起来,但我几乎没有注意到。

因为一切都没问题，不是吗？我将会成为千万富翁。我可以用钱换取自由，摆脱一切束缚。这整个世界，这世上的一切——包括狄安娜，都会成为我的。远方的闷雷听起来像是痛快的笑声。接着，第一滴雨落了下来，我在鹅卵石路面上跑了起来，脚底的咔啦声听起来如此欢快。

7　怀孕

六点时雨停了,金黄色的阳光从西边射进奥斯陆峡湾。我把沃尔沃停进车库,关掉引擎,开始等待。我身后的车库门关起来以后,我把车内的照明灯打开,打开黑色的文件包,拿出我白天的战利品。《胸针》,又名《伊娃·莫多奇》。

我打量着她的脸庞。当年蒙克一定是爱着她的,否则不可能把她画成这种模样——把她画得像洛蒂,捕捉到了那种沉寂的痛苦和宁静的疯狂。我低声咒骂着,用力地吸气,从牙齿间发出咝的一声。然后我把头顶的天花板装饰取下。这是我自己的发明,用来藏匿那些画作,直到它们被运出国界。做法是先把附着在挡风玻璃上方的天花板衬垫(汽车行业的人称之为头顶衬垫)取下来,然后在里面粘上两条魔术贴,接着再小心翼翼地沿着前座车内顶灯切割,如此一来我就有了一个完美的"密室"。想要搬运大型画作,特别是那种又旧又干的油画,最大的困难在于你必须把它们平摊放置,绝不能卷起来,因为颜料有可能会裂开,这幅画就毁了。换言之,你需要一个空间宽敞的运输工具,而货车太过显眼了。但是,如果你有一片大概四平方米的平坦车顶空间,你就连大型画作也藏得住,还可以借此躲过海关官员与缉私犬的盘查——幸好它们的嗅觉训练教的不是嗅出颜料或油漆。

我把《伊娃·莫多奇》滑进去,用魔术贴把衬垫固定好,下车后往上走进屋里。

狄安娜在冰箱上贴了字条,说她跟友人卡特琳出去了,大概十二点回来。几乎还有六个小时的时间。我打开一罐生力啤酒，坐在窗边的椅子上，开始等她。喝完我又拿了一罐，想起某次在我得腮腺炎的时候，狄安娜从约翰·法尔克贝格①的书里念给我听的一句话："我们都一样，喝多少取决于有多渴。"

当时我因为发烧躺在床上，脸颊跟耳朵都在痛，看起来像一只不停流汗的河豚。医生看过体温计之后说"不是很严重"，我自己也没觉得很不舒服。他之所以会提到脑膜炎与睾丸炎等可怕的字眼，全是因为狄安娜施压，而让他更不情愿的是，他还必须跟我解释，那两种病是大脑与睾丸周遭的组织发炎，但是他立刻又补上一句，"你不太可能生那两种病"。

狄安娜念书给我听，把冷毛巾盖在我的前额。那本书是《夜里四更天》，因为我那有可能发炎的脑袋实在没办法专注在其他事情上，所以我就仔细聆听。有两件事引起了我的注意。书里面有个教士叫西吉斯蒙德，他喝了很多酒，为了帮自己开脱，他才会说："我们都一样，喝多少取决于有多渴。"也许这种对人性的看法能让我感到自在吧：如果你只是依照本性去做，那就没有关系。

引起我注意的另一件事是书里面引用了"彭托皮丹的教义问答"，他宣称任何人都能够污染或毁掉另一个人的灵魂，将其拖入万劫不复的罪恶深渊，再无获得救赎的可能。这一点让我不太自在。这让我想到，就算我从来没让狄安娜知道我赚外快的那些事情，但我还是玷污了她圣洁的天使翅膀。

她就这样照顾了我四天四夜，令我同时感到愉悦与懊恼。因为我知道，如果她只是得了腮腺炎这种小病，我不可能像这样照顾她。因此我感到非

---

① Johan Falkberget，挪威作家，曾被提名诺贝尔文学奖，下文提到的《夜里四更天》（*The Fourth Night Watch*）就是他的小说。

常好奇，终于开口问她为什么会这么做。她的回答可以说既简单又直接。

"因为我爱你。"

"那只是腮腺炎而已。"

"也许是因为以后我就没有表达爱意的机会了，你太健康了。"

这听起来好像是在抱怨我。

的确，就在我痊愈的那天，我就去接受阿尔发这家猎头公司的面试了，我跟他们说，如果不雇用我，他们就是大白痴。而且，我知道说这种话的时候该怎样展现出十足的自信心。女人的这种告白最能让人忘掉身高缺陷，超常发挥。不管她们是不是在说谎，我的内心会永远对此心怀感激，也会萌生爱意。

我拿起狄安娜的一本艺术书，看看里面有什么关于鲁本斯的事情，写得不多，但是讲到了《狩猎卡吕冬野猪》这幅。我仔细地端详它，然后把书放下，努力想清楚明天到奥斯卡街行动时的每一个步骤。

目的地是一栋公寓，这意味着我很可能会遇上邻居。只要他们瞥见我一眼，就有可能变成证人，就算只有几秒钟也一样。不过，他们不会起疑的，也不会注意我的脸，因为我是穿着连身工作服走进一个正在装修的公寓的。所以我在怕什么？

我知道我在怕什么。

面试的时候他把我看穿了。但是看穿到什么程度？他会不会起了疑心？不可能。他不过就是察觉出了自己在军中曾使用过的审讯技巧，仅此而已。

我拿起手机，拨电话给格雷韦说狄安娜出门了，所以要等他从鹿特丹回来才能告诉他哪个专家可以帮他鉴定画的真伪。格雷韦的语音信箱讲的是英文——"请留言"，我就照办了。酒瓶空了，我考虑换威士忌喝，但又打消了念头，我可不想明天早上带着宿醉醒来。再享受最后一瓶啤酒，太棒了。

等我意识到自己在做什么的时候，电话几乎要拨通了。我从耳边拿开电话，急急忙忙地按下红色按钮。刚刚我拨了洛蒂的电话号码——电话簿里我小心地用字母 L 代表她，这个 L 曾在来电显示里出现过几次，每次都让我大吃一惊。我们订的规则是由我打电话给她。我点进电话簿里，找到 L，按下删除键。

手机屏幕显示："确认删除？"

我仔细考虑了一下还有什么选择。如果按下"取消"的话，我就是个劈腿的胆小鬼，按下"确认"，我就是说谎。

我按了确认键。因为她的电话号码已经深深烙在了我心里，删也删不掉。这意味着什么？我不知道，也不想知道。但我终究会渐渐把它忘掉。渐渐忘掉，最后忘得一干二净。我一定得忘掉。

狄安娜回家时距离午夜还有五分钟。

她问我："亲爱的，你今天都在做什么？"她走到椅子边，坐在扶手上，抱了我一下。

我说："没什么，只是面试了克拉斯·格雷韦。"

"结果呢？"

"他是个完美的人选，除了他是外国人这点。探路者说他们要找一个挪威人来领导公司，他们甚至公开表示过，非常希望他们从里到外都是一家纯正的挪威公司，所以我必须劝他们接受他。"

"但是，你劝人的功力是世界第一的，"她亲亲我的额头，"我听人讨论过你的纪录。"

"哪一项纪录？"

"我想，就是总是可以让推荐人选拿到工作的纪录。"

"哦，那个纪录啊。"我装成一副好像很惊讶的样子。

"你这次也可以办到。"

"卡特琳怎么样？"

狄安娜用手帮我梳理浓密的头发。"很棒，跟往常一样。或者说，比往常还棒。"

"总有一天她会因为太幸福而死掉。"

狄安娜把脸贴在我的头发上，对着头发说："她刚发现自己怀孕了。"

"所以她会有一阵子没办法过很棒的生活。"

"乱讲。"她含糊地说，"你刚刚在喝酒吗？"

"喝了一点。我们该为卡特琳举杯庆祝吗？"

"我要去睡了，跟她兴高采烈地聊天让我好累哦。要一起来吗？"

在卧室里，我蜷曲着身子躺在她身旁，环抱着她，感觉她的脊骨贴着我的胸膛与肚子，我突然发现，在与格雷韦面谈之后，我有了一个念头，那就是现在我可以让她怀孕了。我终于立于不败之地，站在安全地带了，如今就算是孩子也不能取代我了。有了那幅鲁本斯的画，我终于可以变成狄安娜口中的那只狮子、那个主人，不可取代的供养者。并不是狄安娜曾经对此有何疑义，是我怀疑我自己。我怀疑自己能否给狄安娜一个配得上她的安乐窝，并且好好保护她。我怀疑有了小孩后，她便不会像之前那样盲目。但是现在她可以好好看我了，看到我的全部。至少，是看到更多面的我。

我没有盖羽绒被，敞开的窗户中吹进一阵冷冽的风，我身上起了鸡皮疙瘩。我感到自己勃起了。

但是她的呼吸已经变得深沉平顺。

我放开她。她翻了个身，像个婴儿似的躺着，看起来安稳又没有戒心。

我轻轻滑下床。

看来从昨天起她就没有动过"水子地藏"的神坛。像这样一天过去她却没有任何动静——例如换换水、摆上新的蜡烛或鲜花之类的——是很罕见的。

我往前走到客厅，给自己倒了一杯威士忌，窗边的拼花地板冰凉冰凉的。那是三十五年的麦卡伦威士忌，一个对我的表现感到满意的客户送的，他们现在已经是一家上市公司了。我看见月光洒在下方的车库上，也许奥韦已经开始行动了，他会用我给他的备用钥匙进入车库，把《伊娃·莫多奇》拿走，放进文件包，回到他那辆车上。为了安全起见，他的车停得很远，以免别人将他和我联系在一起。他会开车到哥德堡去找那个销赃人，一大早就回来。但是如今《伊娃·莫多奇》再也不是我所关切的了，它只是一份用来填补工作空当的差事，赶快处理掉就是。当奥韦从哥德堡返回时，他应该已经拿到一幅可以用的鲁本斯仿品，在我们的邻居起床之前，他就会把画放回沃尔沃的天花板衬垫里面。

以前奥韦曾经开着我的车去过哥德堡，我从未跟那个销赃人有过交涉，而且我也希望他不知道除了奥韦之外还有人涉案。我觉得这样比较好，跟我联系的人越少越好，这样能指认我的人就越少。犯罪的人迟早都会被逮，所以跟他们保持距离是很重要的。这就是为什么我坚持不在公共场所与奥韦交谈，而且每次都用公共电话打给他。当奥韦被捕时，我不希望他的手机通话记录里有我的电话号码。每当我们要分钱或拟订计划时，就会到一个叫作埃尔沃吕姆的地方去，那里有个偏僻的小木屋。小屋是奥韦跟一个乡间农夫租来的，每次我们总是分别驾车前往。

某次在开车前往小木屋的路上，我才发现让奥韦开我的车到哥德堡实在是一件很危险的事。当时我经过一个警方架设测速器的地方，发现一辆警车，旁边停着奥韦那辆快要三十年的奔驰280SE，一辆漂亮的黑色轿车。我这才意识到奥韦显然是那种喜欢危险驾驶的家伙，根本没办法把速度保持在限速范围内。我曾一再要求他，如果他开我的车去哥德堡，就要把我车内挡风玻璃上的自动通行装置拿下来，那玩意儿只要使用过就会留下记录，我可不想跟警察解释自己为什么一年内数度半夜开车来回E6高速公路。

但是,当我在前往埃尔沃吕姆的路上,看见奥韦的奔驰被警方拦下来时,我发现这才是我们面临的最大风险:被拦下的超速司机是警方的老熟人,他们一定会忍不住怀疑,奥韦·奇克鲁究竟为什么会开着这辆车到哥德堡去,而车主居然是……嗯,备受尊敬的猎头专家罗格·布朗。接下来我能听到的就只有一连串坏消息了。因为奥韦如果与英鲍、莱德与巴克利的审讯程序对决,结果只会有一种。

我想我看得出一片漆黑的车库里有动静。

明天是我的"D日"①,梦想之日,审判之日,退出江湖之日。如果一切都能按照计划顺利进行,这会是我干的最后一票。我想要做个了结,恢复自由,全身而退。

下方的城市里灯火闪耀着希望。

铃声响到第五次的时候,洛蒂把电话接了起来。"罗格?"那口气小心翼翼,如此温柔,好像是她把我吵醒了,而不是我吵醒她。

我挂掉电话。

举起酒杯一饮而尽。

---

① 后文的"梦想之日""审判之日""退出江湖之日"英文首字母均为"D"。——译者注

8　G11sus4

醒来时我感到头痛欲裂。

我用双肘把身体撑起来，看到狄安娜的高挑背影，她只穿着内裤，把手伸进手提包与前一天穿的衣服的口袋里翻找东西。

我问她："找东西吗？"

她说："早安，亲爱的。"但是我听得出来她一点也不心安。我自己也是。

我拖着身子下床，走进浴室。我看着镜子，知道自己的状况已经糟到极点，接下来应该只会变好。必须变好，而且一定会变好。我打开莲蓬头，站着，任由冰冷的水冲刷，我听见狄安娜在卧室里低声咒骂。

"接下来一定会……"我大声喊叫，无视于此刻的状况，"一切顺利！"

"我走了，"狄安娜大声说，"我爱你。"

"我也爱你。"我大声回答，但不知道她在砰的一声关门出去之前有没有听到。

十点的时候我已经坐在办公室里，试着集中注意力。我觉得我的头就像一只透明的蝌蚪，不停震颤。我隐约记得刚刚费迪南嘴巴动了几分钟，讲的事情中有些值得关注，有些则不然。尽管他仍张着嘴，但嘴巴已经不再动了，只是瞪着我，看来他是在等我说话。

我说："把你的问题再说一遍。"

"我说，我很乐意对格雷韦与客户进行第二次面试，但是你必须先跟我说一些有关探路者的事。我什么信息都不知道，到时候看起来一定就像个大白痴!"说到这里,他好像不得不把音调提高,变成歇斯底里的假音。

我叹了一口气。"他们制造肉眼几乎看不见的迷你信号发射器,可以附着在人身上,把接收器连接在全世界最先进的卫星定位系统上来追踪。他们对一些卫星拥有部分股权,那些卫星会优先为他们服务,大概就这样。这是一种突破性的科技,因此很有可能被买下来。看看他们的年度报告吧。还有什么问题?"

"我看过了!所有的产品信息都是机密。还有,克拉斯·格雷韦是外国人这一点怎么办?我要怎么劝这家显然很注重本土精神的公司接受他?"

"你不用劝他们,我来就好。这点就不劳你担心了,费迪①。"

"费迪?"

"嗯,我想出来的。费迪南这名字太长了。这样可以吗?"

他用难以置信的眼神看着我说:"费迪?"

"当然,我不会在客户面前这样叫你。"我露出灿烂的微笑,感到头越来越痛,"我们谈完了吗,费迪?"

我们谈完了。

嚼了头痛药之后,我一直盯着时钟,一直到午餐时分。

午餐时我到"寿司与咖啡"对面那家珠宝店去了一趟。

我指着橱窗里的钻石耳环,说:"那一对。"

我有钱还信用卡,要还多少都没问题。那猩红色的首饰盒表面镶着麂皮,跟小狗的毛一样柔软。

午餐后我又嚼了一片头痛药,继续看时钟。

五点整的时候我把车停在印可尼多街上。找车位很简单,不管是在这

---

① 费迪南的昵称。

里工作还是居住的人，显然都在回家的路上。刚刚才下过雨，我的鞋底在柏油路面上发出嘎吱声。文件包感觉好轻。复制画的质量还可以，当然也贵得可怕，居然要一万五千瑞典克朗，但此刻这也不重要了。

如果说奥斯陆的哪一个街区最时髦，当然是奥斯卡街。这里林立着各种建筑风格的公寓大楼，大部分都是新文艺复兴时期的。十九世纪末，这里是富商与高官置产的地方，楼房的正面以新哥特式的图案装饰，前院里植有花木。

一个男人牵着一只贵宾犬朝我走过来，市中心没人养猎犬。他对我视而不见。市中心就是这样。

我沿街走到二十五号，网上说这个街区的建筑是"受中世纪影响的汉诺威风格"。更有趣的是，我在网络上发现，西班牙大使馆已经不在这个地区了，所以这附近应该没有那些恼人的监控摄像头。大楼前没有任何人，我只看到眼前一扇扇没有灯光的窗户，到处一片寂静。奥韦给我的钥匙应该可以打开大楼的前门与公寓的门。我沿着楼梯往上走，故意维持不重也不轻的脚步，就像一个知道自己要往哪里去、没有任何事需要隐藏的人。我先把钥匙拿好，如此一来就不用站在公寓门前翻找钥匙——在这种老旧公寓大楼里发出那种噪声，楼上与楼下都会听见的。

二楼。门上没有名牌，但我知道就是这一户。大门有两扇门板，玻璃带有波浪状纹路。我并不如自己所认为的那样冷静，心脏在胸膛怦怦跳着，而且我居然没能把钥匙插进钥匙孔里。奥韦曾跟我说过，当你紧张时，首先变得不对劲的就是肢体的协调性。这是他从一本讲一对一格斗的书上看来的，里面提到当别人用枪指着你时，你会连装子弹这种事都办不到。不过，我还是在第二次就把钥匙插进去了。钥匙转得动，完全没出声，一切平顺而完美。我按下门把，试着将门朝我这边拉了拉，然后又推了推，但是都开不了门。我又拉了拉。妈的！难道格雷韦又多加了一道锁吗？难道我的梦想和计划会因为那一道该死的锁而破灭吗？我使尽力气推门，几乎开始惊慌失措。门与门框分离时发出一声很响的咔嚓声，回音沿着楼梯往下传。我快步走进门内，小心翼翼地把身后的门带上，呼出一口气。突然间，我似乎觉得前一晚的那个想法好愚蠢，我会想念这种我早已习惯的刺激感吗？

当我吸气时，口鼻与肺部都充满了溶剂的味道：乳胶漆、亮光漆与粘胶。

我跨过玄关处那些油漆桶与一卷卷壁纸。方格状的橡木色拼花地板上铺着一大块保护纸，上面有护墙板、砖灰，还有显然即将要被换掉的老旧窗户。走廊上有一整排房间，每个都有小型舞厅那么大。

我在中间那个房间的后方找到半完工的厨房。线条简洁鲜明，材质不是金属就是木头，一定很贵，这是毋庸置疑的；我猜那是博德宝牌的橱柜。我走进用人房，架子后面有扇门。我早就想到这扇门可能是锁起来的，但我知道，如果有必要的话，这公寓里一定有工具可以帮我破门而入。

看来没必要。当门被我打开时，门枢发出了一阵吱嘎声。

我走进那个一片漆黑、空无一物的矩形房间，从我的连身工作服里拿出小型手电筒，把暗淡的黄色光线投射在墙壁上。里面挂着四幅画，其中三幅我不认识，但第四幅就不同了。

我站在画作前面，跟听格雷韦提到画名时一样，感到一阵口干舌燥。

"《狩猎卡吕冬野猪》。"

光线隐约穿透了画作表面那有四百年历史的一层层颜料，和阴影一起打造出画中打猎场景的轮廓与形态，这就是先前狄安娜跟我说过的所谓"明暗对比"手法。那幅画好像真的有一股吸引力似的，一种令人入迷的魅力，那感觉就好像过去只是从照片与道听途说的传闻中知道的某个传奇人物如今突然出现在你眼前。我不知道这幅画那么美。我知道这种用色的方式，因为我曾在狄安娜的艺术书籍里看到他早期那些以打猎为主题的名画——《猎狮》《猎河马与鳄鱼》，以及《猎虎》。昨天我看的那本书说这是鲁本斯第一幅以打猎为主题的画作,是后来那些杰作的出发点。所谓卡吕冬野猪,就是狩猎女神阿耳忒弥斯遭到人类遗忘,因而派了一头野猪到卡吕冬城去杀人作乱。但是野猪终究被卡吕冬城里最厉害的猎人墨勒阿革洛斯用矛刺死。我凝视着墨勒阿革洛斯裸露的一身肌肉,他那充满仇恨的表情让我想起了某个人,我也看着长矛刺穿野猪的躯体。如此充满戏剧张力,又令人肃然起敬;如此赤裸裸,又如此神秘;如此简单,又如此有价值。

我举起画,拿到厨房,摆在工作台上。如我所料,那老旧的画框后面有一个画布张紧器。我拿出两件工具:尖锥与老虎钳——我只带着这两件,也只需要它们。我把大部分大头钉剪断,把我待会儿还要用的那些大头钉拔出来,将画布张紧器松开,用尖锥把钉针挖掉。我的手没有平常那么灵活,也许奥韦说得没错,紧张会让人失去协调性。但是,二十分钟后,我终于把复制画装进画框里,真品也放进文件包里面了。

我把画作挂起来,带上身后的门,检查一下是否留下了任何线索,离开厨房时,我握着文件包提手的手一直出汗。

我走过中间那个房间,往窗外看了一下,瞥见一棵叶子掉了一半的树。我停了下来,阳光从云层的裂缝里斜射下来,剩下的鲜红色树叶让那棵树看来好像在燃烧——像鲁本斯的手法,那些颜色是他的用色。

这是个神奇的时刻,胜利的时刻,改变我一生的时刻。在这样一个时刻,眼前的一切显得如此清晰,因此过去那些难以做出的决定变得如此理所当然。我决定当爸爸了,本来我打算今晚跟她说,但我知道现在才是最适当的时机。此时此刻,在这个犯罪现场,我把鲁本斯的画作夹在腋下,眼前矗立着这棵漂亮而雄伟的树。这是一个应该被化为永恒的时刻,是每当下雨天狄安娜跟我待在家里时,都拿出来回味的永恒回忆。纯真的她会觉得我是非常清醒地做出这个决定的,理由无他,只因为我爱她以及我们尚未出世的孩子。只有她口中的那只狮子,身为一家之主的我才知道这黑暗的秘密：纯真的他们只看到猎物被摆在眼前，哪知道一匹斑马的喉咙被我在突袭时咬断，地上流满鲜血。没错，我就应该这样稳固我们的爱。我拿出手机，摘掉手套，找到她那只普拉达手机的号码。等待电话接通之际，我在脑海中构思该说些什么。是"我想跟你生个孩子，亲爱的"还是"亲爱的，让我给你……"

我听见约翰·列侬的那一段 G11sus4 和弦。

"一夜狂欢……"没错，没错。我露出得意的微笑。

但一瞬间我反应过来。

我发现我听得见那和弦声。

事情有点不对劲。

我把手机放下。

声音从远处传来，但已经足够清楚了。我听见披头士弹起《一夜狂欢》，她的电话铃声。

我站在地面的灰色保护纸上，两只脚好像被粘在地上。

然后，我的脚开始向音乐传来的方向移动，我的心好像定音鼓似的，不断沉重地怦怦作响。

声音来自那几间会客室的另一头，是从那边走廊上一扇半掩着的门后面传出来的。

我打开门。

那是一间卧室。

房间中央摆着一张已经整理好，但显然有人睡过的床。床脚放了一个行李箱，旁边一张椅子的椅背上披着几件衣服。衣柜是打开的，里面挂着一套西装——那是克拉斯·格雷韦穿去面试的西装。房间里某处传来列侬与麦卡尼的合唱声，充满活力，他们后来的唱片再也没法超越。我四处查看，跪下来，弯下腰，这才看到那只普拉达手机。它在床底下，一定是从她的口袋里滑出来的，可能是在他用力脱她裤子的时候。而她没有发现自己的手机掉了，直到……直到……

我脑海中浮现出今天早上她那诱人的背影，还有一边生气一边在衣服与手提包里翻找东西的模样。

我站了起来。大概是起身的速度太快了，我感到整个房间开始旋转。我伸出一只手，撑着墙面。

电话切换到语音信箱，是她那快活的声音。

"嘿，我是狄安娜。我的手机不在身边……"

的确不在。

"但你知道该怎么办……"

是的，我知道。我脑中记得刚刚曾摘掉手套撑在某处，因此我必须擦拭墙面。

"祝你有美好的一天！"

这恐怕很难。

哔！

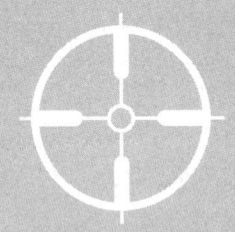

第三部
第二次面试

9 第二次面试

　　我的父亲叫伊恩·布朗，他热衷下棋，但并不是很厉害的棋手。他五岁时就开始跟他爸爸学下棋，也会看棋艺书籍，研究经典棋局。然而，一直等到我十四岁时他才开始教我，早已过了我吸收能力最好的年纪。但是我有下棋的天分，十六岁时我第一次击败他，他露出微笑，好似以我为荣，但我知道他讨厌被我打败。他把棋子重新摆好，开始了一场复仇之战。我跟平常一样用白棋，他想让我觉得他在让我。①下了几步之后，他说他要去厨房一趟，我知道他去喝了一点杜松子酒。在他回来前，我已经把两个棋子的位置换掉，但他不知道。四步之后，他看到我的白皇后对着他的黑国王，而且下一步他就要被将军了。他那样子看来实在太可笑，所以我控制不住开始大笑。从他的表情我看出他已经猜到刚刚发生了什么。他站起来，挥手把棋盘上的棋子都扫掉，然后开始揍我。我的膝盖一软，跌在地上，与其说是因为他的力道太大，不如说因为我害怕。以前他从来没有打过我。

　　他愤怒地低声说："你换了棋子的位置。想当我的儿子，就不该作弊。"

　　我尝到嘴里有血的味道。掉在地上的白皇后就在我面前，她的后冠断掉了。怨恨在我的喉中与胸间燃烧。我捡起断掉皇冠的白皇后，把它摆回棋盘，然后是其他棋子。我把它们一个个摆回去，放在原来的位置上。

　　"老爸，该你走了。"

---

① 国际象棋的规则是白棋先走，国王被将死算输。皇后是国际象棋中威力最强的棋子。

如果你是个充满恨意的冷血棋手，你就会这么做。就算是在快要赢的时候被对手冷不防地打了一巴掌，击中脆弱的地方，被洞悉心中的恐惧，你也不会失去对棋局的掌控，你会把恐惧放在一旁，继续执行原来的计划。你会深呼吸，把棋局重新摆起来，继续比赛，然后带着胜利离开，离开时不会显露一丝胜利的姿态。

我坐在桌子的另一端，看着克拉斯·格雷韦的嘴巴动来动去。他的脸颊时紧时松，说着费迪南与探路者公司的两个代表显然都听得懂的话，总而言之他们都很满意，全部三个人。我真痛恨那张嘴，我讨厌他那带着一点灰调的粉红色牙龈，那两排像墓碑一样整齐结实的牙齿，是的，我甚至还痛恨他那不断变换的口形。双唇间的裂缝如果呈一条直线，两边嘴角往上扬就表示他在微笑，像雕刻出来一般的微笑，想当年网球名将比约恩·博格就是这样迷倒全世界的。如今，克拉斯·格雷韦则以同样的微笑来诱惑他未来的雇主，也就是探路者公司。但我最讨厌的还是他的嘴唇。那嘴唇碰过我老婆的朱唇、她的肌肤，可能还碰过她柔软的胸部。

我一语不发地坐着几乎半小时了，而费迪南那个白痴在那边讲个不停，问的都是面试指南里面的愚蠢问题，那语气好像问题都是他自己想出来的。

面试开始时，格雷韦只对着我讲话，但是他渐渐发现我只是个不请自来的被动监督者，而他今天的差事其实是用"格雷韦福音"开导其他三个人。不过，每隔一段时间他就会对我投来疑问的一瞥，好像是要寻找关于我所扮演角色的线索。

探路者的两位代表分别是公司的董事长与公关经理，过了一阵子后他们也开始问问题，自然都是关于格雷韦在霍特公司的经历。格雷韦说明了他与霍特公司是如何带头开发出"追踪漆"的——那是一种可以涂在任何物体表面的亮漆，每毫升可包含一百个发射器。这种漆的优点是肉眼几乎看不见，而且跟一般亮光漆一样，它对任何物体都有超强的附着力，一定要用刮漆刀才能弄下来。缺点是那些发射器太小了，信号微弱到只能穿透空气，上面只要覆盖着水、冰、泥，或者像沙漠战争中的车辆一样沾上厚厚的尘土，就会失效。

不过，穿透墙壁却几乎不是问题，即使厚重的砖墙也是。

格雷韦说："根据我们的经验，涂上追踪漆的士兵只要身上沾到的土达到一定程度，接收器就会收不到他们的信号。目前我们的科技还不足以让微型发射器的信号变强。"

董事长说："探路者有办法。"他头发稀疏，五十多岁，一直在以各种角度扭转他的脖子，像是怕脖子变僵硬或是吞了什么太大的东西，无法下咽似的。我怀疑那是一种不由自主的抽搐，是某种肌肉疾病引起的唯一后果。"但不幸的是，我们没有追踪漆的技术。"

格雷韦说："打个比方，霍特跟探路者在科技上可以说是一对完美的夫妻。"

"没错，"董事长的话很尖刻，"探路者就像家庭主妇，每个月只能从老公的薪水里分得一点少得可怜的零花钱。"

格雷韦咯咯发笑。"说得真对。还有，探路者要掌握霍特的科技应该比较简单，反过来说就不一样了。这就是为什么我相信探路者只有一条路可以走，那就是独自承担这项使命。"

我看见探路者的两个代表交换了一下眼神。

董事长说："总之，你的履历令人印象深刻，格雷韦。但探路者公司的立场是希望找个能待久一点的执行总裁……你刚刚在那一番应聘演说里是怎么说的？"

费迪南跳出来搭腔："一个像农夫一样的执行总裁。"

"没错，农夫，一个不错的形象。换句话说，是一个能在既有成果上持续耕耘的人，能循序渐进地把东西建立起来。他必须是个强悍而有耐性的人，而你的记录可以说……嗯，很可观也很戏剧化，但是这并不能证明你具备了成为我们的执行总裁所需要的坚毅与耐力。"

董事长讲话时，克拉斯·格雷韦的神情一直很严肃，听到这里他开始点头。

"首先，我要说的是，我认同你们所说的那种人才是探路者要找的执行总裁。其次，如果我不是那种人，我对这个挑战也就不会有任何兴趣了。"

"你是那种人？"另一个代表小心翼翼地发问，像他这种说话得体的家伙，在自我介绍以前，我就已经猜出他是公关团队的头儿了，过去我提名过几个这种职务的人选。

克拉斯·格雷韦露出微笑，热情的微笑不但软化了他那冷酷的表情，还让他完全变了模样。先前我已经看过好几遍这把戏了，只要他想展现自己孩子气的一面就会这么做。这跟英鲍、莱德与巴克利所建议的身体接触有相同的效果——一种亲密的接触，一种信任的象征，好像在跟大家说，我已经把自己赤裸裸地摊开给你们看了。

格雷韦还在微笑，他说："我来说个故事给你们听。那是让我很不想承认的一件事，也就是说，我是个糟糕的输家，就连抛硬币猜正反面我都很少输。"

房间里的人都咯咯笑了起来。

"但我希望这个故事可以让你们见识到我的坚毅与耐力，"他接着说，"过去我在特别任务支援小队时，曾经负责追踪一个……说来可悲，一个苏里南的小毒贩。"

我可以看见探路者的两个代表不由自主地微微向前倾。费迪南帮大家续上咖啡，同时对我露出很有自信的微笑。

克拉斯·格雷韦的嘴巴又动了起来，往前蠕动，贪婪地吞食着不属于他的东西。她尖叫了吗？当然有。狄安娜就是忍不住，很容易就会臣服于他的欲望之下。我们第一次的时候，我想到了科尔纳罗礼拜堂里面那尊贝尼尼的雕塑作品《圣特蕾莎的狂喜》。一则因为狄安娜的嘴巴微张，好像很难过似的，几乎可说是满脸痛苦，额头的血管浮起，挤出皱纹。再则因为狄安娜的尖叫，我一直在想，贝尼尼雕刻刀下的那位加尔默罗修会圣徒在天使从她胸口拔出箭、准备再刺一遍时，应该也跟狄安娜一样叫了出来。总之，在我看来就是这么回事，一进一出，一种神圣的侵入意象。然而即使圣徒也没有狄安娜那么会叫。狄安娜的尖叫令我又痛苦又享受，在耳膜承受尖锐刺痛之际，全身也会震颤起来。那声音就像哀叹，一种持续的呻吟，其声调维持规律的起伏，好似遥控飞机。因为实在太刺耳了，第一次之后，我醒来时居然感到余音在耳中缭绕，三个星期的欢爱过后，我发现自己出现了耳鸣的初期症状：耳边有洪流连续倾注的声音，至少可以说是河流，伴随着一阵时隐时现的哨音。

某次我碰巧提起我担心听力受损，当然那是一句玩笑话，但狄安娜听不出好笑的地方。相反，她被吓到了，眼泪几乎流了出来。下一次的时候，我感觉到她用柔软的双手护在我耳边，一开始我以为那是她爱抚的新招。但是，等到她把手掌鼓起来，变成两个温暖的保护罩遮住我的耳朵时，我才从这动作中看出她有多爱我。这动作阻隔的声音很有限——尖叫声还是钻进了我的大脑皮层，但是对我的情绪产生了更大的冲击。我不是个容易哭的男人，但那次完事后我像小孩一样哭了起来，也许是因为我知道从不曾有人像这个女人一样那么爱我。

现在我就这样看着格雷韦，在确信她在他怀里时也曾那样尖叫的情况下，我试着不让这个念头逼我去想这个问题。但是，就像狄安娜忍不住尖叫一样，我也忍不住自问：当时她也遮住他的耳朵了吗？

格雷韦说："那次追踪任务所经过的地区大多是茂密的丛林与沼泽，

一次要走八小时的路。不过,我们总是差那么一点,总是太慢。其他人一个个放弃了,因为酷热、腹泻、蛇咬,或者只是纯粹的筋疲力尽。当然,那家伙只是个小角色。不过丛林会让人丧失理性思考的能力。我最年轻,不过到最后大家还是把指挥权交给了我。还有那把大砍刀。"

狄安娜与格雷韦。当我开着沃尔沃轿车离开格雷韦的公寓,把车停进家里的车库时,曾有一瞬间考虑过要把车窗摇下,让引擎持续运转,把二氧化碳或一氧化碳,不管那废气叫什么,总之就是把它吸进体内。无论如何,这种死法还挺痛快的。

"我们在这世界上最可怕的地方追了他六十三天,总共走了三百二十公里路,猎杀队伍只剩下我跟一个来自格罗宁根市的小伙子,而他是因为太笨才没有疯掉的。我跟总部联系,要他们空运一只尼德猊犬过来。你们知道那个犬种吗?不知道?那是全世界最厉害的猎犬,而且忠心无比,只要你一下令,不管是什么东西,不管那东西多大多小,它们都会发动攻击。它简直就是你一辈子的朋友。直升机把狗放下来,那是只刚满一岁的幼犬,它被丢在广大的西帕里韦尼区的丛林深处,那也是他们丢可卡因的地方。后来我们知道那只狗被放下去的地方与我们的藏身处相距十公里,如果它能在丛林里存活二十四小时,就称得上奇迹了,更别说找到我们。结果它不到两个小时就找到我们了。"

格雷韦往后靠在椅背上,此刻他已经完全掌控局面。

"我叫它响尾蛇,这名字来自那种热追踪导弹,你们知道吗?我爱那只狗。所以我现在也养了一只尼德猊犬,昨天我回荷兰把它带了过来。事实上,它是响尾蛇的孙子。"

我偷完格雷韦的画之后,回家时发现狄安娜坐在客厅里看新闻。布雷德·斯佩尔警监正在开记者会,眼前摆着几乎将他淹没的一支支麦克风。他正在谈论一件谋杀案,一件刚刚侦破的谋杀案,说得像是他自己独力侦破的。斯佩尔有一副刺耳的阳刚嗓音，就像被干扰的无线电广播一样，讲到义愤填膺处，那声音简直就像一台某个字母已经毁损的打字机，打在纸上才看得出是什么字。"凶嫌将于明天出庭，还有其他问题吗？"他的言谈中已经没有任何奥斯陆东区的痕迹，但是根据我用谷歌搜索的结果，他曾经为安莫鲁篮球队打过八年球。他从警校毕业时，成绩在同期学员里是第二名。某女性杂志专访他的时候，基于专业的考虑，他拒绝透露自己是否有了另一半。他说，任何伴侣都会引起媒体与他追捕的罪犯的注意，而这不是他乐见的。他还说，那本杂志里的美女，尽管她们罗衫半解、眼神迷蒙、嘴角含笑，但都不是他的理想对象。

我站在狄安娜的椅子后面。

她说："他已经被调到克里波工作了，专办凶杀之类的大案子。"

我当然知道，每星期我都会用谷歌搜索布雷德·斯佩尔，看看他在做什么，看看他是否已经向媒体宣布要开始缉拿偷画贼。除此之外，有机会的话我也会通过关系询问有关斯佩尔的事。奥斯陆这个城市可没多大，我的消息很灵通。

我松了一口气，对她说："那对你而言岂不是很可惜？他再也不会去画廊找你了。"

她笑了起来，抬头看我，我也低头看她，面露微笑，我们两人的脸就这样处于跟平常相反的位置。那一刹那我浮现出一个念头：她跟格雷韦没有发生任何事，只是我的想象力太丰富了，有时候人就是会胡思乱想，会想象最糟糕的状况，理由无他，只是想体验一下那是什么感觉，看看自己是否受得了，而且好像只是为了确认那不过是个梦而已。我跟她说我改变了主意，我说她是对的，我们真的应该订十二月去东京玩的机票。但是她惊讶地看着我，说她不能在圣诞节前关闭画廊，那可是旺季，不是吗？而且哪有人在十二月到冷死人的东京去玩？我说，那春天怎么样？我可以先订票。她说那现在计划也太早了,不是吗?难道我们不能等一段时间再说吗?我回答说,好吧,然后我又说我要去睡觉了,实在好累。

下楼后,我进入婴儿房,走到那尊水子地藏神像前面,跪了下来。她还是没有碰神坛。现在计划太早,等一段时间再说。我从口袋里拿出那个鲜红色的小盒子,指尖滑过平滑的表面,把它摆在那个看顾我们的"水子"的小小佛像旁。

"两天后,我们在一个小村庄里找到那个毒贩,他被一个很年轻的外国女孩窝藏起来,后来我们才知道那是他的女朋友。毒贩通常会找一些看起来很无辜的女孩,利用她们帮忙运毒,直到女孩被海关抓住,判处无期徒刑。从我们开始追捕他算起,已经过了六十五天,"克拉斯·格雷韦深深地吸了一口气,"对我来说,即使再追个六十五天也没关系。"

最后,打破长久沉默的是那个公关经理。"你逮到那个人了吗?"

"不只是他,根据他和他女朋友提供的消息,后来我们一共逮捕了二十三个共犯。"

"那……"董事长欲言又止,接着说,"那你是怎么逮捕那种亡命之徒的?"

格雷韦把双手摆在后脑勺上,说:"那次逮捕很顺利。想来男女平等的观念已经在苏里南开始普及,当我们闯进去时,他正把武器摆在厨房桌上,帮他女朋友操作绞肉机。"

董事长放声笑了起来,转头瞥向对面的公关经理,他虽然犹豫了一下,但还是很识相地开始大笑。等到费迪南用清亮的尖声大笑加入他们时,三个人就好像变成一支愉快的合唱队伍。我端详着那四张容光焕发的脸,心想:此刻我多么希望手里有颗手榴弹啊!

费迪南圆满结束面试后,我主动表示要送克拉斯·格雷韦出去,让其他三个人在进行会议总结之前休息一下。

我陪着格雷韦到电梯门口,按下按钮。

我说:"很有说服力的表演。"我把双手交叠在西裤前,往上盯着楼层指示灯,"你真是个诱惑人心的高手。"

"诱惑……我可不会这么说。我想你应该不会觉得推销自己是件不光彩的事吧,罗格?"

"一点也不会。如果我是你,一定会做跟你一模一样的事。"

"谢了。你打算什么时候写报告?"

"今晚。"

"很好。"

电梯门打开了,我们走进去,站着等待电梯往下走。

我说:"刚刚我在想,你追捕的那个人……"

"嗯?"

"莫非就是曾经在地牢里拷打你的人?"

格雷韦微笑说:"你怎么知道的?"

"只是瞎猜罢了。"电梯门滑动关上。"你一心一意想要逮到他?"

格雷韦扬眉道:"这很难理解吗?"

我耸耸肩。电梯开始移动。

格雷韦说:"我的计划是把他杀掉。"

"你的仇恨真有那么深吗?"

"有。"

"那你如何避免被荷兰军事法庭以谋杀罪起诉?"

"不要被抓到就好。用琥珀胆碱。"

"毒药?比如淬了毒的箭头?"

"在我们那个世界里,'猎头'高手都是用那种东西。"

我想他是故意使用"猎头"这个双关语。

"把琥珀胆碱溶剂藏在葡萄大小的带针橡胶球里，那尖锐的针小到几乎察觉不出来。接着只要把球藏在目标的床垫里，等他睡觉时，针就会刺进皮肤，在身体的重压下，橡胶球里的毒药就会进入体内。"

我说："但是他在家里，而且那个女孩是证人。"

"没错。"

"那你怎么让他供出他的同伙的？"

"我跟他进行交易。我让队友抓着他，而我钳着他的手靠近绞肉机的进肉口，说如果他不说，我们就会把他的手弄成碎肉，然后让他看着我们的狗把肉吃掉。然后他就招了。"

我点点头，在脑海里想象那情景。电梯门打开后，我们走到前门，我帮他把门撑着。"他招供了，接下来呢？"

"接下来什么？"格雷韦眯起眼抬头看着天空。

"你遵守约定了吗？"

格雷韦说："我……"他从胸前口袋捞出一副茂宜睛钛合金太阳镜戴上，"总是会遵守约定。"

"就这么规规矩矩地按程序逮捕他？这值得你花两个月的时间，冒着生命危险进行追捕吗？"

格雷韦轻声笑说："你不懂，罗格，像我这种人是从来不会考虑放弃追捕的。我就跟我的狗一样，基因与训练造就了我们，根本不会考虑危险。一旦有人惹到我，我就会像一枚锐不可当的热追踪导弹，基本上是以自我毁灭为目标。你大可以用你那蹩脚的心理学知识去诊断看看。"他把一只手放在我的手臂上，挤出一抹微笑，低声对我说："但是诊断结果不用告诉我，你知道就好。"

我撑着门站着。"还有那女孩呢？你怎么逼她招供的？"

"她才十四岁。"

"所以呢?"

"你觉得是怎样?"

"我不知道。"

格雷韦叹了一大口气。"我不知道你怎么会对我有这种印象,罗格,我才不会审讯未成年的小女孩。我带她去帕拉马里博,用我的薪水给她买了张机票,在苏里南的警察有机会抓住她之前就把她送上下一班飞机,让她回家找爸妈。"

我就这样看着他朝停车场里那辆银灰色的雷克萨斯 GS430 走过去。

秋天的天气带着一种惊人的美感。我结婚那一天下了雨。

10　心脏病

我第三次按洛蒂·马森的门铃。事实上，门铃旁并没有她的名字，但我不断在艾勒松特街这一带按门铃，最后才找到她。

这一天早早就变暗变冷了，而且变化得很快。我的脚在发抖。午餐后，我从公司打电话，问可不可以在八点左右去找她，她犹豫了很久。最后，等到她简单地用"好"这个字答应给我一个申辩的机会时，我知道她一定是打破了对自己许下的誓言：不要再跟这个断然离她而去的男人有任何瓜葛。

门锁嗡的一声打开，我紧紧拉住门，唯恐这是自己上楼的唯一机会。我走上楼，不想在电梯里与多事的邻居打照面，让他们有时间打量我，把我记下，猜想我是谁。

洛蒂已经先咔啦一下把门打开，我瞥见她苍白的脸。

我走进去，把门在身后带上。

"我又来了。"

她没答话。通常都是这样。

我问："你还好吗？"

洛蒂·马森耸耸肩。她跟我初次见她时一样，像个胆怯的小女孩，娇小，衣衫凌乱，有着一双像小狗的棕色眼睛，眼神惊恐，油腻的头发垂在脸庞两侧，看起来没有精神。她弓着背，衣服的颜色暗淡、剪裁不合身，给人的印象是这个女人在努力遮掩自己的身体，而非吸引旁人的注意。但是洛蒂没有理由这么做，她的身形窈窕而丰满，皮肤光滑无瑕。但是，我想她就跟那种总是遭人毒打、遗弃，从未获得过应有优待的女人一样，散发着一种顺服的光芒。也许就是因为这样，我才会被激起那种过去未曾有过的感觉，一种保护的本能，还有一股让我们发展出短暂关系——或者说婚外情——的肉欲。婚外情。我们的关系还在，但婚外情已经是过去时了。

那年夏天，我第一次在狄安娜的某个赏画会上看见洛蒂·马森。她站在房间的另一头，正盯着我看，想要闪避我的眼神时却太迟了。任谁捕捉到女性投射过来的眼神都会感到受宠若惊，但是当我知道她不会再把眼神投向我时，便漫步到她正在研究的画作前面，对她做自我介绍。当然，这主要是出于一股好奇心，因为我很清楚自己有多少斤两，所以向来对狄安娜非常忠诚。心怀恶意的人可能会说，我的忠诚并非以爱为出发点，而是基于一种风险评估。他们会说，狄安娜的行情比我好多了，她充满吸引力，因此，除非我愿意余生同行情比她差的人一起过，否则根本没有冒险的本钱。

也许吧。但是洛蒂·马森的行情跟我是同一等级的。

她看起来像个怪胎艺术家，而我自然而然地以为她就是艺术家，又或者是艺术家的情人。否则，像她这样身穿松垮垮的棕色灯芯绒牛仔裤和单调紧身灰毛衣的人，怎么拿得到赏画会的邀请函？结果，她是个买家。用的自然不是她自己的钱，出钱的是一家位于丹麦欧登塞、需要买些画装饰新址的公司。她是个在家工作的西班牙语译者，翻译过图册、文章、使用说明书、电影和一本专业性的书籍，那家公司是她固定合作的几个对象之一。她讲话轻声细语，会露出一抹试探性的微笑，好像不明白为什么有人愿意浪费时间与她交谈。我很快就被洛蒂吸引住了。是的，我想"吸引"这两个字是用对了。她长相甜美，身形娇小，只有一米五九——不用问也知道，我很会看人的身高。等到那晚我离开赏画会时，已经要到了她的电话，因为我说要把赏画会那个艺术家的其他画作传给她。那个时候，我可能还是觉得自己没有心怀不轨。

下次碰面时，我们约在"寿司与咖啡"喝卡布奇诺。我跟她解释说我想要把画作印出来给她看，而不是用电子邮件传送，因为计算机屏幕会骗人——就像我也会骗人一样。

等她很快地把画作看完之后，我跟她说自己的婚姻不愉快，之所以会坚持下去，是因为我老婆很爱我，我对她有责任。任何已婚男女想要钓未婚男女时，都会用这种由来已久的陈词滥调，但是我看得出她没听过这种话。以前我也没亲耳听别人对我说过这种话，但是我当然知道话可以这么说，而且心想它应该会奏效。

她看看手表，说她该走了，而我问可不可以找个晚上去拜访她，为她介绍另一个更值得她的丹麦客户投资的画家。她犹豫了一下，但答应了。

我从画廊拿了几幅糟糕的画作，还有地窖里的一瓶红酒去找她。那是个温暖的夏夜，她帮我开门时脸上露出一副认命的表情。

我跟她说了一些自己的糗事——那种看似让你没面子，却因为你敢损自己，实际上能让你显得很自信又有成就的小事。她说她是独生女，小时候跟着爸妈环游世界，她爸爸是某家国际自来水系统公司的总工程师。她并不觉得自己是哪个国家的人，与其他地方相比，她并没有更喜欢挪威。但就是这样而已。对一个能讲数国语言的人而言，她的话实在很少。我心想，因为她是译者，所以她宁愿听别人说故事，而不是讲自己的故事。

她问起我老婆的事。尽管她一定知道狄安娜的名字，因为她收到了邀请函，但她还是说"你老婆"。如此一来她的确让我感到比较自在，也让她自己自在点。

我跟洛蒂说，当"我老婆"怀孕，但我不想要小孩时，我们的婚姻受到了莫大的冲击。而狄安娜声称，她是因为我的劝说才去堕胎的。

洛蒂问我："真的吗？"

"我想是吧。"

我看见洛蒂的脸色一变,于是问她怎么了。

"我爸妈也曾经劝我去堕胎,因为当时我才十几岁,而且小孩不会有爸爸。不过,我还是因此恨他们。恨他们,也恨自己。"

我哽住了,哽住的同时又解释说:"我们的胎儿患有唐氏综合征,遇到这种事的父母有百分之八十五会选择堕胎。"

说完我马上就后悔了。我到底在想什么?唐氏综合征会让我不想跟我老婆生小孩这件事变得更容易理解吗?

洛蒂说:"无论如何,你老婆都很可能会失去这个孩子,患有唐氏综合征的小孩通常也有心脏病。"

心脏病,当时我想,内心隐隐感谢她这么配合我,感谢她让我不用解释那么多,让我们都比较好过。一个小时后,我们俩脱掉所有衣服,我心里为自己的胜利而欢呼——对于那些习惯了征服的人,这看来没有什么,但这让我飘飘然了好几天,好几周,确切来说是三周半。我只不过就是有了情人而已,二十四天后就分手的情人。

现在,我看着她,她就在我眼前,感觉非常不真实。

汉姆生曾写道,在尝过恋爱的滋味后,人类很快就会腻了。任何分量太多的东西,我们都吞不下去。我们真的如此乏味吗?显然如此,但我并不是那样。我的情况是,良心不安的感觉一直侵扰着我,并不是因为我无法回报洛蒂的爱,而是因为我爱狄安娜。我当然早就意识到了这一点,但对这段婚外情的最后一击却是个奇怪的小插曲。那是夏末时分,我犯下罪的第二十四天,地点是洛蒂那所位于艾勒松特街的两居室小公寓,我们俩已上床睡觉。在那之前,我们彻夜聊天——准确说来,是我说了一整晚的话。我不断阐述自己对人生的看法。这是我在行的,我的话带有保罗·柯艾略的风格,也就是说,我说话的方式会让易受影响的人着迷,而让要求较高的听众不快。洛蒂棕色的眼睛盯着我的双唇，她咀嚼着我说出的每一个字，我能看到她漫步在我编织的幻想世界里，全盘接受我的论断，她爱上了我的精神世界。至于我自己，我爱上了爱我的她，她那忠诚于我的双眼，那份沉默，那欢爱时几不可闻的低声呻吟，与狄安娜电锯般的哀鸣全然不同。恋爱的感觉让我在那三周半里性欲高涨。每当我不再长篇大论，我们会互望一眼，我的身体就会往前倾，不知是她还是我总会浑身颤抖，然后两人就往卧室门冲过去，目标是她那张宜家单人床，床的名字很是诱人——Brekke①，听来像是要我们把它弄垮似的。那一晚她的呻吟声比平常大，而且她在我的耳边低声说了一些我听不懂的丹麦话。客观来讲丹麦语是种难讲的语言（丹麦儿童开口说话的时间比欧洲其他国家的孩子都晚），但我还是觉得很有"助性"的效果，不免快了起来。通常洛蒂不喜欢我太快，但那晚她示意我可以。我一边照做，一边集中精神想着葬礼上棺材里的老爸——事实证明这能有效预防早泄。尽管洛蒂说她吃了避孕药，但想到她还是有可能怀孕，我心里就害怕。我不知道洛蒂是否有过高潮；从她那安静而自制的神态来看，即使有，那也只会是一阵小小的涟漪，也许我压根儿注意不到。正因如此，接下来发生的事才让我一点心理准备也没有。那时我感到我该停下来，但还是任由自己用力地顶了最后一次，她身体变僵硬，睁大了双眼，张大了嘴巴，接着她抽搐了一下。当时有那么一个疯狂的瞬间，我居然生怕她因此癫痫发作。接着是一阵潮水。

我用双臂撑起身体，以难以置信且惊恐的眼神看着两人的身体。她的下腹部收缩着，发出一声低沉的呻吟。又是一阵。我心想，天哪，我是不是把她戳出一个洞来？惊慌之余，我的脑袋开始胡思乱想。我心想，她怀孕了，我把她体内胚胎的外膜戳破了，现在所有的鬼东西都流到了床上。

---

① 在挪威语里意为弄坏。

我的天哪！我们的周遭到处是孕育着那个孩子的体液，它是个"水子"，另一个"水子"！我躺在那里，脑袋里只有一个想法：这是个报应，上帝为了我劝狄安娜堕胎而处罚我，是我自己办事不小心，到头来还要害一个无辜的孩子送命。

我挣扎着下床，把羽绒被一起扯了下来。洛蒂吓了一跳，但我没有注意到她蜷曲的胴体，只是看着床单上那个仍在往外扩散的深色圆圈。我渐渐很幸运地反应过来发生了什么事，或者说——也是更重要的——什么事也没有发生。但是伤害已经造成了，一切为时已晚，已经没有回转的余地了。

我说："我该走了，我们不能继续这样下去。"

洛蒂缩着身体，用几乎听不见的声音说："你要做什么？"

我说："我很抱歉，但我必须回家请求狄安娜原谅我。"

洛蒂低声说："她不会原谅你的。"

我到浴室洗去手上、口中她的味道，没听见卧室里有任何动静，接着我就离开了，在身后小心地把门关上。

此刻，过了三个月之后，我又站在她的客厅，知道这次该装可怜的人不是洛蒂而是我。

我问她："你可以原谅我吗？"

洛蒂用单调的声音问："她不肯原谅你吗？"但也许这就是丹麦腔。

"我从未跟她说起我们的事。"

"为什么不说？"

我说："我不知道。有心脏病的人很有可能是我。"

她用探询的目光长久地打量着我，在她那双忧郁无比的棕色眼睛里，我看到了一抹笑意。

"你来这里干什么？"

"因为我忘不了你。"

她用一种我未曾听过的坚定语气又问了一遍:"你来这里干什么?"

"我只是觉得我们应该……"

"为什么,罗格?"

我叹气说:"我对她再也没有亏欠,她有了一个情夫。"

接下来我们陷入了一阵长时间的沉默。

她稍稍动了一下唇。"她让你心碎了吗?"

我点点头。

"而现在你要我帮你抚平内心的创伤?"

这个女人向来沉默寡言,我不曾听过她用这种轻描淡写的语气说话。

"你抚平不了的,洛蒂。"

"没错,我想我办不到。你知道她的情夫是谁吗?"

"我就这么说吧,他只是个要通过我们公司争取工作的家伙,但他是不会被录用的。我们能聊聊别的吗?"

"聊聊就好?"

"你决定吧。"

"好,我来决定。聊聊就好,那是你的专长。"

"嗯。我带了一瓶红酒。"

她微微点头,几乎看不出来。然后她转身往前走,我跟在后面。

我一边跟她喝酒,一边讲个不停,最后在沙发上睡着。醒来时,我的头枕在她的膝盖上,她正抚摸着我的头发。

当她发现我醒来后,问道:"你知道自己哪一点最先引起我的注意吗?"

我说:"我的头发。"

"我跟你说过吗?"

我看着手表说:"没有。"九点半,该回家了——那个已经破碎的家。我好害怕。

我问:"我可以跟你复合吗?"

我看得出她在犹豫。

我说:"我需要你。"

我知道这个理由实在很没说服力。这是我跟当年那个QPR球迷学来的,她说过,她觉得那球队需要她。但这是我能找到的唯一理由。

她说:"我不知道。我得想想。"

我进门时,狄安娜正在客厅里看一本大开本的书,范·莫里森正唱着"像你这种人让这一切都值得了",直到我站在她面前,大声念出那本书的书名,她才发现我回来了。

"《一个孩子的出生》?"

她吓了一跳,但露出愉悦的神情,急忙把书摆回她身后的书架。

"亲爱的,你回来晚了,你去做什么有趣的事了吗,还是只是在工作?"

我说:"两者都是。"我走到客厅的窗边,白色月光洒在车库上,但是奥韦要再过几个小时才会来拿那幅画。"我回了几通电话,然后想想看要提报哪个候选人给探路者公司。"

她高兴地拍拍手说:"好兴奋啊!应该是我帮你挑的那个吧,他叫作……呃,他叫作什么来着?"

"格雷韦。"

"克拉斯·格雷韦!我越来越健忘。等他发现是我帮的忙,希望他能跟我买一幅很贵的画。这是应该的,对不对?"

她开朗地笑了一会儿,把刚刚缩在身下的细腿伸直,打了一个哈欠。她的话仿佛一只利爪,抓着我那好像灌水气球的心脏,紧紧捏着,我必须赶快转身看向窗外,以免让她看见我痛苦的表情。过去我眼中那个与任何形式的欺骗都毫无瓜葛的女人,如今不仅成功地戴上了面具,而且玩得很专业。我吞了一口口水,等到确定能控制自己的声音才开口。

我仔细打量着她在玻璃上的倒影,说:"格雷韦不是适当的人选,我会挑别人。"

其实也没那么专业,她没能很好地应对这个变数,只是张大了嘴巴。

"亲爱的,你在开玩笑吗?他是个完美的人选!你自己也说过……"

"我错了。"

"错了?"她声音中带着一点尖叫声,我感到满意极了。"你究竟是什么意思?"

"格雷韦是个外国人,身高不到一米八,还有,他有严重的人格缺陷。"

"不到一米八!天哪,罗格,你还不到一米七欸!你才有人格缺陷!"

听来真是心痛,不是因为她说我有人格缺陷,当然,她说的可能没错。我使劲压抑,让声音保持平静。

"狄安娜,你干吗那么激动?我曾看好克拉斯·格雷韦,但经常有人令我们失望,辜负我们的期望,这种事时时都在发生!"

"但是……但是你错了。你看不出来吗?他是个男子汉!"

我转过身,打算用一副居高临下的笑脸面对她。"听我说,狄安娜,我是这行的佼佼者,做的就是判断和筛选人才,我在个人生活中也许会犯错……"

我看见她的脸抽搐了一下。

"但在工作上从来没有,从来没有。"

她一语不发。

我说:"我太累了。昨晚我睡得很少,晚安了。"

我躺在床上,听着上方传来脚步声。她坐立不安,走来走去。我听不到任何说话声,但我知道她在打电话时总是喜欢四处踱步。我突然想起,这好像是我们那一代的人才会做的事——小时候我们没有用过无线电话与手机，所以打电话时总会走来走去，好像仍然觉得能够一边四处走动一边讲话是很神奇的事。我曾看过一种说法：现代人花在与人沟通上的时间是过去人类的六倍。我们花更多时间与人沟通，但是沟通的效果变好了吗？为何这么说？举例说来，尽管我知道狄安娜曾与格雷韦上过床，但我还不是没有拿这件事当面质问她？是不是因为我知道她不可能把整件事的原委讲清楚，到头来我仍然只能面对自己的种种假设与臆测？比如，也许她会跟我说他们俩不过是露水姻缘，只有一夜的情分，但我知道并不是那么一回事。如果只是逢场作戏，没有哪个女人会这样利用自己的丈夫帮另一个男人谋得一份薪酬优渥的工作。

不过，我之所以绝口不提还有别的原因，只要我假装不知道狄安娜跟格雷韦的关系，那么就没有人可以说我在评估他的应聘申请时有所偏私，这样我不但不用把这份差事拱手让给费迪南，还可以静悄悄地尽情报复——尽管只是微不足道的可悲报复。接下来，我还要想办法跟狄安娜解释我为什么会起疑。毕竟，我绝对不可能跟她说我是个常常闯空门的"雅贼"。

我在床上翻来覆去，听着她脚底那双细高跟鞋不断发出单调的咔嗒声，仿佛我听不懂的莫尔斯电码。我想要睡觉，想要进入梦乡，想要逃离这一切，最好醒来后可以忘掉所有事。这是我不对她说破最重要的原因：只要我不说出来，我们就还有机会把这一切都忘掉。我们可以睡觉做梦，醒来后发现那件事就这样烟消云散，变成只会在我们脑海里出现的抽象情景，就像任何一段恋爱关系中都时常出现的"精神外遇"——即使再怎么爱对方，总有想入非非的时候。

我想到，如果此刻她用的是移动电话，那么一定是新买的手机。而那只新手机也会变成一个平凡但是无可反驳的真凭实据，证明之前发生的事并非一场梦境。

后来她终于走进卧室脱衣睡觉。我装作已经睡着，但是，借着从窗帘之间洒进屋内的淡淡月光，我瞥见她把手机关掉，放进长裤口袋。还是那只手机，那只黑色的普拉达。所以，也许是我在做梦。我感到一阵浓浓的睡意，开始想睡觉了。或者，也有可能是他买了另一只一模一样的手机给她。我的睡意又暂时消退了。或者，是她找到了手机，所以他们肯定又见过面。我整个人清醒起来，意识到今晚将会失眠。

到了午夜我仍然醒着，敞开的窗户外传来隐约的声响，我想可能是奥韦到车库里去拿那幅鲁本斯的画。尽管我仔细听着，却未听见他离开的声音。或许我最后还是睡着了。我梦见了一个海底世界，那里的居民都很快乐，面带微笑，所有的妇孺都静悄悄的，开口说话时只会从嘴里冒泡泡。在梦里我完全没有料到的是，醒来后我将陷入一个噩梦。

11　琥珀胆碱

我八点起床，自己吃了早餐。以一个带着罪恶感睡觉的人来说，狄安娜睡得可真好。我自己则是只睡了两三个小时。我在八点四十五分的时候往楼下走，打开车库的门。附近一扇敞开的窗户里传出音乐，我听出那是图尔博内格罗乐队的作品，不是因为我听过那旋律，而是因为他们的英文口音。车库的灯自动打开，灯光投射在我那辆气派的沃尔沃 S80 轿车上面，它正乖乖地等待主人的来临。我抓住门把，但又立刻放开手往后跳去。驾驶座上有人！一开始的恐惧消退后，我发现那是奥韦·奇克鲁船桨叶状的脸庞。显然过去几个晚上的差事让他累坏了，因为他就坐在那里，双眼紧闭，嘴巴半张。还有，他无疑睡得很沉，因为直到我打开门时，他还是没有动静。

过去我曾不顾父亲反对，去受过三个月的士官训练，我用当时学来的语气开口说："奇克鲁，早啊！"

他连眼皮都没有动一下。我吸了一口气，大声叫他起床，同时注意到车内天花板的衬垫已经被打开了，露出鲁本斯那幅画作的边缘。一阵突然的寒意，蓬松的春日云朵飘过太阳时会有的那种，我打了个冷战，不再出声，只是抓着他的肩膀轻轻摇晃。还是没反应。

我更加使劲地摇他，他的头在肩膀上来回晃动，没有丝毫抗拒。

我把食指和拇指放在应该是他主动脉的地方，但根本分不出我感觉到的脉搏到底来自他身上，还是来自我那颗怦怦直跳的心脏。但是他的身体是冷的。太冷了，不是吗？我用颤抖的手指头撑开他的眼皮。这下错不了了，看到他那毫无生气的瞳孔盯着我，我不由自主地往后退。

一直以来我总是觉得自己在关键时刻仍然有清晰思考的能力，以为自己不会慌张。当然，那可能是因为我这辈子还没遭遇过足以让我慌张的大风大浪，除了狄安娜怀孕那次——当时我真的慌了。所以说，也许我终究还是个会慌张的人。无论如何，此刻我的脑海里浮现出一些极度不理性的想法，就像一辆需要清洗的车辆，要冲水才能清醒过来。我想到的居然是奥韦那件衬衫，上面缝了迪奥的标签，应该是他去泰国度假时买的。我还想到，一般人都认为图尔博内格罗不是个好乐队，但其实他们是。不过，我也知道现在是什么状况，我知道自己快要失控了，我只能紧闭双眼，不再胡思乱想。之后我又睁开眼睛，承认自己还怀着那一丁点的希望。但是没用，事实依旧没变，奥韦·奇克鲁的尸体仍然在那里。

我得出的第一个结论很简单：我必须把奥韦的尸体处理掉。如果有人在这里发现他，一切都会曝光。我坚决地把奥韦往方向盘推过去，探过他的后背，从后面箍住他的胸口，把他拖出来。他很重，而且他的双臂因为我的姿势被拉得往上伸去，看起来像是要挣脱我似的。我又让他坐直，重新抱住他，结果还是一样，他的手摆动到我面前，一只手指划过我的嘴角。我感到一片被他咬得歪七扭八的指甲擦到我的舌头，惊恐之余我吐了一口口水，但嘴里仍然残留着尼古丁的涩味。我把他丢到车库地板上，打开后备厢，但当我要把他拉起来时，只是拉起了他的夹克跟那件仿冒的迪奥衬衫，他的身体还是躺在水泥地上，一点也没动。我骂了一声，一只手抓住他的长裤皮带，拉起他之后把头先塞进容量有四百八十升的后备厢。他的头撞到后备厢底部，轻轻发出砰的一声。我用力把后备厢的盖子盖上，然后跟许多用手搬过东西的人一样，拍拍双手。

接着我走回驾驶座那一侧。座椅上只有那种全世界出租车司机都在用的、以木珠编成的椅垫，没有任何血迹。奥韦的死因到底是什么？心脏衰竭？脑出血？吸毒或其他什么玩意儿过量？我意识到像这样从外行人的角度去诊断根本就是浪费时间，上车后我发现一件怪事——垫子上居然有残留的体温。那块垫子是父亲遗物中唯一有价值的东西：他是因为有痔疮才会用垫子，我则是生怕痔疮会遗传，所以用它来预防痛苦。我的屁股突然感到一阵疼痛，身体抽动了一下，膝盖撞到方向盘上。我小心地下了车，那种痛感不见了，但我刚才的确被什么东西刺到了。我弯腰盯着驾驶座，在昏暗的车内灯光下看不见任何异常的东西。有可能是马蜂吗？都已经到深秋了，不可能。我发现垫子上的珠子之间有个东西闪着光。我把身子弯得更低，一个几乎看不见的小小的金属尖头冒了出来。有时候人脑进行思考的速度快到我们自己无法理解。这是唯一的解释，否则我怎么会在掀开垫子看到那个东西之前就有隐约的不祥预感，而心脏怦怦直跳。

没错，那东西的大小就跟一颗葡萄一样，而且是用橡胶制成的，就像格雷韦讲的那样。它不完全是球状，底部是一个平面，如此一来针头才会永远朝上。我把橡胶球拿到耳边摇了摇，听不到任何声音。我的运气真好，当奥韦·奇克鲁坐在橡胶球上面时，球里的所有物质都挤进他体内了。我揉揉屁股，看看身体是否有异状。我有点头晕，但是在搬运过同伙的尸体，并且被琥珀胆碱毒针——那极有可能是用来对付我的杀人武器——刺过后，任谁都会头晕吧？我感到自己在咯咯傻笑，有时候我一害怕就会这样。我闭上眼睛，深吸一口气，集中精神。笑声不见了，取而代之的是怒火。这真是令人不敢相信！我是否早该料到这一点，像克拉斯·格雷韦那种有暴力倾向的疯子本来就会想要除掉别人的丈夫？我用力踢着轮胎。一次，两次。我脚上那双约翰·罗布牌的鞋尖上出现了一道灰色痕迹。

但是格雷韦是怎么打开车门的？他究竟怎样……？

车库门打开了，走进来的人解答了这一切问题。

12　娜塔莎

狄安娜站在车库门口盯着我。显然她是在匆忙间穿上了衣服,还顶着一头乱发。她的声音很低,几近耳语。

"发生了什么事?"

我盯着她,脑海里也闪过同样的问题。而答案让我那已经破碎的心好似被碾成粉末。

狄安娜。是我的狄安娜。不会是别人干的,是她把毒药藏到垫子下面的,是她和格雷韦串通好的。

我手上拿着那颗橡胶球说:"我正要坐下去的时候,看到这根针从座位上冒出来。"

她接近我,小心地把那个杀人武器握在手里,明显非常小心翼翼。

她说:"你看到了这根针?"说话时完全没有掩饰那怀疑的口气。

我说:"我的目光很锐利。"不过,我想她听不出这句话的另一层含义,就算听得懂也不在意。

她看着那颗小球说:"幸好你没有坐上去。这到底是什么?"

没错,她玩得很专业。

我轻快地说:"我不知道。你来这里干什么?"

她看着我,嘴巴大张,有一瞬间我觉得自己好像面对着空气。

"我……"

"怎么了,亲爱的?"

"我躺在床上,听见你往下走进车库,但是车子没有发动开走。我自然想知道是不是出了什么事,看来我还真没猜错。"

"嗯,真的没事啦,宝贝,只是一根小针而已。"

"亲爱的,那种针可能很危险欸!"

"是吗?"

"你不知道啊?你可能会感染上艾滋病、狂犬病这些个病毒。"

她向我靠过来,我看得出她这动作是什么意思,她的目光变得柔和,噘着双唇,接下来就要拥抱我了。但是她没有那么做,有什么打断了她,也许是我的眼神。

她说:"哦,天哪!"她低头看着那颗橡胶球,把它放在我从未用过、未来也不会去用的工作台上。然后她很快地跨一步过来,伸手抱住我,稍稍弓起背以缩短我们的身高差距,下巴搁在我的脖子一侧,左手抚摸着我的头发。

"你知道吗,亲爱的,我有点担心你。"

那感觉就好像被陌生人拥抱。此刻她给我的感觉已经完全不同了,就连她的味道也一样。搞不好那是他的味道?真恶心。她的手在我的头发上慢慢地来回按摩,就像在帮我洗头,好像这一刻我的头发让她无比喜爱。我很想打她,用整只手掌打,如此一来我才能感觉到那种肌肤触碰,感觉那种痛苦与震颤。

但是我闭上了眼睛,任由她抚摸,任由她按摩、安抚和取悦。也许我是个很变态的人。

她似乎不想停下来,于是我说:"我要去上班了,我必须在十二点以前把人选呈报出去。"

但是她不愿放开我,最后我不得不挣脱她的拥抱。我发现她的眼角闪烁着泪光。

我问她说:"怎么回事?"

但她没有回答，只是摇摇头。

"狄安娜……"

她用微微颤抖的声音低语："祝你今天顺利，我爱你。"

然后她就走出去了。

我想追出去，但没有动。安慰想要谋杀你的人？这根本就没有道理。这世上还有任何事有道理吗？于是我钻进车里，吐了一大口气，从后视镜里看自己。

我低声说："活下去，罗格。振作起来，然后活下去。"

我把鲁本斯的画推进天花板里面，把衬垫合上，发动车子，听见车库门在我身后升起，倒车出去，慢慢地沿着弯曲的道路往下开向奥斯陆。

奥韦的车子就停在四百米外的人行道旁。很好，就停在那边吧，可能要几周后才会有人起疑，到时候已经开始下雪了，扫雪车也会来。让我更操心的事是，我车里还有一具等待处理的尸体。真荒谬，直到这一刻，过去我与奥韦合作时那些旨在预防突发情况的相处模式才完全发挥了效用。弃尸后，谁也不能把我们俩扯在一起。但是要丢在哪里呢？

我脑海里浮现的第一个答案是位于格鲁莫的垃圾焚化厂。在此之前，我必须先找东西把尸体裹起来，然后直接开到焚化炉旁，打开后备厢，把尸体快速弄到焚化炉的传送带上，让它投入那噼啪作响的火海之中。我要冒的风险是旁边可能会有其他丢垃圾的人，尤其是一定会有工作人员看管着焚化炉。要不找个偏僻的地方自己把它烧掉？但显然人的尸体很难被烧干净。我曾经读过，在印度葬礼上用柴堆焚烧尸体时，平均要十个小时才能烧完。还是，等狄安娜离家前往画廊后，我把车开回车库，将尸体摆在工作台上，然后用岳父送我的那把鸡尾锯处理它——他把那锯子当圣诞礼物送我，而我也看不出任何讽刺意味。等到把尸体肢解成适当的大小后，再用塑料袋把尸块跟一两块石头装在一起，从奥斯陆周遭森林中的几百个湖里挑几个出来,把塑料袋沉到湖底?

我用拳头捶了前额几下。我到底在想什么?干吗肢解尸体?首先,《CSI犯罪现场调查》的剧集我还没看够吗?迟早会有人发现尸体。只要哪里沾到一滴血,再加上岳父给的锯子上留下的血迹,我就要吃不了兜着走了。再者,我为什么要费力掩藏尸体?为什么不找一座偏僻的桥,把奥韦的尸体丢过栏杆就好?也许尸体会浮上河面被发现,但那又怎样?没有人会晓得我跟这起谋杀案有关,我也不认识什么奥韦·奇克鲁,就连"琥珀胆碱"这个名词怎么写我都不知道。

我最后的选择是茂瑞道尔湖。它距离市区只有十分钟的车程,平日的早上不会有任何人在那里。我打电话给伊达还是欧达,说我今天会晚一点到。

我开车开了半小时,穿越几百万立方米的森林,令人震惊的是,在距离挪威首都这么近的地方,居然还有两个乡下人居住的落后村落。不过,那里的某条碎石小路上有一座我在寻找的那种桥。我把车停下,等了五分钟,举目可见可闻的距离内,都没有人、车或房屋,只有一阵呱呱的诡异鸟叫声。是乌鸦吗?总之是一种黑鸟。那座低矮的木桥下方一米有一处神秘的静水,水的颜色跟乌鸦一样黑。太完美了。

我走下车,打开后备厢。奥韦完全没动,姿势跟我把他塞进去时一样,脸朝下,手臂在身体两侧,屁股高高撅起。我最后环视一眼,确保四下无人,然后便动手了,快速而有效率。

令我讶异的是,尸体撞击水面时并未发出太大的声音,比较像是扑通一声,仿佛这座湖已经决定要成为我这桩邪恶差事的帮凶。我靠在栏杆上,往下看着那片沉静而封闭的湖面,考虑接下来该怎么办。想着想着,我似乎看到奥韦·奇克鲁起身看着我,泛绿的脸上双眼大睁,挣扎着露出湖面,一个嘴里还有烂泥、头发上都是水草的鬼魂。我心想自己需要喝一点威士忌才能平复情绪,此时那张脸真的就这样浮出水面,持续朝着我往上升起。

我发出尖叫。那具尸体也尖叫起来，那咻咻的声响似乎要吸走我身边空气中的氧气。

然后它又消失了，被黑色湖水吞噬。

我凝视着那一片黑暗。刚刚发生的事是真的吗？天哪，当然是真的，尖叫声的回音还在树梢缭绕。

我翻出栏杆，屏住呼吸，等待身体被冰冷的湖水淹没。一阵冷战从脚底钻上头顶，接着我发现自己站在水里，水深及腰，脚旁有东西在动。我把手伸进泥泞的湖水里，一把抓住那本以为是海草的东西，直到摸到其下的头皮，于是我往上拉。奥韦·奇克鲁的脸再度出现，他不断眨眼把水弄掉，然后又发出那种拼命呼吸的低沉咻咻声响。

我受不了了，那一刹那我只想松开他然后逃走。

但是我不能那样，对吧？

总之，我开始把他拖回桥梁尽头的湖畔。奥韦又失去了意识，我必须用力抬着他才能让他的头露出水面。湖底的软泥很滑，不断动来动去，好几次差点让我滑倒，而且也毁了那双名牌皮鞋。几分钟过后，我终于把我们俩都拖到湖畔，拖进车内。

我趴在方向盘上休息，喘个不停。

那该死的鸟呱呱叫着，似乎在嘲笑我们，我掉转车头朝着木桥的方向，然后开车离开了。

就像我先前所说的，我从来没有去过奥韦家，但我有他家的地址。我打开车内置物箱，拿出黑色的导航仪，输入街道与门牌号，差点撞上一辆迎面而来的车。导航仪经过一番计算，得出了行车距离。纯粹的分析，没有任何情感因素的介入。就连给出指引的那个温柔而克制的女声也完全不

Jo Nesbo

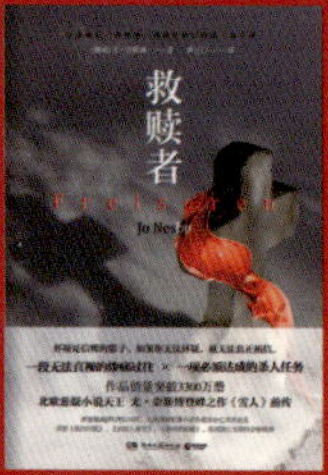

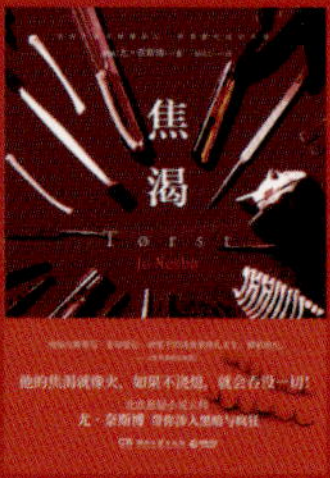

尤·奈斯博
"哈利·霍勒系列"

9. 幽灵   10. 警察   11. 焦渴

5. 雪人   6. 猎豹   7. 囚徒   8. 污秽

1. 蝙蝠   2. 蟑螂   3. 知更鸟   4. 复仇女神

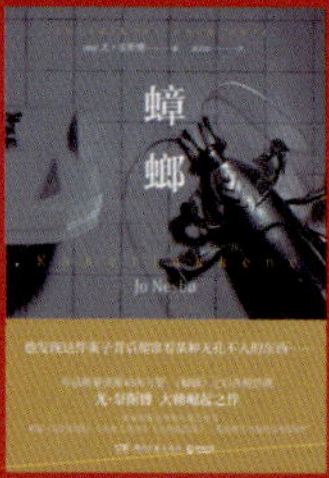

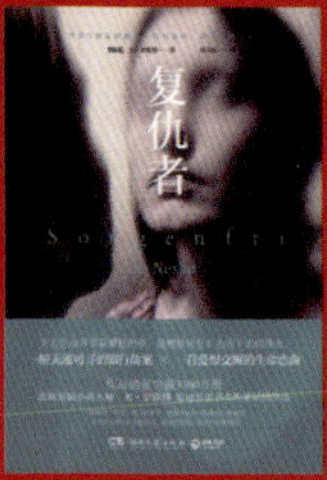

受此刻情况的影响。我告诉自己，现在我就该是那样，像一台机器一样做正确的行动，不要犯下愚蠢的错误。

半小时后我来到了那个地址，那是一条僻静的小街。奥韦的屋子又小又旧，在小街的最远端，屋后有一大片深绿色的云杉林。我在屋前台阶停下来，抬头打量那屋子，再次断定这丑陋的建筑物不是现代的作品。

奥韦坐在后座，那模样丑得要命，脸色灰白，而且全身都湿透了，不断滴着水。我在他的口袋里寻找钥匙，最后终于找到了一整串。

我摇醒他，他用迷蒙的双眼盯着我。

我问他："你能走路吗？"

他看我的眼神好像我是个外星人似的。说话时他的下颌比平常更突出，让他看起来好像复活岛上的巨大石像，又与布鲁斯·斯普林斯汀有几分相似。

我绕到车子另一边，把他拖出来，让他靠在墙上。我用尝试的第一把钥匙就打开了门，心想也许自己终于要转运了，然后开始拖他进去。

才拖到一半我又想起还有警铃。我当然不希望等一下这里被三城公司的保安人员包围，也不希望监控摄像头拍到我和半死不活的奥韦·奇克鲁在一起。

我大声对着奥韦的耳朵说："密码是什么？"

他突然一颤，几乎从我怀里滑脱。

"奥韦！密码是什么？"

"嗯？"

"我必须在铃声大作之前把警报解除。"

他闭着眼睛口齿不清地说："娜塔莎……"

"奥韦！振作起来！"

"娜塔莎……"

"我问密码是什么！"我用力甩了他一巴掌，他立刻睁大眼睛看我。

"我说了啊,你这浑蛋!娜塔莎啊!"

我放开他,冲到屋子前面时听见他倒在地上的声音。我发现藏在门板后的警铃——在这之前,我早就知道三城公司的技工惯于这么装设。一个小小的红灯正在闪烁,显示警报已被触发,进入倒计时。我输入那个俄罗斯妓女的名字。就在要按下最后的"a"字母时①,我突然想起奥韦有阅读障碍。天知道他会怎么拼那个名字啊!但是十五秒快要用完了,要问他也已经来不及。我按下"a",闭上眼睛,做好心理准备。等了一阵子,我再度睁开眼睛,看见红灯已经不再闪烁。我舒了一口气,不敢想象刚刚有多么惊险。

等我回去时,奥韦已经不见了。我跟着湿漉漉的脚印,来到一个起居室。显然他把这里当作娱乐、工作、吃饭与睡觉的地方。总之,房间一边的窗户下有张双人床,另一边是一台挂在墙上的等离子电视,中间摆着茶几,上面是一盒还没吃完的比萨。靠在比较长的那面墙上的则是一张钳工台,钳上还夹着一支已经被锯短了的、显然他正在改造的霰弹枪。奥韦已经爬上床,躺在上面呻吟。我猜应该很痛苦吧。我根本不知道琥珀胆碱对人体有什么影响,但肯定不会是什么好事。

我靠过去问他:"你还好吗?"我踢到某个东西,那玩意儿在破旧的木地板上滚动,我低头一看,结果发现床边到处是空弹壳。

他呻吟着说:"我要死了。这是怎么回事?"

"你上车以后坐到了一支装有琥珀胆碱的注射器。"

"琥珀胆碱!"他抬起头,怒目瞪我,"你是说那种叫作琥珀胆碱的毒药?我的身体里有他妈的琥珀胆碱?"

"嗯,但显然剂量不足。"

---

① "娜塔莎"的原文为 Natasha。

"不足？"

"不足以杀掉你。他一定是搞错了剂量。"

"他？是谁？"

"克拉斯·格雷韦。"

奥韦的头往枕头上倒下去。"妈的！别跟我说是你搞砸了！布朗，你把我们的事泄露出去了吗？"

我拉了一张椅子，坐在床脚。"才不是，车上会有针头是因为……因为另一件事。"

"除了我们搞了那个家伙一番，还会有什么鸟事？"

"我不想谈那件事，但是他想做掉的是我。"

奥韦号叫起来："琥珀胆碱！我必须去医院，布朗，我要死了！你他妈的为什么把我带回来这里？打电话叫救护车！"他对着床边小桌上的某个东西抬抬下巴——一开始我以为那是塑料人偶，看起来像两个处于69式位置的女人，现在我才看出那是电话。

我吞了一口口水。"你不能去医院，奥韦。"

"我不能去？我一定要去！我都快要死了，你白痴啊，快死了！"

"你听我说。当他们发现你体内有琥珀胆碱的时候，一定会立刻打电话给警察的。这不是处方药，它是这世界上最厉害的毒药，跟氢氰酸和炭疽是同一个等级。最后你一定会被克里波刑事调查部审讯的。"

"那又怎样？我不会露口风的。"

"你要怎么解释毒药的事？"

"我会想办法。"

我摇头说："你根本一点机会也没有，奥韦。等到他们把英鲍、莱德与巴克利的审讯程序搬出来，你就没辙了。"

"啊？"

"你会崩溃的。你一定要待在这里,懂吗?反正你现在也好一点了。"

"你他妈懂些什么,布朗?难道你是医生吗?不是,你只是个猎头顾问,而且现在我的肺热得要命。我的脾已经爆掉了,再过一小时我的肾也会衰竭。我一定要去医院,现在就去!"

他要从床上起身,但是我跳起来,把他推回床上。

"听我说,我现在去冰箱里面找找看有没有牛奶,牛奶可以解毒,你到医院他们也是这样治疗你而已。"

"只会灌我喝牛奶?"

他又想要起身,但是我猛地把他推倒,突然间,他好像没了呼吸。他的眼球凹陷,嘴巴半张,头靠在枕头上。我弯下腰看着他的脸,确认他仍对着我呼出充满烟臭的气息,然后我开始在屋子里四处翻找任何可能会减轻他痛苦的东西。

我只找得到弹药,很多弹药。那个用红十字装饰,看来煞有介事的医药柜里面装满了盒子,从标签看来盒内都是九毫米口径子弹的弹匣。餐厅抽屉里面装的还是弹药盒,其中有些写着"空包弹"——过去在接受士官训练时我们都管它叫"红屁",意思是没有弹头的弹壳。奥韦看到不喜欢的电视节目时总会开枪,他用的一定是这种子弹。变态的家伙。打开冰箱后,我看到一罐半脱脂鲜奶,此外同一层还摆着一把银光闪闪的手枪。我把它拿出来,枪把感觉好冰,钢铁材质上刻着型号:格洛克17式。我用手掂掂枪的重量,这枪没有手动保险机柄,枪膛里已经有一颗子弹了。换言之,一拿到枪就可以立刻射击,万一你在厨房遇到不速之客的话。我抬头往上看天花板的摄像头,这才明白,奥韦·奇克鲁这家伙远比我想象得更为偏执,或许他根本就是个偏执狂病人。

我把手枪跟那盒鲜奶都拿出来。就算没有其他意图,如果他不守规矩的话,至少我可以用那把枪控制他。

我转过墙角走进起居室，发现他已起身坐在床上，原来之前他是假装晕过去。他的手里正握着那个塑料裸女话筒。

"你们必须派一辆救护车过来。"他大声而且清晰地对着话筒说，同时用一种不屑的眼神看着我。看来他之所以觉得自己能这么做，是因为他的另一只手里正握着一把我在电影里看过的武器，让我想到电影里那些犯罪事件、帮派火并与黑人互相残杀的情节。那是一把乌兹冲锋枪，一种用起来非常顺手的小型机关枪，但它可怕且充满杀伤力，被打到可不是好玩的。而且，他正拿枪指着我。

我大叫："不要！别那样，奥韦！他们会直接打电话给警……"

他对我开火。

那声音听起来就像用煎锅做爆米花。我还有时间思考这个，我想到那声音就是我死掉时的背景音乐。我感觉腹部抵着什么东西，我往下看，看见喷出来的血液洒在手里的鲜奶盒上。白色的血？我这才知道实情跟我想的刚好相反——被打穿的是鲜奶盒。绝望之余，我不由自主地举起手枪，扣下扳机，有点惊讶自己还举得起手枪。这一声枪响引发了我的满腔怒火：至少我这一声比那该死的乌兹枪有力。接着他那支以色列制的娘炮机关枪也静了下来。我把枪放下，却看到奥韦皱着眉头瞪着我，眉骨上方有一个小小的、极圆的黑洞。然后他的头往后栽，啪的一声闷响，倒在枕头上。我的怒气没了，眼睛眨了又眨，感觉视网膜上好像有一串不断跑过的电视影像。那影像像是在跟我说，奥韦·奇克鲁再也不会醒过来了。

13　甲烷

我脚踩油门在 E6 高速公路上飞驰，大雨不断打在奥韦那辆奔驰 280SE 的挡风玻璃和雨刷上。下午一点十五分了，在起床后的五个小时里，我先是毫发无伤地躲过我老婆的谋杀计划，然后把行窃搭档的尸体丢进湖里，又将他救起来，看他变得生龙活虎，再看到我那生龙活虎的搭档企图开枪杀我。然而我误打误撞，随便一枪就把他又变成了一具尸体，这次他死透了，而我也成了杀人犯，此时已在前往埃尔沃吕姆的路上。

大雨落在柏油路面上，雨水不断弹起，看来像奶泡似的，我不由自主地屈身靠在方向盘上，深恐没有看到路标，错过出口。因为我此刻要去的地方可是没有地址的，探路者的导航仪也无用武之地。

离开奥韦家之前，我唯一做的事就只是换上我在衣柜里找到的干衣服，然后一把抓起他的车钥匙，把他皮夹里的现金与信用卡拿走。我任由尸体躺在床上，没有动它。如果警铃被启动，那张床是屋里唯一不会被摄像头拍到的地方。我也把格洛克手枪带走了，因为把凶器带离犯罪现场似乎是挺合理的事。我还拿上了一串钥匙，那里面除了有他自家的钥匙，还有一把钥匙可以用来开启埃尔沃吕姆郊外的那个小木屋，也就是平常我们会面的地点。那是个可以让人好好思考、做计划与幻想前景的地方。没有人会去那里找我，因为没人知道我居然有那种地方可以去。除此之外，那也是我唯一可以去的地方，除非我想把洛蒂扯进这种事情里。而这种事情，到底是什么鸟事？嗯，总之此刻就是我正被一个疯狂的荷兰佬追杀，而追踪刚好是这家伙的专业。还有，再过不久警察也会插手，如果他们比我料想的聪明一点的话。如果我有机会的话，一定会故布疑阵。比如，我会换一辆车，因为辨认七位数的车牌号码还是比认人容易一点。离开奥韦的屋子时，我听到警铃发出哔的一声，意味着它已经自动启动，我开着他的车回了我的家。我知道格雷韦也许就在那里等我，所以把车停在离家尚有一段距离的边街上。我把湿衣服放在后备厢，从天花板衬垫里面拿出鲁本斯的画，放进我的文件包里，锁上车后走回停车处。奥韦的车仍然停在我稍早看到它的那个地方，上车后我把文件包摆在旁边的座位上，驱车前往埃尔沃吕姆。

前方出现一个岔路口。它不知道从哪里冒出来的，我必须小心踩刹车，以免车子失控。现在能见度很低，路面湿滑，车子冲进路边树篱的概率很高，此刻我既不想见到条子，也不想扭伤脖子。

接着我就开进了乡间，一片迷雾中，四处是农田，路两边的原野起起伏伏，路面则渐渐变窄，而且更为曲折。我不得不开在一辆车身有锡格达尔厨具广告的卡车之后，轮胎溅起的水花洒在我车上，所幸下一个岔路口终于出现了，我可以开自己的路了。路面上的坑洞越来越大，也越来越多，农场则是越来越小，也越来越少。接下来我看到了第三个路口，转进一条碎石子路。在第四个路口，我开进了一片荒野之中。大雨中，低垂的树枝不断擦过车身，宛如盲人的手指在陌生人的脸上摸来摸去，想认出那人长什么样子。接下来的二十几分钟里，我用龟速前进，最后终于到了。它是这段路里我见到的第一所房子。

我戴上奥韦套头衫上的帽子，在雨中跑了起来，经过那座扩建部分盖得歪歪扭扭的谷仓。根据奥韦的说法，这都是因为屋主很小气：他是个与世隔绝的古怪农夫，叫作辛勒·欧，扩建谷仓时他没舍得花钱打地基，所以多年来那个部分不断一厘米一厘米地陷入泥土里。我自己从来没跟那该死的农夫讲过话，这种事都是奥韦在处理，但是我曾从远处看过他两三次，所以此刻我能认出农舍台阶上那个弯着腰的精瘦身影就是他，一只肥猫正用头蹭他的腿。天知道在这大雨中他怎么听得见有车子开过来。

我还没有走到台阶之前就高声搭话："哈喽！"

他没回答。

"哈喽，欧！"我又叫了一遍，还是没回答。

我在台阶的底部停下来，在雨中等他回答。台阶上的猫往下朝我走来，而我则想到，猫不是都讨厌下雨吗？它有一双跟狄安娜一样的杏眼，靠在我身上磨蹭，仿佛我是它的老朋友。或者说，仿佛我完全是个陌生人。那农夫把他的来复枪放下来。奥韦曾跟我说过，欧实在很吝啬，所以他不愿意花钱买望远镜，而是用一把老旧来复枪上的望远镜瞄准器来看是谁来了。但是，同样也因为太吝啬了，他不会花大钱买弹药，所以我可能不会有什么危险。我想，他之所以有手持来复枪的习惯，也是因为不希望有太多访客。欧朝着栏杆外吐了一口口水。

"奇克鲁什么时候会来，布朗？"他的声音嘎吱嘎吱，像一扇没有上油的门，而且他说"奇克鲁"的时候好像把那三个字当成驱魔咒语似的。我不明白他为什么会知道我的名字，但显然不是奥韦跟他说的。

我说："他等一会儿来。我可以把车停在谷仓里吗？"

欧又吐了一口口水。"不便宜哦。而且那也不是你的车，那是奇克鲁的。他怎么过来呢？"

我深吸了一口气。"滑雪橇啊！多少钱？"

"一天五百。"

"五……百？"

他咧嘴笑说："你也可以停在路边，不用钱。"

我从奥韦的钞票里抽出三张两百元，走上台阶，欧早就伸出他那只皮包骨的手等着了。他把钱塞进一个鼓鼓的皮夹，又吐了一口口水。

我说:"你可以等一下再找我零钱。"

他没回话,只是用力地把门甩上,然后走进屋子。

我把车倒进谷仓里,一片漆黑中我几乎撞上装有整排铁耙子的青贮装载机①。所幸装载机连在辛勒·欧那辆梅西·弗格森牌蓝色拖拉机后面,铁耙子是被架高的。所以我没戳破车子的后挡泥板或者轮胎,只是刮到后备厢盖的边缘,及时提醒我该停下来了,否则后挡风玻璃就会被那十根铁耙子戳穿。

我把车停在拖拉机旁,将文件包拿下来,在雨中冲向小木屋。还好没有多少雨能穿透浓密的云杉林,我走进那个简陋的小木屋时惊讶地发现头发还很干。本来我想生火,但打消了这个念头。既然我采取了藏车的预防措施,生火冒烟让人知道小屋里有人恐怕不是个好主意。

直到此刻我才注意到自己有多饿。

我把奥韦的牛仔夹克挂在厨房的椅子上,在橱柜里找吃的,最后翻出一罐上次奥韦跟我来这里时带来的炖肉罐头。抽屉里面没有刀,也没有开罐器,但是我设法用格洛克手枪的枪管把铁罐的盖子敲出一个洞。我坐下来,用手指把那些又油又咸的玩意儿掏出来吃掉。

然后我凝视窗外,看着雨落在树林中以及落在小木屋和室外厕所之间的那块小小空地上。我走进卧室,把藏有鲁本斯画作的文件包放在床垫下,躺在下铺开始想事情。我没能思考太久,一定是因为那天我的体内产生了太多肾上腺素,因为当我突然睁开双眼时,才发现自己睡着了。我看看手表,下午四点。我拿出手机,发现有八通未接来电。四通是狄安娜打的,她也许想扮演贤妻的角色,而其时格雷韦可能正从她身后靠在她的肩膀上,听

---

① 整理、运送青贮饲料的机器或机械装置。

着她问我究竟在哪里；有三通是费迪南打的，他或许是等着我告诉他把谁的名字提报出去，或至少指示他接下来要怎么处理探路者公司的那个职位。有一个电话号码我没有立刻认出来，因为来电者已经被我从电话簿里删除了，但并没有被从我的记忆里与心里删除。在看到那个号码时，我发现了一件事：我在这个世界上已经待了三十几年，也交了许多学生时代的朋友、前女友、同事与有工作往来的伙伴，这个人际网络在 Outlook 里，只占到 2MB 的大小——而其中只有一个人是我可以信任的。一个——严格来讲——我只来往了三周的女人。嗯……一个我搞了三周的女人。一个穿着像稻草人的棕色眼睛的丹麦女人，她回话时只说是或不是，名字也只有四个字。我们俩到底谁更悲哀？

我打电话到查号台，问了一个外国的电话。挪威国内大部分的电话总机都在四点就关了，很可能是因为大部分公司的前台接待员都已经回家去了——根据统计数据，他们总是有生病的配偶需要照顾，挪威可说是世界上工时最短、医疗保健预算最高、国民请病假频率最高的国家了。霍特公司的总机人员接起了我的电话，语气自然无比。我不知道要找谁或哪个部门，只是碰碰运气。

"可以拜托你帮我转接新来的那个家伙吗？"

"新来的？"

"嗯，技术部的主管。"

"费森布尔克不算是新人了，先生。"

"对我来讲他还是。那么，费森布尔克在公司吗？"

四秒过后，我跟一个荷兰佬通上了电话——尽管已经四点零一分了，但他还在工作，而且声音听起来客气而精力充沛。

"我是阿尔发猎头公司的罗格·布朗。"这是真的。"克拉斯·格雷韦先生把你列为他的证明人。"这句是假的。

那个男人说:"嗯,"他的声音听起来没有一丁点讶异,"在与我共事过的经理人里面,克拉斯·格雷韦是最棒的一个。"

"所以你……"我起了个头。

"没错,先生,我毫无保留地推荐他。他是探路者的绝佳人选,任何公司都应该录用他。"

我顿了一下,接着改变了主意。"谢谢你,芬瑟布尔克先生。"

"是费森布尔克。不客气。"

我把电话放进裤子口袋里。不知为何,我感觉自己捅了一个娄子。

屋外的雨不停地下着,因为没什么别的事可做,我拿出鲁本斯的画,在从厨房窗户照进来的光线下仔细研究它。猎人墨勒阿革洛斯以长矛刺进野猪的胸膛,脸上是狂怒的表情。我才发现第一次看到这幅画时他就让我想起了一个人:克拉斯·格雷韦。我突然想到一件事。当然,是一个巧合,狄安娜曾跟我说过她的名字就来自一个执掌狩猎与分娩的罗马女神,女神在希腊神话里的名字则是阿耳忒弥斯。而且,就是阿耳忒弥斯派墨勒阿革洛斯去猎猪的,不是吗?我打了个哈欠,开始想象自己应该是画中的哪一个角色,直到我发现自己搞混了,事实正相反:阿耳忒弥斯派出的是那只野猪。

此时我注意到周遭有点不对劲,之前我因为太专心看画所以没注意到。我看着窗外,是声音变了——雨停了。

我把那幅画放回文件包,决定找个地方把它藏起来。我必须离开小木屋去买东西,处理一些事情,而我当然不信任辛勒·欧,他就是那种会在背后捅你一刀的家伙。

我环顾四周,注意到窗外的厕所。厕所的天花板是松散的木板搭成的。我穿越那一小块空地,心想出来之前应该把夹克穿上的。

那厕所是一个只有最简陋设备的小棚屋,四面墙是由木板搭成的,木板上的裂缝让它有了天然的通风设备。厕所里摆了一个木箱,中间锯了一个圆形的洞,上面盖着一个随便劈出来的方形木片。我从盖子上移开三个卫生纸已经用完的卷筒芯和一本封面照片是鲁内·鲁德贝里但眼睛部分已经被抠掉的杂志,然后爬上去。我踮着脚,把手伸长,想要去够横梁上的木板,一个念头在我的脑海里转了九百万次:为什么我没有长得再高一点?但我终究还是弄松了一块木板,把公文包塞进屋顶之下,然后把木板放好。我跨着站在马桶上,当我从木板之间的缝隙往外看的时候,整个人都冻结了。

外面一片死寂,只有下垂的树枝上偶有水滴滴落,发出声响。刚刚我没听见任何声音——没有细小树枝被碰断的声音,也没有脚踩在泥泞路面上的嘎吱声响,就连那只待在主人身边,与他一起站在森林边缘的狗,我也不曾听见它发出任何一声低鸣。如果我一直坐在小木屋里,就不会看见他们了,因为他们站在窗户视野的死角里。那只狗看起来满身肌肉虬结,像个被装上狗牙的拳击手,体形更小,但更为结实。容我再说一遍:我讨厌狗。克拉斯·格雷韦穿着一件迷彩纹的斗篷,戴着绿色军帽。他手里没拿武器,我只能猜测他的斗篷里面藏着什么。我觉得这里对格雷韦来讲可以说是个十全十美的地方,在这荒野里没有任何证人,毁尸灭迹对他来讲根本是小菜一碟。

主人与猛犬动作统一,好像同时遵从着一道无声的命令。

我的心脏因为恐惧而怦怦直跳,但还是忍不住入迷地看着他们动作有多快,多么悄无声息。他们从树林边缘出发,沿着小木屋的墙壁移动,然后毫不犹豫地进门,让门大开着。

我知道在格雷韦发现小木屋没有人之前我只有几秒钟的时间,他会发现椅背上的夹克,知道我就在附近。还有……妈的……那把在空炖肉罐旁边、放在料理台上的格洛克手枪。我想破了头,最后只得出这个结论:我无计可施，没有武器，没有可以逃跑的交通工具，没有应对计划，也没有时间。如果我冲出去，最多只要十秒钟，那只二十公斤重的尼德狻犬就会追上来，我的头上也会多出一颗九毫米的铅弹头。简单来讲，我的脑袋像掉进下水道似的停摆了。就在快要陷入惊慌失措之际，我突然心念一转，生出一个我自己都难以相信的念头，只是停下来，退一步——退得"像掉进下水道似的"。

那只是一个主意，绝望时刻想出的极度恶心的主意。尽管如此，它还是有它的了不起之处：那是我唯一的脱身之计。

我一把抓起其中一个卫生纸卷筒，塞在嘴里，感觉一下嘴巴能够闭多紧。接着我拿起马桶箱，一阵恶臭迎面扑来。下方是个一点五米深的粪槽，粪便、尿液、卫生纸与流进墙内的雨水全都在里面混合成黏稠的一团。如果想把粪槽扛到森林里去倒在坑洞里，至少要两个大男人才办得到，而且那差事简直像梦魇一般。毫不夸张。奥韦跟我曾经干过一次，接下来的三个晚上我一直梦见四溢的大便。显然欧自己也不愿干这种事：那一点五米深的粪槽都快要满出来了。这种情况……正合我意，就算是尼德狻犬也只闻得到大便味。

我把马桶箱盖顶在头上，两只手撑在洞的两边，小心地下到粪槽里。

沉入一堆屎里，感受大便挤向身体时的轻微压力让我产生了一种不真实感。我的头缩进洞口时，并没有碰到马桶箱上的圆洞。我的嗅觉应该因为已经承受不了那臭味所以暂时度假避难去了，只有泪腺在承受这种超越了极限的工作。最上面那一层是液态的，而且冰得要命，但下面其实相当温暖，也许是因为里面有许多化学作用正在进行中。我不是曾在哪里读过一篇文章吗，里面说这种粪坑里会产生甲烷这种气体？还有，如果吸入太多这种气体，人可能会死。此刻我已经可以站稳了，眼泪不断从我的双颊流下，鼻水也流个不停。我往后靠，确认那根卷筒是直挺挺朝上的，随即闭上双眼，试着放轻松，借此忍住想要呕吐的反射动作，然后小心翼翼地往下蹲。我的耳朵里塞满了大便，什么也听不见。我逼自己用卷筒呼吸，结果这方法奏效了。此时我的身子没必要继续往下了。当然，溺死在奥韦与自己的屎尿里，耳朵和口腔被粪填满是一种非常具有象征意味的死法，只不过我不想这么充满讽刺地死去。我想要活下来。

我似乎听见开门声从远处传来。

重头戏来了。

我感觉到沉重脚步带来的震动，跺脚声，然后静了下来。有肉垫的爪子的声音，是狗。马桶箱盖被打开了，我知道此刻格雷韦正盯着我看，看到我身体内，他正通过那个卫生纸卷筒的开口直看进我的内脏。我尽可能安静地呼吸，厚纸板做的卷筒已经变湿变软，我知道它很快就会起皱、裂开，然后垮下去。

我听见砰的一声。那是什么？

下一个声音就很清楚了。突然噗的一声，随后演变成嘶嘶……吱……肠子的排气声，最后渐渐变弱，为此圆满收尾的是一声舒服的呻吟声。

我心想，妈的。

错不了。几秒过后我听见东西落在水中的声音，我上仰的脸感觉到新增的重量。在这个当下，我觉得自己宁愿去死，但是那感觉并未持久。事实上还真吊诡，我从来没有这么不想活，但求生的意志也从不曾这么强烈。

呻吟声持续得更久了，显然他正在使力。绝对不能让他命中卷筒！一阵惊慌涌上我心头。我似乎无法透过卷筒吸取足够的空气。又是一声落水声。

我感到头晕，小腿的肌肉因为一直维持半蹲的姿势而疼痛。我稍稍挺直身子，脸浮出表面。我眨眨眼，发现自己正瞪着克拉斯·格雷韦毛茸茸的白屁股。而映在皮肤上的轮廓，是他的大……嗯，不只是大，应该说是巨器。虽然我怕死，但忌妒之情还是油然而生，我想到了狄安娜。就在此时此刻，我才发现，如果格雷韦没有先杀掉我，那我就会杀掉他。格雷韦站起身，光线从洞口射进来，我发现有什么事不太对劲，什么东西在流失。我闭上双眼，又让自己沉下去。我几乎快受不了那种头晕的感觉了，难道我甲烷中毒快死了？

片刻静默后，我心想，完事了吗？吸气吸到一半时，我发现突然间什么都吸不到了，空气被阻断了。本能占了上风，我开始窒息。我必须起来！我的脸浮出表面，听到砰的一声。我眨眨眼，上方一片漆黑。然后我听见沉重的脚步声，门被打开了，狗啪啪啪地走出去，门又关了起来。我把卷筒吐出来，明白了是怎么回事。卷筒开口处被东西堵住了——格雷韦用来擦屁股的卫生纸。

我从粪槽里爬出来，透过木板的缝隙往外看，刚好看见格雷韦命令狗前往森林，而他自己则回到小木屋。狗朝着山顶的方向跑过去，我一直看着，直到它隐没于森林之中。就在那一刻，也许是因为我暂时松了一口气，得救的希望从我眼前闪过，所以我不自觉地哽咽了。我心想，不行，不要抱有希望，不要有所感觉，也不要被情绪干扰。去分析，拜托，布朗。快想啊，就像思考关于质数的数学问题一样，就像纵观棋局一样。好吧。格雷韦是怎么找到我的？他到底是怎么知道这里的？狄安娜连听都没听过这个地方，他从谁那里打听到的？没有答案。好吧。此刻我有什么选择？我必须逃走，而我有两个优势：快要入夜了，以及我全身上下沾满了大便，这味道就像我的保护色一样。但是我的头在痛，也越来越晕，而且我不能等天色全黑后再行动。

我沿着厕所外墙潜行，来到厕所后侧那片斜坡上。我蹲下来估算厕所与森林之间的距离。到了那里，我就可以前往谷仓，开车逃走。汽车钥匙在我的口袋里，不是吗？我伸手去掏，左边口袋里有几张纸钞、奥韦的信用卡，还有我家和他家的钥匙。我在右边口袋里摸到了手机，汽车钥匙就在下面，我松了一口气。

手机。

当然了。

基站会锁定手机信号。的确，但只能锁定某个范围，没办法确定我的具体位置，但如果挪威电信的基站发现我的手机在这里，可能的地点也不多，因为这里方圆一公里内，辛勒·欧是唯一一户人家。当然，这也意味着格雷韦在挪威电信公司的营运部门里有内应，但现在也没什么事能让我觉得意外了。我开始明白了这到底是怎么一回事。还有，费森布尔克的语气听起来就好像是在等我的电话，这证明我的怀疑是有根据的。这一切不可能是因为我、我老婆同一个好色的荷兰佬之间的三角恋。如果我想得没错，我已经惹上了连自己都难以想象的大麻烦。

14　梅西·弗格森

我小心地从室外厕所的侧面探出头,朝小木屋看去。窗玻璃一片漆黑,里面什么也看不见。所以说他没有把灯打开。好吧,我不能待在这里。我等到一阵风吹过树丛时才开始狂奔。七秒后,我已经跑到了森林的边缘,隐身于树后。但那七秒几乎让我筋疲力尽,我的肺部很痛,头也在抽痛,自从老爸第一次也是唯一一次带我去游乐场玩之后,我还是第一次感到头那么晕。那是我九岁生日的当天,去游乐场是我的生日礼物,园里的游客除了我和老爸,只有三个用可乐瓶分享透明液体的半醉青少年。当时只有一个游乐设施是开放的,那是一台可怕的机器,功能显然就是要把小孩甩来甩去,甩到他们把棉花糖都吐出来,让父母为了安慰他们不得不再买来爆米花和汽水。为了让我玩这个机器,我爸暴躁地跟别人砍价,我不想拿自己的命来冒险,于是拒绝搭乘那摇摇晃晃的机器,但我爸坚持,还帮我系上看起来应该是用来保护我的安全带。此刻,二十五年过后,我好像来到了一个同样脏兮兮、充满超现实风格的游乐场,里面到处弥漫着尿骚味与垃圾的臭味,而我怕得要死,一直想吐。

一条溪流在我身边汩汩流淌,我拿出手机丢进去——看你怎么继续追踪我,你这该死的印第安野人。然后我跑过森林松软的地面,朝农田的方向而去。松林里已经一片漆黑,但是因为没有其他植被,我很容易就找到了林间路。不出三分钟,我就看到了农舍外面的灯光。我又继续往前跑了一小段路,以便在我跑出森林前能让谷仓大概处于我跟农舍的中间位置。我有充分的理由相信,如果欧看到我这副模样,一定会要我解释清楚,接下来还会打电话给当地警察局。

我朝着谷仓的门爬过去,打开门闩,推门进去,头好痛,肺也好痛。我在一片漆黑中眨眼,几乎看不见车子与拖拉机在哪里。甲烷对人体到底有什么影响?我会瞎吗?甲烷,甲醇,这两者一定有什么关联。①

我听到身后传来喘气声,还有动物肉掌踏地、几乎无法察觉的轻柔声响,然后那声音又消失了。我已经知道那是什么,但来不及转身。它跳了起来。一切都静止了,就连我的心跳也停了。下一刻我往前跌倒,我不知道尼德狸犬是否可以跳起来用利牙咬住中等个头的篮球手的脖子,只不过,也许我已经提过了,我不是个篮球手。所以,当剧痛传入我的大脑时,我向前跌去。狗爪抓伤了我的背,我听见肉被撕裂的声音,还有骨头被咬得嘎吱作响的声音。我的骨头。我试着要抓住那只畜生,但我的手脚不听使唤,仿佛脖子被利齿咬住后,脑部信息的传输也出了问题,脑部的命令就是无法往下传递。我肚子贴地趴着,连满口木屑也吐不出来。我的主动脉承受重压,大脑快要缺氧,视野渐渐变窄——我很快就要失去意识了。所以这就是我的死法,被一只丑陋的肥狗咬死。说得含蓄点,这真是令人沮丧啊。没错,这本是足以令人大怒的事情。我的头开始发热,一种冰冷的热传遍全身,传到指尖。一个愉悦的诅咒,以及一阵突然袭来的颤抖,让我迸发出向死而生的力量。

我任由狗咬着脖子,站了起来,让它像一条活生生的毛皮围巾似的垂在我背后。我踉跄打转,挥舞着双臂,但还是没办法抓住它。我知道这爆发出的身体能量是我孤注一掷搏来的最后机会,很快我就要不行了。我的视野此刻已经缩得跟007电影的片头一样小——不过在电影里那是故事的序幕,而在我这里则是尾声了,画面四周一片漆黑,只看得见小小的圆洞

---

① 误饮甲醇或吸入甲醇蒸气到一定量会致人失明。

里有个穿着晚礼服的家伙拿着手枪对准你。透过那个小圆洞,我看见一辆梅西·弗格森牌蓝色拖拉机。我的脑袋中浮现出最后一个念头:我讨厌狗。

我摇摇晃晃,转身背对拖拉机,借着狗的重量让重心从脚趾移往脚跟,然后用力往后退。我跌倒了,我们撞在车后青贮装载机的整排锐利的铁耙子上。听到狗的毛皮被撕裂的声音,我就知道,就算我死,也拉上了一个垫背的。我的视野就此消失,世界变得一片漆黑。

我一定昏迷了一段时间。

我躺在地板上,瞪着那只狗张开的嘴巴。它的身体看来好像高悬在半空中,蜷缩成胎儿的姿势,背部被两根铁耙齿刺穿。我站起来,感到谷仓在旋转,我必须往旁边多走两三步路才能维持平衡。我把手按在脖子上,感到刚刚被狗咬出的伤口在流血。接着我发现自己濒临疯狂了,因为我没有立马上车,只是站在那里出神地凝视眼前的景象。我创造出一个艺术品——《狩猎卡吕冬狸犬》。真美啊!特别是那死狗还张着嘴巴。也许它是因为惊吓而合不拢嘴,也许这种狗的死状就是这样。不管缘由为何,我喜欢这种愤怒而呆滞的神情,好像它除了狗命被终结了,还必须忍受这最后的羞辱,这种丢脸的死法。我想朝它吐口水,但嘴巴太干了。

结果我只是把汽车钥匙从口袋里掏出来,蹒跚地走到奥韦的奔驰车旁,开锁上车,转动钥匙启动引擎。没有动静。我又试了一次,踩下油门,车子就像死了似的。我透过挡风玻璃往外看,呻吟了一声,下车打开引擎盖。谷仓内一片昏暗,我很勉强才看到有两根电线被割断了,高高挺立着。我不知道它们有何功能,也许对发动汽车的小小奇迹而言是很重要的。该死的混血杂种,格雷韦你这王八蛋!我希望他还坐在小木屋里等我回去。但他一定已经开始纳闷他的狗到底怎么了。慢慢来,布朗。好吧,辛勒·欧的拖拉机是我离开这里的唯一交通工具了。但是它太慢了,格雷韦一定立刻就会再度追上我。所以我必须找到他开来的那辆车，他银灰色的雷克萨斯一定停在路边某处，然后用他对待奔驰的方式给他的车动手脚。

我快步走到农舍，心想欧很可能会走出来到台阶上——我可以看见前门并未紧闭，但是他并未出现。我敲敲门，把门推开。在门廊里我看见那把带着望远镜瞄准器的来复枪靠墙摆着，旁边有一双脏兮兮的橡胶鞋。

"欧？"

他的名字发音听起来根本就不像个姓氏，反而像是我要请求他继续讲故事似的。就某方面来讲，的确如此。所以我进屋后不断呼唤着他那愚蠢的单音节姓氏。我想我听到了一点动静，于是转身一看。我身上没有流光的那些血液好像冻结了。一个有两条腿的黑色怪物用跟我一样的姿势站着，在一片漆黑中那双眼睛看起来又白又大，正回瞪着我。我举起右手，它就举起左手。我举起左手，它就举起右手……是一面镜子。我松了一口气。大便已经干了，沾得我全身上下都是：鞋子、身体、脸，还有头发。我继续前进，推开起居室的门。

他正斜倚着摇椅，咧着嘴，笑容挂在脸上。那只肥猫在他的膝盖上，用跟狄安娜一样风骚的杏眼看着我。然后它站起来跳下来，猫掌轻轻着地，摇着尾巴朝我慢慢走来，然后突然停下。嗯，我身上可没有玫瑰或者薰衣草的香味。但是在短暂的犹豫之后，它继续朝我走过来，一边发出低沉而诱人的呼噜声。猫真是一种懂得见风使舵的动物，它们知道自己什么时候需要新的供养者。懂吗？上一任已经挂了。

辛勒·欧之所以看起来咧着嘴，是因为嘴唇两侧有血痕往两边延伸。从一边脸颊裂痕伸出来的，是他那蓝黑色的舌头，我看得到他下侧的牙龈与牙齿。这个古怪农夫的模样让我想起早年电子游戏里面的"吃豆人"，但这咧到耳边的笑容不太可能是他的死因，因为他的喉咙上有一道 X 形血痕。他是被人从后面绞杀的，凶器是细尼龙绳或者铁丝。我一边喘息，脑袋一边快速地自动重建整个事发经过：格雷韦开车经过农舍，看到泥泞的空地上出现我的轮胎痕。也许他继续往前开，把车停在一段距离外，回来后往谷仓里看，确认我的车在里面。此时辛勒·欧一定是站在台阶上，多疑而狡猾的他先吐了口口水，在格雷韦询问我的行踪时，他只是给了个不着边际的答案。格雷韦给他钱了吗？他们一起走进屋里了吗？无论如何，当时欧一定还保持着戒心，因为当格雷韦从他身后把绞线套上去的时候，他还试着把下巴放低，如此一来绞线才没有绕在他的脖子上。他们挣扎了一阵，绞线滑到他的嘴巴上，格雷韦用力一拉，割裂了欧的脸颊。但是格雷韦很强壮，终究把那条致命的绞线绕在了绝望的老家伙的脖子上。沉默的证人，沉默的谋杀。但是格雷韦为什么不简单一点，直接用枪呢？毕竟，最近的邻居距离此地也有几公里远。也许是为了避免留下蛛丝马迹？我突然想到了一个显而易见的答案：他没有带枪。我低声咒骂了一句。现在他有枪了。我把格洛克留在料理台上，等于是发了一把新的凶枪给他。你真笨啊！

一阵滴滴答答的声音吸引了我的注意，那只猫跑到我的两腿间。它伸着粉红色的舌头，不断舔着我从衬衫下摆滴落在地板上的血。我渐渐因为疲累而感到昏昏沉沉。我深深吸了三口气，我必须专心，要不停地思考与行动，只有这样才能抗拒那足以令人麻木的恐惧。首先，我必须找出拖拉机的钥匙。我毫无头绪地在各个房间翻箱倒柜，在卧室里找到一个空的弹药盒，在玄关找到一条围巾，于是用它围在我的脖子上，打了个结，至少可以先止血，但是我没找到拖拉机的钥匙。我看看手表，格雷韦一定已经开始在想他的狗怎么了。最后我回到起居室，在欧的尸体前弯下腰掏他的口袋。钥匙在里面！钥匙圈上甚至还有"梅西·弗格森"的字样。我是赶时间，但现在可不能大意，不能犯任何错误。我的意思是当警方发现欧的尸体时，这里就变成了犯罪现场，他们会寻找DNA证据。我赶快跑进厨房，弄湿一条毛巾,到各个我去过的房间把我的血迹擦掉,还把我碰过、可能留下指纹的所有东西都擦了一遍。我站在门廊准备走时,注意到那支来复枪。会不会我真的开始走运,枪膛里有子弹呢?我一把抓起枪,凭印象给枪上膛,用力拉扯,听见枪栓还是叫枪槽之类的鬼东西发出咔嗒声,最后我终于打开了枪膛,在黑暗中,枪膛里的一点红色铁锈看起来特别明显。没有子弹。我听到声音,抬头一看,猫站在通往厨房的门槛上,用混杂着悲伤与责怪的眼神瞪着我:我不能就这样把它留在这里,对吧?我咒骂了一声,朝那毫不恋主的动物踢了一脚,它躲开后又急忙跑回了起居室。然后我把来复枪擦了擦,放回原位,走到外面,用力把门甩上。

拖拉机于轰隆声中被我发动了。当我把它开出谷仓时,它持续发出轰隆的声音。我压根儿没有想要去关门,因为我可以听见那辆拖拉机好像正在呼喊着:"克拉斯·格雷韦,布朗要逃走了!快点!快点!"

我踩下油门,开上来时的路。此刻四处一片漆黑,拖拉机的车头灯光在凹凸不平的路面上跳动着。我找不到那辆雷克萨斯轿车,它一定停放在这附近的某处啊!不,此刻我无法好好地思考,他有可能把车停在这条路上的更远处。我甩了自己一巴掌,眨眨眼,深呼吸,你不累,还没有筋疲力尽,就是这样。

我用力踩油门,轰隆隆的声音持续响个不停。要去哪里呢?离开这里就是了。

车头灯光变小,我的眼前又渐渐变暗,视野又变成一个小圆洞了,我很快就要失去意识了。我尽可能深呼吸,让脑袋多获得一点氧气。要保持恐惧与警戒,要活下去!

除了引擎单调的轰隆声,现在又出现另一个音调较高的声音。

我知道那是什么,于是更加用力地握住方向盘。

那是另一辆车的引擎声。

后视镜里出现了灯光。

那辆车从后面以平稳的速度接近我。急什么呢,这荒野中只有我们俩,他有的是时间跟我耗。

我唯一的希望就是让他一直在我后面,这样他就不会挡住我的路。我把车开到碎石路正中央,身体伏在方向盘上,尽可能降低被格洛克手枪击中的概率。我们开过了一个弯道,路突然变直变宽。接着我发现,格雷韦好像对这地区非常熟悉似的,早已加快速度与我并行。我把拖拉机向右靠,想要把他逼进水沟。但是拖拉机太慢了,他已经先开了过去,反而变成了我正朝着水沟驶去。绝望之余,我猛地往回打方向盘,拖拉机在碎石路上打滑。我还在路上,但是我的前方闪着蓝光,或者是两道红光。从车上的刹车灯看来,他已经停下了。我也停了下来,但是让引擎怠速,我不想在这该死的原野上像一只笨羊一样被干掉。此刻我唯一的机会就是让他下车来,我从他身上碾过去,用庞大的前轮把他轧平,让他像姜一样被啪的一声轧碎,成为轮下的冤魂。

驾驶座的门打开了。我用脚尖踩了一下油门,想感觉一下引擎的反应能有多快。并不快。我头晕目眩,视线又开始模糊,但是可以看见有人下车朝我走来。我看准目标,同时努力保持清醒。是个高高瘦瘦的人。高高瘦瘦?格雷韦并不是高高瘦瘦的。

"辛勒?"

我用英文说道:"什么?"尽管我爸总是灌输我一个观念,说我应该用"抱歉,可以再说一遍吗?""对不起,先生"或是"这位女士,我可以为你效劳吗?"来回话。我几乎瘫倒在座位上了。过去他总是禁止我妈让我坐在她的膝盖上,说这样会让孩子变得软弱。爸,你看我现在怎样?我变软弱了吗?爸,现在我可以坐在你的膝盖上了吗?

黑暗中传来一阵美妙的人声，讲的是挪威语，音调像在唱歌，但带着犹豫的语气。

"你是从……嗯……从收容中心来的吗？"

我重复了一遍："收容中心？"

他已经走到了拖拉机旁，我仍然趴在方向盘上，朝旁边瞥了他一眼。

他说："哦，抱歉。你看起来像是……嗯……你刚刚跌进堆肥里面了吗？"

"我是出了一点意外，没错。"

"我看得出来。我把你拦下来是因为我认出这是辛勒的拖拉机，也因为有一只狗挂在车尾。"

还说要集中精神呢，哈哈，我已经完全忘记那只该死的狗了，你听见了吗，老爸？我脑部的供血不太够。太多……

我的手指失去了知觉，我看着自己的手从方向盘上滑落，然后我就昏了过去。

15　会客时间

醒来时，我在天堂。周遭的一切都是白的，我躺在云端，有个天使低着头用温和的眼神看着我，问我知不知道自己在哪里。我点点头，她说有人想跟我谈一谈，但是不急，他可以等。嗯，我心想，他可以等。因为，等到他听见我的所作所为，会当场把我丢下去，把我逐出这柔软舒适的白色天堂，我会不断坠落，直到我摔到我应该去的地方——铁匠的工坊，待在那冶炼的房间里，因为自己的罪孽而永远浸泡在强酸中。

我闭上双眼，低声说我现在还不想被打扰。

那个天使同情地点点头，把四周的白云拉得更靠近我，在木鞋的咔嗒声中远去、消失。她关上门之前，走廊上的人声传进了我的耳中。

我摸了摸颈部伤口周围的绷带，脑海里出现了一些片段的记忆。包括站在我眼前的那个高瘦男人的脸，一辆车在蜿蜒的路上以高速奔驰，我在车后座，两个穿着白色护士服的男人把我抬上担架。还有冲澡。之前我曾趴着冲澡，舒服美好的热水，然后我又昏了过去。

此刻我很想一直这样下去，但我的大脑告诉我这只是暂时的，时间的沙漏还在流，地球仍旧照常运转，而事件的发展也是不可避免的。我知道他们刚刚决定再等一下，于是暂时屏息以待。

好好想想。

是啊，想事情令人头痛，打消念头、放弃、顺从命运的牵引就容易多了。不过那些琐碎的蠢事真的很容易让人火大。

所以还是得好好想想。

在外面等我的不可能是格雷韦,也许是警察。我看看手表,早上八点。如果警察已经找到辛勒·欧的尸体,把我当成嫌疑人,他们不可能只是派一个人在外面客气地等我。也许是个警官,只想问问我发生了什么事,也许是因为我把拖拉机停在路中间,也许是……也许我希望是警察,也许我已经受够了,也许我应该对他们和盘托出。我躺在那里感受自己的情绪反应,我感到自己心里出现一阵笑声。没错,一阵狂笑!

在那一刻门打开了,走廊上的声音传进来,一个穿着白大褂的男人走进来,他正看着写字板上的东西。

他抬起头,带着微笑问我:"被狗咬伤的吗?"

我立刻认出了他。门在他身后砰的一声关起来,只剩我们两个。

他低声说:"抱歉,我们不能继续等下去了。"

那件医生的白大褂还真适合克拉斯·格雷韦。天知道他是从哪里弄来的,天知道他是怎么找到我的,我只知道我的手机已经沉到溪底了。但是老天爷跟我都知道接下来我会面临什么。好像要证实我所担心的事似的,格雷韦把手塞进外套口袋里,掏出一把手枪。我的手枪,或者说得更准确一点,奥韦的手枪。令人更痛苦的准确说法是:一把装着九毫米铅弹的格洛克17式手枪,其弹头的冲击力足以令人类的组织瓦解碎裂,因为铅弹头会带走远比自身大小多得多的肌肉、骨头与脑浆,在它穿透你的身体之后,会在你身后的墙面留下一片模糊的血肉,简直就像巴纳比·弗纳斯的作品一样。他把手枪枪口对准我,据说人在遇到这种情况时嘴巴会变干,的确如此。

格雷韦说:"罗格,希望你不介意我用你的手枪。我来挪威时并没有带自己的枪,如今坐飞机要带武器实在太麻烦了。总之,我没有料到……"他把双手一摊,"这种状况。靠弹头也没办法追查到我身上,不是吗,罗格?"

我没回答。

他又问了一遍:"不是吗?"

"为什么?"我开口问他,声音就像沙漠里的风一样粗糙。

克拉斯·格雷韦用一种听得津津有味的表情等我继续说下去。

我低声说:"这一切是为了什么?只因为一个你认识了五分钟的女人?"

他抬了抬眉头。"你是指狄安娜吗?你知道她跟我……"

为了不让他继续说下去,我插嘴说:"没错。"

他咯咯笑道:"你是白痴吗,罗格?你真的以为这是我们三个人之间的事吗?"

我没说话。那的确是我曾经所想。但不可能,不可能只是因为人生、情感、爱人这些无关痛痒的主题。

"狄安娜只是我达成目的的手段,罗格。我利用她接近你,因为我的第一个鱼饵没让你上钩。"

"接近我?"

"没错,就是你。自从我们知道探路者要聘一个新的执行总裁以来,这件事我们已经筹划了四个多月。"

"我们?"

"猜猜看是谁。"

"霍特公司?"

"还有刚刚买下公司的美国老板。老实说,当他们今年春天找上我们的时候,公司在财务上的确是有点吃紧。所以,为了一个表面上看来像收购、实际上是解救我们公司的交易,我们必须答应他们两三个条件,其中一个就是把探路者也交给他们。"

"把探路者也交出去?怎么交?"

"用你我都知道的方法,罗格。尽管名义上公司的决策者是股东与董事会，但实际上管事的人是执行总裁。公司要不要卖，卖给谁，终究是取决于执行总裁。我领导霍特的方式是故意让董事会得知很少的信息，让他们感受到最强烈的不确定性，如此一来，他们会一直选择相信我。不过我也是为了他们的利益，不管发生什么事。如果能够获得董事会的信任，每一个厉害的领导者都有办法操纵、说服一群信息不足的股东帮自己做事。"

"你说得太夸张了。"

"是吗？就我所知，你能吃这行饭就是靠做这种事，对那些所谓的董事耍嘴皮子。"

当然，他说得没错。而这也证实了我的怀疑：如果不是这样，为什么霍特公司的费森布尔克先生会毫无保留地推荐格雷韦出任最大竞争对手的执行总裁？

"所以霍特想要……"我开口说。

"没错，霍特想要收购探路者。"

"因为美国人将它作为帮你脱困的附带条件？"

"霍特的股东收到的钱会一直冻结在户头里，直到我们完成收购的任务。当然啦，我们现在说的一切都还没有白纸黑字写下来。"

我慢慢地点头说："所以，说什么你为了抗议新来的美国老板而辞职，其实只是虚晃一枪，目的是让你成为一个探路者可以信赖的执行总裁人选？"

"没错。"

"而你一当上探路者的执行总裁，就会用强制手段将公司弄到美国人手里？"

"我不确定这叫不叫'用强制手段'。过几个月，等探路者发现他们的科技对霍特来讲已经不是秘密后，他们就会看出自己独立运作没有成功的机会，合作才是让公司继续发展的最好方式。"

"因为你将会偷偷把这项科技泄露给霍特公司？"

格雷韦露出冷笑，他的脸色跟绦虫一样白。"是这样没错，就像我说的，这是完美的联姻。"

"你是说完美的逼婚吧？"

"你爱怎么说都行。但是，把霍特跟探路者的科技结合在一起之后，我们可以抢下西半球卫星定位系统的所有国防应用合约。除此之外，还有两三个东方国家……这是值得耍点操控手段吧，难道你不同意吗？"

"所以你计划让我帮你得到那个职位？"

"无论如何，我本来就是一个条件很好的人选，你不觉得吗？"格雷韦已经站到床脚的位置，把枪举到腰际，背对着门，"但是我们想要做到万无一失。我们很快查到他们把招聘工作交给哪些公司，接着做了一点研究。结果你在这一行还小有名气呢，罗格·布朗。大家都说，如果是你推荐的人选，一定会被接受。你的确有些了不起的成绩，所以，我们当然想要通过你来进行。"

"我很荣幸。但是你为什么不直接跟探路者联系，说你有兴趣？"

"拜托，罗格！我的前公司是以股权收购闻名的大灰狼，你忘了吗？如果我直接找上门，他们一定会有所警觉的。必须由他们来'发掘'我才行。例如，由某个猎头专家找到我，并且劝我接受职务。唯有用这种方式进入探路者，他们才会觉得我值得信赖，没有不良意图。"

"我懂了。但是为什么要利用狄安娜？为什么不直接联系我？"

"你是在装傻，罗格。如果我直接找你，你一定也会怀疑的，你绝对会对我敬而远之。"

他说得没错，我是在装傻。不过他是真的傻，对自己那了不起的贪婪计划感到自豪，所以忍不住站在那里自吹自擂，直到有人从那扇该死的门走进来。一定有人会来吧？天哪，我可是个病人啊！

我说："克拉斯，你把我和我的工作想得太高尚了。"这家伙应该不会杀掉一个直呼其名的人吧，我心想，"我选择的人都是我认为会被聘用的人，而他们不见得是对公司最有利的人选。"

"真的吗？"格雷韦皱眉说，"就连你这种水准的猎头顾问也这么无视道德标准吗？"

"我猜你对猎头顾问不太了解。你不应该把狄安娜牵扯进来的。"

对此格雷韦似乎觉得很好笑。"是吗？"

"你怎么钓上她的？"

"你真的想知道，罗格？"他已经把手枪稍稍抬高，他要瞄准眉心吗？

"想得要死，克拉斯。"

"那就如你所愿，"他又稍稍把手枪放下，"我去她的画廊逛了几次，买了一些作品，都是她推荐的，就这样过了一段时间，我邀请她出去喝咖啡。我们谈天说地，聊一些非常私密的事，就像能够毫无顾忌地畅所欲言的陌生人那样，还聊到了婚姻问题……"

"你们聊我跟她的婚姻问题？"话就这样脱口而出。

"是的，没错。毕竟我已经离婚了，所以我可以对她充满同情。例如，我能理解为什么狄安娜没办法接受丈夫不愿生小孩的事实，她明明是个漂亮、成熟而且健康的女人。她也不能接受丈夫居然劝她去堕胎，只因为小孩有唐氏综合征。"格雷韦笑着，那张嘴咧得就像摇椅上的欧一样开，"特别是我自己也很爱小孩。"

此刻血液和理智都从我脑袋中流走了，我只剩下一个想法：杀掉站在眼前的这个男人。"你……你跟她说你想生个小孩？"

格雷韦静静地说："不是，我说的是，我想要跟她一起生个小孩。"

我必须竭尽全力才能控制自己的声音。"狄安娜绝对不会为了一个骗子而离开我，像……"

"我带她去那所公寓,给她看我那幅所谓鲁本斯的画作。"

我迷糊了。"所谓?"

"没错,那幅画当然不是原作,只是来自鲁本斯那个时代非常相似的仿作。事实上,有很长一段时间德国人觉得它是真画。小时候我住在这里时,外祖母把它拿出来给我看。抱歉,我骗你说它是真画。"

这个消息本应该对我产生一些影响,但我已经难过到了极点,所以只是被动接受了这个消息,同时我意识到格雷韦还没发现那幅画已经被调包了。

格雷韦说:"不过,那幅画还是发挥了作用。当狄安娜看到她以为是真迹的鲁本斯画作时,当下一定做出了结论——我不只可以给她一个孩子,还可以让她和孩子过得非常好。简单来讲,就是让她过上梦想中的生活。"

"而她……"

"当然,她就同意帮她未来的丈夫取得执行总裁的职位了,以便他能拥有可以带来金钱的社会地位。"

"你的意思是……那天晚上在画廊里……从头到尾都是你们俩串通好的?"

"当然。只不过我们没有想象中那么轻松地达成目标,狄安娜打电话给我说你已经决定不推荐我……"他用戏剧性且充满讽刺的方式翻了一下白眼,"你可以想象当时我有多震惊吗,罗格?你知道我有多失望、多愤怒吗?我就是不能理解你为什么不喜欢我。为什么,罗格,为什么?我哪里得罪你了?"

我用力吸了一大口气。荒谬的是,他看来好轻松,好像他有的是时间,不急着朝我的头颅、心脏,或者任何他想好的地方开枪。

我说:"你太矮了。"

"你说什么?"

"所以是你让狄安娜把那颗装有琥珀胆碱的橡胶球放在我车上的？她是想要把我弄死，让我没机会写下不利于你的报告？"

格雷韦皱眉道："琥珀胆碱？真有趣，你居然相信自己的妻子会为了小孩和一大笔钱而犯下谋杀的罪行。就我的了解，你也许没说错。但事实上我并没有让她那么做。橡胶球里面是克太拉与多美康的混合液，是一种发作极快的麻醉药，事实上药效强到有一定的风险。我们的计划是把早上要去开车的你弄昏，由狄安娜开车把你载到某个约定的地方。"

"什么地方？"

"一栋我租的小木屋。事实上，与昨晚我希望能在里面找到你的那栋木屋有几分相似。不过房东比较讨人喜欢，也没那么喜欢问东问西。"

"而一旦到了那里，我就会……"

"被我们劝上一劝。"

"怎么劝？"

"你也知道的。连哄带骗，如果有必要，还会稍带威胁。"

"用刑拷问？"

"用刑的确有其乐趣，但是，首先我痛恨让别人承受身体的痛苦。其次，在过了某个阶段之后，用刑的功效会变得没有大家想得那么高。所以说，不会，我没真的想过用刑，只想让你尝尝那滋味，足以让你生出那种对疼痛无法控制的深深恐惧就行了。这恐惧人人都有，懂吗？会让你乖乖听话的不是疼痛，而是恐惧。正因如此，那些最厉害最专业的审讯者，都只稍微用足以引发恐惧联想的刑罚……"他笑起来，"……至少根据美国中情局的手册是这样。比你采用的那种联邦调查局的审讯程序还管用，是不是，罗格？"

我可以感觉到喉咙处绷带下的皮肤在出汗。"你本来想要达到的目的是什么？"

"本来我们想逼你写一份我们想要的报告，在上面签名。我们甚至想过要贴张邮票帮你寄出去。"

"如果我拒绝呢？继续用刑吗？"

"我们还有人性，罗格。如果你拒绝的话，我们只会把你留在那里而已，直到阿尔发公司把写报告这件差事交给你的同事去做，也许是费迪南——那是他的名字吧？"

"费迪。"我咬牙说道。

"一点也没错。而且他似乎很看好我。探路者的董事长跟公关经理也是。这跟你的印象一致吗，罗格？你不觉得基本上阻止我的就只有一纸负面的评估报告吗？而且只会出自你罗格·布朗之手。你会非常庆幸我们并没有理由伤害你。"

我说："你在说谎。"

"有吗？"

"你根本没打算让我活下去。你有什么理由在事后还放我走，为此承担被揭发的风险？"

"我可以用一大笔钱收买你，你可以永远不愁吃穿，永远保持沉默。"

"遭到背叛的丈夫并非理性的合作伙伴，格雷韦。这你也知道。"

格雷韦用枪管蹭着下巴。"这倒是真的。没错，你说得对。我们很有可能杀掉你，但无论如何这就是我透露给狄安娜的计划。而且她也相信我。"

"因为她想杀我。"

"雌激素让你变盲目了，罗格。"

我想不出自己还可以说些什么。到底为什么还没有人……

格雷韦好像看穿了我的心思，他说："我在衣柜里发现这件外套时也看到了一个'请勿打扰'的牌子。我想每当病人在使用便盆时，他们就会把那牌子挂在外面。"

此时他直接拿枪管指着我，我看到他的手指在扳机前弯曲。他没有把枪举起来：显然他打算直接从腰际开枪，在那些四五十年代的黑帮电影里，詹姆斯·卡格尼都是这样开枪的，而且荒谬的是居然还百发百中。遗憾的是，直觉告诉我，克拉斯·格雷韦就是那种可以用荒谬姿势开枪的神枪手。

格雷韦说："我想，你本来就不应该被打扰。"他已经眯起一只眼，准备砰的一声干掉我，"毕竟，死亡是一件挺私人的事情，不是吗？"

我闭上双眼。一直以来我都是对的：我已经在天堂里了。

"抱歉，医生！"

声音从房外传进来。

我睁开双眼，看见三个男人站在格雷韦身后，就在门口附近，门在他们身后轻轻地关上。

穿便服的那个说："我们是警察，事关凶杀案，所以我们顾不上门外的牌子。"

我看得出来，事实上，来拯救我的这位天使跟刚才说到的詹姆斯·卡格尼还有几分相像。但这也可能是因为他身上那件灰色雨衣的关系，或者是我受到了药效的影响。他那两个同事都身穿带有格纹反光带的黑色警察制服（让我联想到跳伞装），简直像是双胞胎，肥得跟猪一样，高得像两栋楼。

格雷韦身体一僵，他没有转身，只是凶狠地看着我。此时他还是用枪指着我，三个警察的视线被挡住了，看不到枪。

便衣警察说："我们没有因为这个小小的谋杀案打扰到你吧，医生？"他觉得这白衣男人好像完全不想搭理他，所以压根儿不想掩藏恼怒的表情。

格雷韦说："完全不会。"他还是背对着他们，"我跟病人这边已经处理好了。"他把白大褂往旁边拉开，将手枪插在腰带上。

"我……我……"我本想说话，但被格雷韦给打断了。

"放轻松，我会让你妻子知道你的状况。别担心，我们会确保她没事，明白了吗？"

我眨了几次眼睛。格雷韦从床边弯下腰,拍拍我盖着羽绒被的膝盖。

"我们会温柔一点的,好吗?"

我默不作声地点点头。一定是药效的关系,毫无疑问,否则怎么会有这种事?

格雷韦露出微笑,站起身来说:"还有,狄安娜说得没错,你的发质真的很棒。"

格雷韦转过身,低头看着写字板上面那张纸,经过三个警察身边时低声对他们说:"他交给你们了。"

门关上后,像詹姆斯·卡格尼的那家伙走上前对我说:"我叫松讷。"

我慢慢地点点头,同时感觉到绷带卡到我喉咙上的皮肤。"你来得刚刚好,松德。"

他严肃地复述:"松讷,结尾是 d[①]。我是调查谋杀案的,奥斯陆的克里波派我过来的。克里波是……"

我说:"犯罪调查部门,也就是重案组,我知道。"

"很好。这两位是埃尔沃吕姆警局的安德利·蒙森与艾斯基·蒙森。"

我打量了一下,真是令人印象深刻。像海象一样巨大的双胞胎,身穿一样的制服,还留着同样的八字胡。毫无疑问,很多人是为了钱才干警察的。

松讷说:"首先,我要宣读一下你的权利。"

我大叫:"等一等!这是什么意思?"

松讷扯出一个疲倦的微笑,说:"意思是,奇克鲁先生,你被捕了。"

"奇……"我把想说的话忍住。松讷手上挥着一个看起来像信用卡的东西。一张蓝色的信用卡,奥韦的卡,从我口袋里拿出来的。松讷怀疑地抬起一边眉毛。

---

① "松讷"的原文为 Sunded。

"妈的,"我说,"你们为什么抓我?"

"因为辛勒·欧的谋杀案。"

我瞪着松讷,听他用自己日常讲话的方式——而不是用美国电影里主祷文似的冗长废话——跟我做说明,我有权聘请律师,也有权保持缄默,最后,他说道,主治医师允许他等我清醒以后把我带走。毕竟,我只是在颈部后面缝了几针而已。

没等他做完说明我就说:"好了好了,我很乐意跟你们走。"

16　零一号巡逻车

结果我发现，医院的地点在距离埃尔沃吕姆有一段路程的乡间。看着那一栋栋床垫似的白色建筑物在我们身后消失让我松了一口气，而举目所及都看不见那辆银灰色雷克萨斯轿车更是令我宽心不少。

我们搭乘的是一辆老旧但保养得不错的沃尔沃轿车，从它那轰隆隆的悦耳引擎声听来，我怀疑它被重新烤漆变成警车之前，应该是一辆马力强大的改装车。

我从后座问他们："我们在哪里？"当时我被夹在安德利·蒙森与艾斯基·蒙森两人魁梧的身体之间。我的衣服——应该说奥韦的衣服已经被送去干洗了，但有个护士拿了一双网球鞋和一套衣服给我，一套上面印有医院缩写的绿色运动服，还特别强调务必把衣服洗好后归还院方。还有，他们已经把所有的钥匙跟奥韦的皮夹还给我了。

松讷说："海德马克郡。"他坐的位置是副驾驶，也就是有美国黑人帮派背景的人所谓的"霰弹枪位置"。

"那我们要去哪里？"

"干你屁事！"那满脸疙瘩的年轻司机对我咆哮，从后视镜狠狠地瞥了我一眼。烂条子。他穿着背后印有黄色字母的黑色尼龙夹克。埃尔沃吕姆 KO-DAW-YING 俱乐部。我猜那应该是某种刚刚发展起来，但源自古代的神秘武术。他下颌两侧的肌肉之所以会如此发达，应该是因为他早已养成嚼口香糖的习惯。这面疱小子瘦得厉害，肩膀很窄，以至于他把两只手都摆在方向盘上时，双臂形成了 V 字形。

松讷低声说:"看路。"

面疱小子嘟囔了两句,怒目看着那条穿越如松饼般平坦的农地的笔直柏油路。

松讷说:"我们要去埃尔沃吕姆的警察局,奇克鲁。我是从奥斯陆过来的,今天会审讯你,有必要的话明天、后天继续。我希望你是个明理的家伙,因为我可不喜欢海德马克郡这个地方。"他用手指头咚咚地敲着安德利因为后面太挤而刚刚递到前座给他的旅行袋。

"我是个明理的人。"说话时我觉得双臂快失去知觉了。那对双胞胎兄弟的呼吸极有节奏,这意味着我好像一管蛋黄酱似的,每四秒钟就会被挤一下。我考虑要不要请他们其中一个人调整一下呼吸节奏,但打消了念头。不过,与格雷韦用手枪指着我的时候相比,此刻我觉得自己安全多了。这让我联想到小时候,每当妈妈生病时,我爸就必须带我去上班,因此我必须坐在大使馆的豪华轿车后座,夹在两个严肃但是客气的大人之间。大家的穿着都很优雅,但最优雅的是我爸,他头戴司机帽,优雅而有风度地开车。事后我爸会买冰激凌给我,说我表现得像个小绅士。

无线电发出沙沙声响。

"嘘……"面疱小子打破了车里的沉寂。

一个带着鼻音的女人用断断续续的声音说:"所有巡逻车请注意。"

"也只有两辆巡逻车。"面疱小子嘟囔着,同时把音量调大。

"艾格蒙·卡尔森报案说他的卡车和后面的拖车都被偷了……"

接下来的无线电信息被淹没在面疱小子跟蒙森双胞胎的大笑声里。他们笑得身体抖动,我好像被按摩似的,觉得很舒服。我想应该是因为药效还在吧。

面疱小子拿起对讲机说话:"卡尔森的声音听起来是清醒的吗?完毕。"

那个女人回答:"不是,不怎么清醒。"

"那他肯定又酒驾了，而且还忘了这档子事。打电话到班塞酒吧去，我敢打赌，车一定停在酒吧外。那是一辆十八轮大卡车，侧面是锡格达尔厨具广告。完毕，通话结束。"

他把无线电对讲机放回去，我可以感觉到车里的气氛明显变得轻松了，所以我趁机发问。

"我想一定是有人被杀了，但是我可以问问这跟我有什么关系吗？"

他们沉默以对，但是从松讷的姿势来看，我知道他在想怎么回答。他转身面对后座，双眼看向我："好吧，我们就这样很快地把这件事解决了也好。我们知道是你干的，奇克鲁先生，而且你是没办法脱罪的。你听我说，我们找到了尸体与犯罪现场，还有一件能把你跟两者都联系在一起的证物。"

本来我应该感到震惊和害怕，应该感觉到自己的心跳停了一拍，或者心头一沉——总之，就是当警察得意扬扬地跟你说他们有证据可以把你一辈子关在监狱里时，任何人都该有的那种反应。但是我完全没有那些感觉，因为我并没有听到一个语气得意扬扬的警察，我听到的是英鲍、莱德与巴克利。第一步，正面交锋。或者，套句手册里的话：警探在审讯一开始就让对方清清楚楚，警方什么都知道了。用词应该是"我们"与"警方"，而非"我"。应该说"知道"，而非"相信"。要扭曲受审讯者的自我形象，因此如果对象是身份地位低下的人，要称其"先生"，而对身份地位高的人则直呼其名。

松讷继续说："还有，这句话你知我知就好。"他刻意压低声音，听起来显然是要我以为他说的是个秘密，"我听说啊，辛勒·欧死了也罢，就算你不用绳子勒死那个老浑球，很可能别人也会。"

我想打哈欠，但忍住了。第二步，将嫌疑人的罪行合理化，借此对其表达同理心。

我没有回话，松讷继续说："好消息是，如果你快一点招供，我可以帮你减刑。"

哦，我的天哪！明确的承诺！这是英鲍、莱德与巴克利绝对禁止的，这种法律上的陷阱只有最绝望的警探才会使用。这家伙是真的想要离开海德马克，赶快回家。

"所以说，你为什么要犯案呢，奇克鲁？"

我凝视着车窗外，到处是原野与农田。原野，农田。原野，小溪，原野。催眠效果还真强。

"喂，奇克鲁？"我听见松讷的手指不停敲着他的旅行袋。

我说："你在说谎。"

他的手停了下来。"你再说一遍。"

"你在说谎，松讷。我根本不知道辛勒·欧是谁，而且你没有我的把柄。"

松讷嘎嘎笑了两声。"我没有？那说说看过去二十四小时你在哪里？行行好吧，奇克鲁！"

我说："我考虑一下，但你要先跟我说说这案子到底是怎么一回事。"

面疱小子不屑地说："揍他啦！安德利，打……"

"闭嘴！"松讷平静地说，接着他转头面对我，"为什么我应该跟你说呢，奇克鲁？"

"因为，如果你说了，也许我就会告诉你。如果你不说，我就会闭嘴一直到我的律师过来，从奥斯陆过来。"我看见松讷抿起嘴，于是又加了一句，"运气好的话，明天会到吧……"

松讷歪了歪头，仔细打量我，仿佛我是只昆虫，他正在考虑是收藏起来还是随手捏死。

"好吧，奇克鲁。这一切的起因是坐在你身边的家伙接到一通报案电话，说有一辆拖拉机被乱停在路中间。他们还发现有一群乌鸦聚集在后面的青贮装载机上面吃午餐，它们三两下就吃掉了那只狗的肉。那是辛勒·欧的拖拉机，但是我们打电话过去时，他当然没有接听，所以警方派了一个人过去看看，发现他的尸体被你留在摇椅上。我们在谷仓里发现一辆引擎被破坏的奔驰车，用车牌号码追查到你，奇克鲁。最后，埃尔沃吕姆警局想出那条死狗跟一通来自医院的普通报案电话有关，因为有个全身沾屎、神志不清的住院病患身上有严重的狗咬伤痕。他们打电话过去，值班护士说那家伙正昏迷不醒，但是他的口袋里有一张持卡人姓名是奥韦·奇克鲁的信用卡。然后，咻的一下——我们就在这里了。"

我点点头。现在我知道他们是怎么找到我的了，但格雷韦究竟是怎么办到的？这个问题在我的脑袋里转来转去，但此时我昏昏沉沉，想不出答案。难道格雷韦在当地警察局也有内应？有人帮他他才能比警察早到医院？不对！刚刚他们才走进房间，救了我啊！不对！是松讷救了我，因为他是个不知内情的外人，一个来自奥斯陆克里波的家伙。当我又想到另一件事时，头也痛了起来：如果我害怕的事是真的，那么我在拘留室里还有何安全可言？突然间，蒙森兄弟的同步呼吸动作没有刚刚那么让我安心了。没有任何事可以让我安心了。我感觉这世界上好像再也没有人是我可以信任的。任何人都一样，除了一个人，这个带着旅行袋的外人。我必须把我的牌都摊开在桌上，把一切都告诉松讷，要他一定得带我去另一个警局。无疑，埃尔沃吕姆警局是个存在贪污的地方，有可能这辆车里面与格雷韦共谋的不止一个人。

无线电又发出沙沙声："零一号巡逻车，收到请回答。"

面疱小子一把抓起无线电对讲机："收到，利塞。"

"班塞酒吧外面没有卡车。完毕。"

当然，如果把一切告诉松讷，我也必须把自己是个"雅贼"的事说出来。而我要怎样才能让他们相信，我是出于自卫才开枪打死奥韦，而且的确是个意外？像奥韦那样被格雷韦下了那么重的毒药，基本上已经看不清面前是谁了。

"冷静一下,利塞,到处去问问看。在这种小地方,没有人可以把一辆十八米长的卡车藏起来的,好吗?"

对面的声音听起来有点恼火。"卡尔森说,通常都是你帮他找车的,因为你不但是警察,也是他妹夫。完毕。"

"我就是不要!别想要我帮他,利塞。"

"他说这要求不算太多,你老婆是他家姐妹里最不丑的。"

蒙森双胞胎大笑,我的身体跟着他们一起晃来晃去。

"跟那个白痴说,我们今天真的是有警察的正事要办。"面疱小子不屑地说,"完毕,通话结束。"

我真不知要怎么玩这个游戏,我的真实身份早晚会暴露的。我到底应该直接跟他们讲,还是把真实身份当成王牌藏在袖子里,晚一点再拿出来打?

松讷说:"换你说了,奇克鲁。我对你做了一些调查,你是我们警方的老朋友了。根据我们的记录,你是单身,所以,那个医生跟你说他会帮你照看你老婆是什么意思?狄安娜?他是不是那样说?"

我的王牌飞了。我叹了一口气,从车窗往外看。荒地,农田。附近没有任何车辆,没有房屋,只有地平线远处的一辆拖拉机或汽车扬起的一片烟尘。

我回答:"我不知道。"我必须想得更清楚一点,再清楚一点,必须先纵观整个棋局。

"你跟辛勒·欧是什么关系,奇克鲁?"

一直被叫着别人的名字开始让我厌烦不已。我刚要开口回话时,才意识到自己错了,又错了。警方真的以为我就是奥韦·奇克鲁啊!他们接获报案时,获知的就是我入院时院方帮我登记的名字。如果是他们把这消息泄露给格雷韦，为什么格雷韦会到医院找奥韦呢？他根本没听过这个名字，这世界上没有任何人知道我跟奥韦有关系——而我是罗格·布朗！这实在没道理。他一定是通过另外的渠道找到我的。

我看见路上那一团烟尘正在接近我们。

"你听见我的问题了吗，奇克鲁？"

最开始，格雷韦发现我去了小木屋，接着是医院，尽管我身上已经没有手机了。挪威电信与警方都没有格雷韦的内应，所以他怎么可能找到我呢？

"奇克鲁！喂！"

小路上的那一团烟尘在移动，速度比它在远处时看起来快多了。我看见十字路口就在眼前，突然感觉到它正朝我们逼近，就快跟我们相撞了。我希望另一辆车知道我们这辆车有优先通行权。

但是，也许面疱小子应该示意他，按按喇叭。示意他，按喇叭啊！格雷韦在医院对我说过什么来着："狄安娜说得没错，你的发质真的很棒。"我闭上眼睛，回想她在车库里用手梳过我头发的那种感觉，那种味道。当时她的味道不太一样。她身上有他的味道，格雷韦的味道。不，不是格雷韦。是霍特的味道，正朝我们逼近。慢动作让一切都变得清晰起来。为什么刚刚我一直都没想到呢？我睁开眼睛。

"我们有生命危险，松讷。"

"这里唯一会遭遇危险的人是你，奇克鲁。不管你叫什么名字。"

"什么？"

松讷看看后视镜，举起他在医院里拿给我看的信用卡。

"你看起来跟照片里的奇克鲁不一样。还有，我追查奇克鲁的档案资料时，发现他有一米七三。而你呢……多高？一米六五？"

车里陷入一片沉寂。我瞪着那团以高速靠近的烟尘，那不是一辆轿车，那是一辆后面带着拖车的大卡车。现在它已经近到我可以看见车身上写了什么字——锡格达尔厨具。

我说:"是一米六八。"

松讷对我吼道:"所以你到底是谁?"

"我是罗格·布朗,而现在在我们左边的,是卡尔森的卡车。"

所有人都转头往左边看过去。

松讷大叫:"现在到底是怎么回事?"

我说:"情况是,开着那辆卡车的人是个叫克拉斯·格雷韦的家伙,而且他知道我在这辆车里,他的目标就是要杀掉我。"

"怎么会……"

"他有卫星定位追踪器,意思是不管我在哪里,他都找得到我。而且,自从我老婆在车库里摸过我的头发之后,他就一直在找我。她的手上抹着一种内含超小型信号发射器的发胶,沾上头发后就洗不掉了。"

那位来自克里波的警探咆哮道:"废话少说!"

面疱小子说:"松讷……那的确是卡尔森的卡车。"

我说:"我们必须停车然后掉头,不然他会把我们都杀掉的,停车!"

松讷说:"继续开。"

我大叫:"你看不出等一下会发生什么事吗?你快要死了,松讷!"

松讷开始发出他那嘎嘎嘎的笑声,但声音渐渐无力。此时他也看出来了,但为时已晚。

17　锡格达尔厨具

两辆车相撞只是最基本的物理学现象。一切完全取决于偶然，但能够解释这种偶然现象的，则是以下这个方程式：能量 × 时间 = 质量 × 速度差。给这些随机变量赋予数值，我们就可以得出一个简单、真实又残酷的故事。例如，它会告诉我们，一辆载满货物、时速八十公里、重二十五吨的重型卡车，撞上一辆重一千八百公斤（其中包括蒙森双胞胎的重量）、以相同时速行驶的轿车时，会发生什么。考虑到碰撞点、车体构造与两车相撞时的角度等因素，这个故事可能会衍生出好几个不同的版本。不过所有的版本都会有两个共同点：一、它们都是悲剧；二、下场比较惨的，都是那辆轿车。

格雷韦开的卡车与拖车在十点十三分撞上了零一号巡逻车——一辆一九八九年出厂的沃尔沃 740 轿车。被撞到的地方就在驾驶座的前方，当车被撞得向空中飞起的时候，汽车引擎、两个前轮，还有面疱小子的双腿都往一边推挤，穿出车体。没有安全气囊弹出来，因为一九九〇年以前出厂的沃尔沃汽车都还没有装气囊。警车已经被撞得稀巴烂，它飞出路面，越过路边护栏，落在斜坡底部沿着河边生长的茂密云杉林里。在这辆警车穿过树顶往下掉之前，车身腾空翻了两圈半，还水平旋转了一圈多。现场没有目击证人可以证实我说的话，但这就是事发经过。如我所说，这一切只是最基本的物理学现象。同样，另一个事实也可以这样算出来：相比轿车，那辆卡车几乎没什么损伤，它只是继续在荒芜的十字路口前进，发出一长串刺耳的金属摩擦声后刹车停下。最后，当刹车被放开时，它发出像龙喷鼻息似的哼声，橡胶与刹车来令片的焦味弥漫在一片风景中，好几分钟都没散去。

十点十四分，云杉不再摇晃，尘埃也都已落定，卡车的引擎怠速，阳光还像往常一样照在海德马克的原野上。

十点十五分，第一辆车经过了犯罪现场，很可能那个司机什么都没注意到，只看到旁边的碎石小路上停着一辆卡车，还有自己车底发出的嘎吱声，可能是因为碾过了刚刚留下的碎玻璃。他不会看到有辆警车翻在了河边的树下。

我知道这些是因为我的姿势让我判断出我们车顶着地，车身被河边的树木遮住了，从路上看不到。刚刚我说的时间对不对完全取决于松讷手表的准确度，它就在我面前嘀嗒嘀嗒地走着。至少我认为那是他的表，因为那只表挂在一只断臂的手腕上，断臂从一片灰色雨衣的碎片下伸出来。

一阵风吹过，将刹车来令片的树脂味与卡车柴油引擎的怠速声响都带了过来。

万里无云，阳光穿透树梢闪烁着。我的身边却在下雨：汽油、机油、鲜血，滴下来然后流走。大家都死了。面疱小子的脸上不再有面疱，应该说他已经面目全非。松讷整个人被压扁了，好像一个纸板人，双眼从自己的两腿间向前瞪去。双胞胎的身躯多少完整一些，但两人也没了呼吸。我之所以还活着，完全是因为蒙森一家人的体重很有分量，让他们的身体形成了完美的安全气囊。他们身体刚刚救了我一命，但现在却慢慢开始要我的命。整台车都被压扁了，而我现在正头下脚上地挂在我的位子上。我有一只手臂可以活动，但是身体紧紧地卡在两个警察的尸体中间，无法动弹，也不能呼吸。然而，目前我的感官都还是很正常地在运作。因此我发现汽油正慢慢流出来，我能感觉到它沿着我的裤管与身体往下流，从运动服的领子流出去。我也听得见路边的卡车声，听见它喷着鼻息，清清喉咙，持续抖动着。我知道格雷韦正坐在那里思考，评估此刻的状况。他可以从卫星定位追踪器看出我没有移动。他心想还是应该下来看一下，确认所有人都死了。但另一方面，要下到斜坡底部实在很难，要回去更是难上加难。而且，这种车祸当然不会有任何生还者，对吧？但亲眼确认过还是会让人睡得更安稳一点。

开车吧，我心里恳求着，开车吧。

对清醒的我而言，最可怕的就是我可以想见如果他发现我满身汽油，接下来会发生什么事。

开车吧，开车吧。

卡车的柴油引擎持续低声作响，好像在跟自己说话似的。

此时我已经完全明白之前到底发生了什么。格雷韦登上台阶朝辛勒·欧走过去，不是为了打听我的下落，因为他从卫星定位追踪器的显示屏幕就能看到。格雷韦必须把欧做掉，纯粹是因为欧看到了他的人和车。但是，当格雷韦沿路走到小木屋时，我已经先去厕所了，当他在小屋里找不到我的时候，就又用追踪器确认我的位置。令他惊讶的是，信号居然不见了。因为当时我头发里的发射器已经浸到粪便里了，正如之前所说，霍特的发射器的信号没办法穿透它们。尽管我是个白痴，运气倒还不错。

格雷韦接下来就派狗去找我，他自己在那边等。还是没有信号，因为发射器周遭那些干掉的粪便依旧能阻挡信号。当时我正在查看欧的尸体，然后就开着拖拉机逃走了。直到那天半夜，格雷韦的卫星定位追踪器才又开始接收到信号。当时我正躺在担架上，在医院里淋浴，头发上的粪便都被冲掉了。于是格雷韦跳上车，在黎明时分抵达医院。天知道他是怎么偷到那辆卡车的，但无论如何他都能再找到我——就是我，布朗，一个居然求警察把自己逮起来的胡说八道的疯子。

松讷断手上的手指仍然握着旅行袋提手。他的腕表正嘀嗒嘀嗒地响着。

十点十六分。再过一分钟我就会失去意识，两分钟内我会窒息，快点做出决定吧，格雷韦。

然后他真的决定了。

我听见卡车的吐气声。引擎转速下降，表示他已经把引擎关掉，要往这里来了！

还是……他要换挡开车了？

我听见卡车低声隆隆作响，轮胎之上的二十五吨重量把碎石路压得嘎吱嘎吱。隆隆声变大，再变大，之后变小，最后那声音遁入乡间，消失无踪。

我闭上眼睛，心存感激。为的是没有被烧死，只是缺氧致死而已。因为，缺氧绝对不是最惨的死法。我大脑的一个个区块逐一停止运转，渐渐变得迟钝，呆滞，无法思考，而后我的问题也都将不复存在。某种程度上讲，就像是喝烈酒一样。对啊，我心想，我可以接受以这种方式逐渐死去。

想到这里，我几乎大笑起来。

我这辈子都在努力成为跟我爸相反的人，最后结束人生的方式却跟他一样，死在一辆撞毁的车里。而过去我跟他到底有多少不同呢？当我成长到那个该死的酒鬼没法再打我时，我就开始打他了。我用他打我妈的方式打他，也就是绝不留下任何伤痕。另外一个例子是，他提议要教我开车，我礼貌地拒绝了，还跟他说我不想考驾照。我跟大使那个被宠坏的丑女儿叙旧，因为以前我爸都要载她去上课，所以我带她回家吃晚餐，借此羞辱他。但是当我看到主菜上完，我妈到厨房去准备甜点时居然哭了起来，我又后悔了。我申请了一所伦敦的大学，只因我爸说过那里是个专供社会寄生虫就读的外在光鲜的地方。但是，他没有像我希望的那样生气。当我跟他说这件事时，他甚至勉强挤出一丝微笑，看起来像是为我感到骄傲的样子，那个狡猾的老杂碎。所以，后来在那年秋天他问我可不可以跟我妈一起到伦敦去看我时，我拒绝了，只因为我不希望同学发现我爸不是外交高官，而只是一个司机。这似乎戳到了我的痛处。当然，不是我的弱点，而是我的隐痛。

举行婚礼前两周我打电话给我妈，说我要跟我遇到的一个女孩结婚了，我跟她说婚礼会很简单，就只有我们两个，还有两个证婚人，我欢迎她去观礼，只要她不带着我爸。我妈大发雷霆，说她当然不可能不跟我爸一起去。高贵而忠诚的人总有个缺点：即使对那些最下流的家伙，他们也还是很忠诚。嗯，而且他们对那些人尤其忠诚。

那年夏天，狄安娜本来要在学期结束后去跟我爸妈见面，但是在我们离开伦敦的三周前，我接到了车祸的噩耗。有个警察在一通信号不良的电话里跟我说，车祸发生在他们从小木屋返家的路上。那天晚上下雨，他们的车开得太快了。因为高速公路扩建，旧路暂时改道，路上出现了新的、可能有点不合理的弯道，但是摆了一个写着危险路段的标志。很自然地，新铺的柏油路会吸收光线，而路边停了一辆压路机。我打断警察，跟他说警方应该给我爸做酒精测试，以便确认我早已知道的事：是他害死了我妈。

当晚我独自到一家位于男爵宫的酒吧买醉，第一次在大庭广众下哭泣。那天晚上我把最后的眼泪滴在臭气熏天的小便池里时，抬脸在碎裂的镜子里看见我爸那张无力的、酒醉的脸。我想起他把棋子扫落棋盘时眼中平静而专注的神情，皇后被他扫得在空中翻转——转了两圈半，最后掉在地上。然后他开始打我。我看见他举起手，甩了我一个耳光，只有那一次我目睹他流露出一种被我妈称之为变态的眼神。躲在那眼神后面的，是一只丑陋、优雅而且嗜血的怪物。但那也是他，我的父亲，给我血肉的人。

血。

我内心长久以来藏得比对我爸的否定还要深的某个东西，如今浮现出来。我隐约想起一个曾从我脑海闪过，但此刻再也压抑不住的念头。现在那念头成形了，身体的疼痛让它变得清晰，变成一个事实——一个近在眼前，但是因为我欺骗自己而被掩盖起来的事实。我之所以不想要小孩，并不是因为害怕被小孩取代，而是因为我害怕那个变态的眼神，我怕自己作为我爸的儿子也跟他一样变态，我怕我眼睛后面也藏着变态的怪物。我对所有人说谎，我曾跟洛蒂说，我不要那孩子是因为孩子有缺陷，是染色体异常引起的唐氏综合征。但真正异常的是我的内心。

一切正快速流逝。我的生命是已故者留下的财产，此刻我已为这台装置罩上防尘布，关上仓库门，准备切断电源了。我热泪盈眶，涌出的泪水滑过额头流到头皮上。我快要被身旁的两个人体气球闷死了。我想到了洛蒂。接着，在生死交关之际，我恍然惊觉。我看见了一道光。我看见……狄安娜？那个水性杨花的女人在这时候出现干什么？气球……

我还能活动的那只垂着的手朝旅行袋伸过去，麻木的手指掰开松讷抓在提手上的手指，打开旅行袋。汽油从我身上滴进袋子里，我在里面乱掏，拉出一件衬衫、一双袜子、一条内裤和一个盥洗用品包。只有这些东西了。我打开盥洗用品包，把东西都倒在车内天花板上。牙膏、电动剃须刀、膏药、洗发乳、一个显然在机场安检通关时用过的透明塑料袋，还有凡士林……找到了！一把剪刀，那种尖头小剪刀，顶端向上弯曲，许多人基于各自不同的理由不喜欢用它，宁愿选择后来才发明的指甲钳。

我举起手来，在双胞胎其中一人身上摸索，试着在肚子或胸口找到一条拉链或一排纽扣。但是我的手指已经失去知觉，它们既不接受大脑的命令，也不会把任何信号回传到大脑。于是我一把抓住剪刀，把它的尖头刺向……嗯，姑且说刺向安德利的肚子吧。

尼龙衣料往两边裂开，露出了被包裹在浅蓝色警察制服里的凸肚。我把他的衬衫与肌肉剪开，原本被毛茸茸的苍白皮肤包覆的肉因此卷了起来。此时我要做的是我最怕的部分，但是一想到可能获得的奖赏，也就是可以活下去、可以呼吸，我就压制住一切杂念，用尽全力挥舞剪刀，刺进肚脐上方的肚子，再拔出来。没有任何事发生。

怪了。他的肚子上有个明显的洞，但是没有任何东西出来，我承受的压力没有如预期般减轻。气球还是跟之前一样紧绷。

我又刺了一下，刺出另一个洞，但它就像另一个枯井一样。

我发狂似的又把剪刀挥过去，刺得扑哧作响，还是没有东西。这对双胞胎到底是什么东西做的？全身上下只有猪油吗？我会死于他们的肥胖症吗？

上面的路又有一辆车经过。

我试着尖叫，却吸不到任何空气。

我用仅存的力气把剪刀戳进他的肚子，但这一次没有把它拔出来，因为我的力气用尽了。停顿一下之后，我开始移动剪刀，大拇指与食指张开又合拢，割出一个可以把手伸进去的洞，真是轻而易举得令人惊讶。终于有反应了。血从那个洞里不断流出来，沿着胃部往下流，消失在衣服里，又出现在他留着胡子的喉咙上，然后流过下巴、嘴唇，消失在一个鼻孔里。此时我发狂似的继续割那个洞，发现人类真的是一种很脆弱的动物，人体居然可以这样轻易被划开，就像我在电视里看到鲸鱼被宰割的画面一样。而这只用一把小小的剪刀就办到了！我刺个不停，直到胃部出现一个往肋骨延伸过去的伤口。但我预期中的大量血液与肠子并没有流出来。我的手臂没了力气，于是丢下剪刀。我的老朋友回来了——我的视野又缩成了小圆洞，透过洞口可以看见车内天花板上有一片灰色的棋盘格纹，身边到处散落着破掉的棋盘碎片。我放弃了，闭上双眼。放弃真是件美妙的事。我感觉重力把我往地心拉，头先下去，就像婴儿要从母亲子宫里出去时一样，我会被挤出去，在濒死之际重生。我甚至可以感觉到母体的阵痛，那颤动的疼痛按摩着我。然后我想到了白皇后。我听见了声音，羊水哗的一声全都流到了地板上。

还有那气味。

我的天哪，那个气味！

我出生了，因为掉下来而重生，砰的一声撞到了头，四周变得一片漆黑。全然的黑暗。

黑暗。

氧气？

光线。

我睁开眼睛。我仰躺着，上方是方才双胞胎挤着我坐的位置。我一定是躺在车内顶上，躺在棋盘上。而且我正在呼吸，闻得到死亡与人类内脏的臭味。我凝视四周，看起来有如置身屠宰场或香肠工厂。但奇怪的是，我并没有依照本能反应行事——没有压抑、否定、逃离。为了尽情接收各种感官的印象，我的脑袋变得无比清醒。我决定先待在这里。我吸进那气味，仔细看，仔细听，拾起地上所有棋子，把它们摆回棋盘，逐一就位。最后，我拿起断掉的白皇后，仔细研究它，然后直接把它摆在黑国王的对面。

第四部
棋步

18　白皇后

我坐在汽车残骸里凝视着电动剃须刀。人都会有一些奇怪的想法。白皇后断掉了。过去我之所以能抵挡我爸、我的背景、甚至过往那段人生的影响，都是因为有她。她曾说过她爱我，而我也曾立誓爱她——虽然是在扯谎，但我内心有一部分会永远爱她，只因她那句我爱你。我曾说她是我比较好的那一半，因为我曾经真的相信她跟我就像两面神雅努斯的两张脸，而她是好的那一边。但是我错了，而且我恨她。不，不只是那样；对我来说，狄安娜·斯特罗姆-埃利亚森已不复存在。但是，如今我坐在汽车残骸里，被四具尸体包围，手拿电动剃须刀，心里只有一个念头：

如果我的头发没了，狄安娜还会爱我吗？

就像我说的，人都会有一些奇怪的想法。然后我不理会这想法，按下开关。我手里的剃须刀振动起来。

我要改变。我想改变。总之，过去那个罗格不存在了。我开始动作。

十五分钟后，我透过残存的镜子看着自己。一如我所担心的——并不怎么好看。我的头看起来就像一大颗尖头的椭圆形带壳花生，剃过的脑袋闪闪发光，跟脸部晒过的皮肤相比，头皮显得很苍白。但这就是我：全新的罗格·布朗。

头发散落在我的双腿间。我把它们都扫进那个透明的塑料袋里，塞进艾斯基·蒙森的制服长裤里。我还在他的裤子里发现一个皮夹，里面有些钱跟一张信用卡。我可不想因为使用奥韦的信用卡而遭到警方的追捕，所以决定拿走艾斯基的皮夹。我在面疱小子的黑色尼龙夹克里发现了一个打火机，于是我再度考虑是否应该点火烧掉浸泡在汽油里的汽车残骸。这么做可以延迟警方辨识尸体的工作，也许会让我有一天的喘息时间。但另一方面，燃烧的黑烟会让人发觉这团残骸，让我来不及逃出这个区域，而如果没有烟的话，只要一点点好运，可能好几个小时后才会有人发现车子。我看着面疱小子那张血肉模糊的脸，做出决定。我花了快二十分钟脱下他的长裤与外套，然后帮他穿上我的绿色慢跑服。奇怪的是，我居然那么快就习惯了这种事。我把他两手食指的皮肤剪下时（因为我不记得采指纹是用右手还是左手），表现得像个外科医生一样专注而有效率。最后我也把他的大拇指皮肤剪掉，让伤口看来像车祸创伤，而非人为造成。我往后退了两步，仔细观察布置的结果。只有血与死人，到处一片寂静。就连树林旁的那条棕色河流好像也静止不动，悄然无声。眼前情景有如摩藤·威斯卡姆①的装置艺术作品，如果我有相机，一定会拍张照片寄给狄安娜，建议她挂在画廊里，作为接下来发生的事的预告。当时格雷韦跟我说什么来着？会让你乖乖听话的不是疼痛，而是恐惧。

我沿着大路往下走。如果格雷韦把车往这个方向开的话，我当然有被他看见的风险，但是我不担心。首先，他不会认出我的，因为我是个穿着黑色尼龙夹克的光头佬，夹克后方还印有"埃尔沃吕姆 KO-DAW-YING 俱乐部"这几个字。其次，这个人走路的样子跟他所认识的罗格·布朗有所不同，他的背挺得更直，步伐较慢。第三，卫星定位追踪器清楚地显示，我还在汽车残骸里，根本就没有移动。这一点显而易见。毕竟，我已经死了。

我经过一个农场，但是继续往前走。一辆车经过我的时候减慢了速度，也许司机在想我是谁，但它又加速开走，消失在刺眼的秋阳下。

---

① 挪威当代艺术家，以其装置艺术出名。

这郊外的空气还真棒。泥土与草地，针叶林与牛粪。我的颈伤有点痛，但是身体渐渐没有那么僵硬了。我大步前进，深呼吸，一口深深的、让人生机勃勃的呼吸。

走了半小时后，我仍然在那条无止境的路上，不过已经看到远处有个蓝色招牌和一间小屋。那是一个公交车站。

十五分钟后，我搭上了灰色的乡间巴士，从艾斯基·蒙森的皮夹里掏出现金付款，别人告诉我那车是开往埃尔沃吕姆的，到那里可以改乘火车前往奥斯陆。我坐在两个浅金发色的三十几岁的女郎对面，她们俩都不屑瞥我一眼。

我睡着了，但是警铃把我吵醒，巴士减速后靠边停。一辆闪着蓝灯的警车经过我们。我心想，那是零二号巡逻车，同时看到其中一个金发女郎在看我。我们四目相交，她本能地想要把目光移开——我太直接了，而她觉得我是丑八怪。但她没做到。我对她挤出一抹微笑，转头面对窗户。

我这个重生的罗格·布朗回到了过往的家乡，于下午三点十分下了火车。但是一阵冰冷的风刮过来，吹进奥斯陆中央车站前那只丑陋老虎雕像正在嘶吼的嘴里，而我则穿过广场，继续往船长街前进。

托布街的药头与流莺们都看着我，但没有像我以前经过时那样对我大声招揽生意。我在莱昂旅馆的入口处停下来，抬头看着旅馆正面灰泥开始剥落、留下白色凹痕的地方。一扇窗户下面挂着海报，宣称住宿一晚只要四百克朗。

我走到接待柜台前。柜台后面那个男人上方挂的招牌把"接待"写成了"接侍"。

以前那个罗格·布朗每次到饭店去，总会有人用热情的口吻说欢迎光临，此时我却只听到一句："干吗？"接待员满脸大汗，看起来像一直在认真工作似的。他喝了太多咖啡吧，或者只是生性紧张。从他到处飘的眼神看来，应该是后者。

我问道："有单人间吗？"

"嗯，住多久？"

"二十四小时。"

"中间都不离开吗？"

我不曾去过像莱昂旅馆这种旅店，但是曾开车经过几次，因此约略知道那些性工作者都是以小时计价的。换言之，那种女人不够漂亮，或者不够聪明，无法用身体换来奥韦·班恩设计的豪宅，或者在弗朗纳区开一家画廊。

我点点头。

那个男人说："四百元。请先付款。"他讲话时带着一种瑞典腔，那种乐团主唱跟牧师出于某种理由都特别喜欢的腔调。

我把艾斯基·蒙森的信用卡丢在柜台上。根据过去的经验，我知道旅馆根本不在乎签名是否相符，但是为了安全起见，先前在火车上我已经把假签名练得有几分相似。问题是照片。照片上是个下巴圆润、留着长鬈发与黑色络腮胡的人。就算照片有过度曝光的问题也无法掩盖一个事实：那家伙根本就不像站在柜台前这个脸庞瘦削、刚刚剃了光头的人。接待员仔细打量着照片。

他连头都没抬，看着照片说："你看起来不像照片里的家伙。"

我等了一下，直到他抬头与我四目相交。

我说："我得了癌症。"

"什么？"

"细胞毒素的影响。"

他眨了三次眼睛。

我说:"我接受了三个疗程。"

他吞了一口口水,喉结动了一下。我看得出他非常怀疑。拜托!我必须赶快躺下,我的喉咙痛死了。我依旧凝视着他,但他不想看我。

他说:"抱歉,"拿起信用卡还我,"我惹不起麻烦,他们一直盯着我呢。你有现金吗?"

我摇摇头。买了火车票之后,我就只剩一张两百克朗的纸钞和一枚十克朗的硬币了。

"抱歉。"他又说了一遍,伸出手来,像在恳求似的,让卡片抵着我的胸口。

我收起信用卡,走出旅馆。

到其他旅馆尝试根本没有意义。如果莱昂旅馆不让我用这张信用卡,其他地方也不会。而且最糟糕的情况是,他们会报警。

我改用备选方案。

我是个新生的人,城市里的陌生人。我没钱,没朋友,没有过去,也没有身份。城市里的建筑、街道与行人看起来都跟以前我是罗格·布朗时不一样了。一条窄云从太阳前飘过,气温又往下降了几度。

在奥斯陆中央车站,我不得不去询问哪一班巴士是开往童森哈根镇的,当我登上巴士时,不知为何,司机居然对着我说英语。

从巴士站到奥韦家的路上,车子经过了两座陡峭的山丘,但是最后我到他家时,还是快冻僵了。我花了几分钟在那个地区绕了一圈,确定附近没有警察,然后走上台阶,开门进去。

屋里很温暖,他家有可定时的恒温暖气。

我输入"娜塔莎",解除警报,走进那个兼做卧室的起居室。里面的味道跟之前一样,碗碟没清,床单没洗,擦枪油与火药的味道充斥着整栋房子。奥韦跟我离开时一样，还躺在床上，感觉那已经是一星期前的事了。

我找到遥控器，上床后躺在奥韦身旁，打开电视。我浏览着电视里的滚动文字广播，没有任何关于失踪巡逻车与殉职警员的报道。埃尔沃吕姆的警方一定会怀疑，也一定会开始搜查，但他们很可能会等到不能再等了，才会宣布有警车失踪，以免这整件事只是个毫无新意的误会。然而，他们迟早都会找到车的。要过多久他们才会发现那个没有指纹、身穿绿色运动服的尸体不是被拘留的嫌疑人奥韦·奇克鲁？二十四小时？最多也只要四十八小时。

当然，这些事我猜不出来，对于警方的办案程序我可是一点概念也没有。重生的罗格·布朗并没有更了解办案程序，但至少他明白现在是什么情况：必须基于不确定的信息做出明确的决定；必须采取果决的行动，而非犹豫不前；必须忍受足量的恐惧以打磨自己的警觉性，但又不可以被过多的恐惧吓得动弹不得。

因此我闭上双眼，开始睡觉。

醒来后，电视上的时钟显示时间是二十点零三分，下方出现了一行文字，提到至少有四个人死于埃尔沃吕姆郊区的一场车祸，其中有三个警察。据报道，警车在早上失踪，下午在特雷克河畔的一片树林中被发现。还有一个人目前失踪了，也是个警察。警方认为他也许是被抛出了车外，掉进河里，他们目前已经展开搜索。还有，警方发现一辆遭窃的锡格达尔厨具卡车被弃置在车祸现场二十公里外的森林路段，因此呼吁民众提供窃贼的线索。

等到他们发现奥韦才是失踪的人，迟早会找来这里。我必须为自己另找一个今晚可以投宿的地方。

我深深吸了一口气，倾身隔着奥韦的尸体拿起床边茶几上的电话，拨打我唯一背得出来的电话号码。

响到第三声，她就接起电话。

洛蒂没有用惯常的害羞但热情的口吻说"嘿",而是用几乎听不见的声音说了声:"喂?"

我立刻挂掉电话。我只想确定她在家,希望今晚晚些时候她也会在家。

我关掉电视,站起来。

找了两分钟后,我发现了两把枪:一把在浴室里,一把被塞在电视机后面。我选择了电视机后面那把较小的黑色手枪,走到厨房,从抽屉里拿出两盒弹药,一盒装的是实弹,另一盒上面写着"空包弹",我把弹匣填满实弹,装进枪里,关上保险,然后把枪插在裤腰里,就像先前格雷韦那样。我走进浴室,把第一把找到的枪放回去。关起柜子的门之后,我站在镜子前打量自己。我的脸形很好看,轮廓很深,光头看起来粗暴又冷酷;我的目光热切,皮肤与嘴巴兴奋得几近发烫;我既轻松又有决心,我的沉默说明了一切。

明早不管我在什么地方醒来,我都已经犯下了一桩问心有愧的谋杀案。一场蓄意谋杀。

19　一场蓄意谋杀

你走在自己家所在的那条街道上。黄昏时分，你站在树丛的阴影下，抬头看着自己的家，看着窗口的灯光，看着窗帘旁的动静，那可能是你老婆。有邻居出门来遛他的英国塞特猎犬，他看到了你，在一条邻居大多相识的街道上看见一名陌生人。那人有点起疑，塞特猎犬低声咆哮，他们都闻得出你是个讨厌狗的人。

住在这山腰的，不管是动物还是人类，都会团结起来对抗入侵者与越界者，因为这是个远离城市喧嚣的地方，不用卷入种种利益纠葛与尘世俗务。在这里他们只希望事情维持现状，因为他们过着好日子，一切都很好，人生不该重新洗牌。不，就让他们继续拿着手里的王牌与老 K 吧：不确定性会减损投资人的信心，经济状况稳定才能确保生产力，进而对社会有所贡献。你必须先创造成果才能分配它们。

我总认为我爸是我见过的人里最保守的一个，这实在是件怪事：因为他只是个司机，负责接送那些薪水比他高四倍、跟他讲话时明明带着高傲的语气、措辞却礼貌到不行的人。

我爸曾说过，如果我变成了一个社会主义者，他家就再也不欢迎我了，同样的规则也适用于我妈。的确，这一番威胁不是在他清醒时说出口的，但正因如此，我们就更有理由相信他是说真的。他相信印度的种姓制度是值得推崇的，也相信每个人出生后的身份地位都是上帝根据自己的意志安排好的，所以我们乖乖地把悲惨的人生过完就好，因为那是我们的该死的义务。或者如同《夜里四更天》一书中，作者约翰·法尔克贝格笔下那个教堂司事说的,"教堂司事就是教堂司事,牧师就是牧师"。

因此,身为司机之子,我用各种方式忤逆我爸:我上大学,娶了有钱人的女儿,身穿费尔纳·雅各布森牌的高级西装,还在霍尔门科伦买了一套豪宅。结果我搞错了。我爸居然无耻地原谅了我,狡猾的他还装出一副引以为傲的模样。我很清楚,我在他们的葬礼上哭得跟婴儿一样,并不是为我妈感到悲伤,而是对我爸感到愤怒。

塞特猎犬与那位邻居(奇怪的是,我居然再也想不起他叫什么)消失在黑暗中,我穿过马路走到对面。街上并未停着任何没见过的车辆,而且我把脸贴在我家车库的窗户上一看,发现里面还是空的。

我偷偷溜进花园,那里的夜色如此纯粹,看来好像可以用手触摸,我知道从屋内客厅不可能看到苹果树下的动静,于是就待在那个位置。

但是我可以看到她。

狄安娜在地板上踱步。她的动作看来烦躁不安,再加上她把普拉达手机紧贴耳边,我猜想她正在打电话给某人,但对方并未接听。她穿着牛仔裤,这世界上没有人穿牛仔裤的样子比狄安娜更好看。尽管她穿着白色羊毛衫,却一边走一边将另一只手抱在胸前,好像很冷似的。温度骤降后,不管你打开几台暖气机,像这种在二十世纪三十年代完工的大房子都需要花一点时间才能变暖。

我一直等到确定她是独自一人时,我摸摸裤腰里的枪,深深吸了一口气。这将会是我这辈子最难办到的事。但是我知道我能办妥,重生的我可以办妥。也许这就是我流泪的原因,因为结果早已注定。我没有压抑自己的眼泪。我一边小心地保持不动,调匀呼吸,一边感觉泪水顺着脸颊往下流,好像在抚摸我。五分钟后我发泄完了,把脸颊擦干,然后快速地大步往门的方向走,尽可能静悄悄地进门。进去后我站在玄关那里仔细聆听,这座房子好像屏住了呼吸一样,一片沉寂中,只听见她在楼上拼花地板上踱步的咔嗒声。很快地，这声音也会停下来。

晚上十点了，在那只开了一点缝隙的门里面，我瞥见一张惨白的脸和一双棕色的眼睛。

我问道："我可以睡在这里吗？"

洛蒂没有回答。通常她不会回话，但是她看着我的眼神好像见鬼似的。通常她也不会这样瞪着我，或者看起来如此惊恐。

我傻笑了一下，一只手滑过光滑的头皮。

"我剃掉了……"我想着该使用怎样的措辞，"……全部的头发。"

她眨了两次眼睛，然后把门往后拉，我就这样轻轻地走进去。

20 重生

醒来后我看看手表。八点。该开始了。今天等着我的，是人们所谓的"大日子"。洛蒂背对我侧躺着，如同她平常喜欢的那样，整个人包在床单里，而不是盖着羽绒被。我滑下我那一侧的床沿，用最快的速度穿上衣服。天气冷得要命，直冷到我骨头里去。我轻手轻脚地来到玄关，把外套、帽子、手套都穿戴起来，然后走进厨房，在某个抽屉里找到一个塑料袋，塞进裤袋里。接着我打开冰箱，心想，这是我这辈子第一天以杀人凶手的身份醒来——枪杀了一个女人的男人。听起来就像报纸上报道的那种事，那种我不会去关心的案件，因为刑事案件总是那么令人不快又千篇一律。我拿了一盒葡萄柚汁正要放到嘴边喝，但是改变了主意，从头顶的橱柜里拿了一个玻璃杯。就算变成凶手，我也不该降低自己的格调。喝完果汁后，我冲洗杯子，把果汁盒放回去，走进客厅坐在沙发上。外套口袋里那把黑色小手枪戳到我的腹部，我把它拿出来。它闻起来还是有味道，而我知道那味道会永远让我想起这桩谋杀案。像行刑一样，一枪就够了。近距离平射。我在拥抱时开枪，打中了她的左眼。我是故意的吗？也许吧。也许我就是要夺走她的某个部分，一如她曾试着夺走我的全部。那说谎的叛徒已经吃了我一颗铅弹头，弹头进入她体内，就像我也曾进入她体内一样。但再也不会了，如今她已经死了。人的思绪就是这样，是你脑海里浮现出的一个个确认事实的短句。很好。我必须持续像这样思考，保持这种冷酷的风格，不让我的情感有任何插手的机会。我还是有害怕失去的东西。

我拿起遥控器，打开电视，滚动的文字广播上没有新消息出现，我想编辑们没有那么早进办公室吧。上面写的仍然是那四具尸体第二天可以辨认身份，换言之就是今天，还有一个人仍然行踪成谜。

一个人。他们本来写的是"一个警察"，所以改过来了对吗？这意味着此刻他们已经知道失踪的是那个被拘留的嫌疑人了？也许知道，也许还不知道，里面并没有提到他们正在搜捕谁。

我往沙发扶手靠过去，拿起黄色室内电话的话筒——每次我使用这部电话时，总会想起洛蒂的红唇。想起她红色的舌尖靠在我的耳朵旁，她总是把双唇舔得湿湿的。我拨打1881，问了两个电话号码，当她说自动语音会念出号码时，我打断了她。

我说："我想要听你亲口说，以免自动语音说得不清楚，让我听不懂。"

她把那两个号码给我，我背了下来，要求她帮我转接第一个号码。第二声铃响时，克里波刑事调查部的总机就把电话给接了起来。

我说我叫鲁纳·布拉特利，是安德利与艾斯基·蒙森兄弟的亲戚，他们的家人要我过去拿他们的衣服。但是没有人跟我说该去哪里，或者去见谁。

总机那位女接线员说"请稍候"，然后让我在线等待。

等待时耳边传来了用排笛演奏的《奇迹之墙》，没想到居然那么好听，此时我想到了鲁纳·布拉特利。他曾是某个高管职位的候选人之一，尽管他是条件最棒的，个子又很高，但我还是决定不推荐他。他有多高呢？最后一次面试时他曾抱怨说自己必须缩着身子才能坐进他的法拉利跑车里——他坦承那辆车是一个孩子气且异想天开的投资，脸上还挂着一抹男孩般的微笑。我心想，不如说他是中年危机吧。当时我很快地写下这几个字：心胸开阔，自信高到能容忍自己把愚蠢行径说出来。换言之，从各方面来看，他简直就是个完美无瑕的人选。唯一的差错是他接下来的那句话："当我想到自己的头常常撞到车顶的时候，我几乎开始羡……"

他把话吞了下去，目光从我身上移开，转头看着我的客户派来的某位代表，开始聊他想把法拉利换成一辆SUV，那种给老婆开也不心疼的车。桌子旁的所有人都笑了出来，我也笑了。尽管表面上我完全不动声色，但心里已经帮他把刚刚那句话说完："……羡慕你这种矮子了。"还有，我已经把他的名字从竞争人选名单里画掉了。不幸的是，他没有任何能引发我兴趣的艺术品。

总机接线员又说话了："东西在病理部，奥斯陆的国立医院。"

我用装傻的语气说："哦？"但试着不让自己听起来太蠢，"为什么呢？"

"每当我们怀疑涉及犯罪事件时，就会做例行的病理检验。看来那辆车是被卡车撞飞的。"

我说："我懂了。我想这就是为什么他们要找我帮忙，我住在奥斯陆。"

女接线员没有答话。我可以想象她翻着白眼，用仔细涂过指甲油的长长指甲敲着桌面。但是，我当然有可能想错了。猎头专家并不一定就很会判断每个人的性格，或者会什么读心术。我想恰恰相反，想要在这一行爬到顶端，具有前述两种特性反而是一个劣势。

我问道："你能否转告相关人员，说我现在正要去病理部？"

我听得出她在犹豫，这件差事显然不在她的职权范围内。一般来讲，公共服务部门的分工都很糟糕，相信我，我很清楚。

我说："我跟这事没什么关系，只是帮个忙而已，所以希望能够快去快回。"

她说："我会试试看。"

我放下话筒，拨打第二个电话号码。他在响到第五声的时候才接起电话。

"喂？"那声音听起来很不耐烦，几乎是怒气冲冲。

我试着从背景的声音猜测他在哪里。看是在我家，还是他的公寓里。

我说："喝！"然后就把电话挂断了。

我以此警告了克拉斯·格雷韦。

我不知道他会做什么，但是他应该会打开卫星定位追踪器，看看我这个幽灵在哪里。

我回到敞开的门前，在一片昏暗的卧室中，我只能看见她那被包在床单里的身形。我突然有一种想要脱衣服、滑回床上、依偎在她身旁的冲动，但我压抑住了。我有种很奇怪的感觉：之前发生的一切其实不是因为狄安娜，而是因为我自己。我轻轻关上卧室的门，然后离开。跟我来的时候一样，楼梯间里没有任何人可以让我打招呼；出去后在街上，也没有半个人可以让我友善地点头致意。没有人看着我，或者知道我的存在。现在我明白那种感觉是什么了：我不存在。

该把我自己找回来了。

奥斯陆有许多山脊斜坡，国立医院就位于其中一个斜坡上面，是个可以俯瞰城市的地方。医院落成之前，那里有一家小小的疯人院，也就是后来所谓的精神病研究所，接着被改称为收容所，最后变成精神病专科医院。而且社会大众也是在这个过程中了解到了一个事实：新词汇指的不过就是极其一般的精神错乱问题。尽管有关政府机构想必认为社会大众是群有偏见的白痴，必须如此蒙骗他们，但我个人从来不理解这种文字游戏。他们也许是对的，但是听到待在玻璃隔间后面的女人对我说"尸体在地下室，布拉特利"，我还是觉得很新鲜。

显然，"尸体"这说法是极合理的。就算你这么说，也没人会觉得你冒犯了死者，不会有人说"死者"一词比"死人"更为恰当。当你用"尸体"这个词时，更不会有人认为你把人贬低为一团心脏刚好不再跳动的肉。那又怎样？也许这都是因为事实上尸体并不能自称"弱势群体"——毕竟，说来可悲，它们的数量可是比人还多咧。

她说："从那边的楼梯往下走，"一边指给我看，"我会打电话到楼下，说你要过去。"

我依照指示走过去。我的脚步声在一道道白墙之间回响，打破了这里的寂静。到了楼下，我发现白色狭长走廊的另一头站着一个身穿绿色医院制服的人，一只脚跨在门里。他可能是个外科医生，但因为他的神态实在太过轻松，又或许因为他的络腮胡，我觉得他的级别比较低。

他大叫："布拉特利？"声音大到让人觉得他好像有意污辱那些在这层楼长眠的人。回音在那条走廊的前后两端传来传去，听起来令人感到不安。

我说："我是。"我赶快跑到他那边，以免还要继续听他大叫。

他帮我撑着门，我走了进去。那是一个有一格格置物柜的房间。那家伙走在前头，到了一个打开的置物柜前。

他说："克里波打电话来说你要来领取蒙森兄弟的东西。"他的声音还是有力到夸张的地步。

我点点头。我的心跳比我预期的快，但是没有快到像我之前担心的那样。毕竟这是关键的一步，我整个计划里比较弱的一环。

"你跟他们是什么关系？"

我若无其事地说："远房表亲。他们的至亲要我来拿他们的衣服，只要衣服，不用拿贵重物品。"

我早就小心地想出"至亲"这个词。也许这说法听起来太过正式，但因为我不知道蒙森兄弟是否已婚，也不知道他们的父母是否健在，我必须选择一个能够包含所有可能状况的措辞。

"为什么蒙森太太不自己来拿呢？"医院职员说，"反正她自己十二点也会来。"

我倒抽了一口气。"我想看到那么多血她会受不了的。"

他咧嘴说："那你就受得了？"

我简单地回答："是啊。"并且真心希望他别再问问题了。

那人耸耸肩，把夹着一张纸的写字板递过来给我。"在这里签名，确认你接收了。"

我先写了一个潦草的 R，之后画了一条波浪状的线条往后拉，接着写了一个也很潦草的 B，最后在 i 上面加上一点。

他仔细检视我的签名。"你带身份证件了吗，布拉特利？"

这计划就快穿帮了。

我拍拍长裤口袋，露出带着歉意的微笑。"我一定是把皮夹留在南边的停车场了。"

"你是说北边的停车场吧？"

"不，是南边。我把车停在研究大楼停车场了。"

"停那么远啊？"

我看得出他在犹豫。当然，我事先就已经推演过了，如果他要求我去拿身份证件，那我就直接走人，不再回来。这也没多糟，只是如此一来就达不到跑这一趟的目的了。我等他开口，但光从他说的头两个字，我就知道他的决定对我不利。

"抱歉，布拉特利，我们必须小心行事。别误会我的意思，但这种命案会吸引很多怪人的注意，他们的癖好都非常奇怪。"

我装出一副惊讶不已的模样。"你的意思是……有人会搜集命案被害人的衣物？"

他说："某些人实在变态到令人难以置信。也许你从未见过蒙森兄弟俩也说不定，只是在报纸上看过报道。抱歉，但恐怕规定就是如此。"

我说："好吧，我待会儿再来。"我朝门口的方向移动，接着好像想起了什么似的停下来，使出我的最后一招。更准确地说，我拿出了一张信用卡。

我把手伸进后口袋,说:"我想到了。艾斯基上次到我家的时候,把信用卡落在我那儿了,也许他母亲来的时候你可以交给她。"

我把卡递给那个职员,他拿着仔细看了看名字以及留络腮胡的小伙的照片。我等了一会儿,当我终于听到身后传来他的声音时,都已经往门口走到一半了。

"这就够啦,布拉特利。来吧,衣服给你。"

我松了一口气,转身回去。我拿出之前塞在长裤口袋里的塑料袋,把衣服塞进去。

"都拿好了吗?"

我用手指探了探艾斯基制服长裤的后口袋,可以感觉到东西还在——装着我剃掉的头发的塑料袋。我点点头。

离开时,我压抑着想要狂奔的念头。我重生了,再次存在了,我的内心浮现出一种奇怪的狂喜。一切再度如常运转,我的心脏跳动,血液循环,我要转运了。我赶着上楼,大步跨上楼梯,经过那个玻璃隔间里的女人时,我放慢脚步。几乎要走到门口时,我听见身后传来一个熟悉的声音。

"嘿,先生!等一下。"

当然了,刚刚实在太顺利了。

我慢慢转身,一个面熟的男人向我走来,手里拿着一张证件。是那个暗恋狄安娜的家伙。我的脑袋闪过一个奇怪的念头:我也一样。

那人用飞机驾驶员常有的低沉嗓音说:"我是克里波的人。"宛如断断续续的大气噪声,"先——生,可以跟你谈一谈吗?"他说起话来像缺了某个字母的打字机。

据说,我们都会下意识地认为电影里或电视上的人比较高大,但实际上并不是。然而这不适用于布雷德·斯佩尔,他本人看起来甚至比我想象的还要高大。当他朝我走过来时，我逼自己站定。而后他矗立在我面前，顶着一头孩子气的金发，修剪梳顺后虽然略显不羁，但不会过于轻浮，一双铁灰色的眼睛往下看着我。从过去有关斯佩尔的传闻中，我只知道他的绯闻对象是个知名度极高，而且形象阳刚的挪威政治人物。如今你若想知道自己是否已跻身名流阶层，最关键、最重要的依据就是看你能否卷入同性恋绯闻。跟我讲这个绯闻的人是设计师牛头犬巴伦的男模，他曾求我发狄安娜的赏画会邀请函给他，还声称自己被这位他尊称为"警察之神"的大警监玩过。

"哦，好啊，那就聊聊吧。"我挤出一抹苦笑，希望眼神不会透露我内心深处的不安。

"好的，先生。我刚听说你是蒙森兄弟的远房表亲，而且跟他们很熟。也许可以劳驾你帮我指认尸体？"

我吞了一口口水。他对我的称呼如此客气，而且两次说"先生"一词的口吻都有点好笑，但是从他的眼神来看，他对我没有任何好恶。他现在是在对我摆谱，还是不自觉而为之，出自一个专业人士的本能反应？我听见自己结结巴巴地重复"指认"二字，好像那对我来说是个完全陌生的观念。

斯佩尔说："再过几个小时他们的母亲就要来了，但是哪怕能节省一点时间……我们都很感谢。只要花你几秒钟。"

我不想去。我全身汗毛直竖，脑袋坚决抗拒，想要赶快离开这个鬼地方。因为我又活过来了。因为揣着那袋头发，现在格雷韦的卫星定位追踪器上，我又开始移动了。他一定会继续猎杀我，只是时间早晚的问题而已。我已经可以闻到空气中弥漫着狗的味道，感到惊慌的情绪浮上心头。但是我脑袋里的另一个部分，那个新的声音说我不应该拒绝，那会引起怀疑。而且只需要几秒而已。

我说："当然好。"我正想扯出微笑，却突然意识到这可不是去指认亲戚尸体时的恰当反应。

我们循着原路回去。

我们穿过满是置物柜的房间时，那位职员冲我点点头，咧嘴而笑。

斯佩尔说："你要有心理准备，死者的样子非常惨。"他打开一扇厚重的铁门，我们走进停尸间。我打了一个冷战。房间里的一切看起来都像是冰箱的内部：白色的墙壁、天花板与地板，零下几度的温度，再加上一堆已经过了保质期的肉。

四具尸体排成一排，每具都躺在一张铁桌上，双脚从白布下端露出来。看来电影里的场景是有真实根据的，因为每个人的拇指上都挂着一枚金属标签。

斯佩尔说："准备好了吗？"

我点点头。

他一挥手，把两条白布往后掀开，手法像个魔术师。"交通意外。"他碾着脚跟说，"最严重的那种。我想你也看得出来，很难辨识。"我突然间觉得斯佩尔说话的速度慢得异常。"车内本来应该有五个人的，但我们只找到这四具尸体，第五具一定是掉进河里漂走了。"

我睁大眼睛瞪着，用力吞口水，用鼻子重重呼吸。当然，我只是装的。就算此刻全身赤裸，蒙森双胞胎还是比在汽车残骸里好看太多了。而且这里也不会有恶臭。没有排泄物的臭味，没有人血、汽油与人体肠道的气味。我想到视觉的作用往往被夸大了，而声音与味道才更容易让人的感官受到惊吓。例如，某个女人遭人一枪射穿眼睛后，头部砰的一声撞在拼花地板上的声响。

我低声说："是蒙森双胞胎。"

"是啊，我们也设法查出来了。问题是……"

斯佩尔停顿了好一会儿——一次时间很长、非常戏剧化的停顿。我的天哪!

"哪一个是安德利,哪一个是艾斯基?"

尽管室温像冬天一样,我的衣服还是被冷汗浸湿了。他讲话的速度那么慢是故意的吗?这是一种我不知道的全新的审讯技巧吗?

我的目光在两具裸尸上游移,发现了我做的记号。那道从肋骨到胃部的伤口仍然敞开着,而且伤口边缘出现了黑色尸斑。

我伸手指着其中一具说:"那是安德利,另一具是艾斯基。"

斯佩尔满意地嗯了一声,记录下来,他说:"你跟双胞胎一定很熟,就连他们的同事来这里的时候也没办法辨认出来。"

我悲伤地点头回答:"双胞胎和我很亲,特别是最近。现在我可以走了吗?"

斯佩尔说:"当然。"但是他继续记录,看来不像是在对我说"你可以走了"。

我看着他头部后方的时钟。

斯佩尔说:"长相一模一样的双胞胎,"他继续埋头写,"有点讽刺,不是吗?"他在写什么鬼东西?一个叫安德利,另一个是艾斯基,你到底要多久才能写完?

我知道我不该问,但我忍不住问道:"讽刺?"

斯佩尔停笔抬头说:"两个人同时在同一颗受精卵里诞生,又同时在同一辆车里死掉。"

"并不讽刺,对吗?"

"没有吗?"

"我看不出讽刺之处。"

斯佩尔微笑说:"嗯,你说得对,也许正确的用词是'吊诡'。"

我感觉血液在翻腾。"这也不是吊诡。"

"嗯，反正这很奇怪。你不觉得冥冥中自有天定吗？"

我失去了控制，看见自己用力挤压塑料袋到指关节发白，颤声说："不是讽刺，没有吊诡，也不是什么天注定，"我提高音量，"只是一种无常的生死巧合，甚至也不能说无常，因为他们跟许多同卵双胞胎一样，选择住在附近，同时也有很多时间待在一起。在这场飞来横祸中，他们刚好也在一起。就只是这样而已。"

说到最后，我几乎吼了起来。

斯佩尔用若有所思的目光盯着我，他的大拇指和食指摆在嘴角两边，此时往下移到下巴。我知道那个动作。他是少数的高手之一，他有审讯高手的那种动作，那双眼睛可以识破谎言。

他说："好吧，布拉特利。你有什么烦心事，对吧？"

我挤出一抹苦笑，知道此刻自己必须说点真心话，因为眼前有一具活生生的测谎机正瞪着我，他听得出谎话。"昨晚我跟老婆吵架了，现在又要面对这意外，我有点失态，非常抱歉。我现在就走。"

我转身离去。

斯佩尔不知道说了什么，也许是再见吧，但是他的话被我身后铁门关起来的声音淹没了，低沉的隆隆声传遍了整个停尸间。

21　诱敌

　　我在国立医院外的公交站坐上了电车，付现金给售票员，对他说："到市中心。"找零时他对着我假笑，可能是因为不管到哪里，车费都一样吧。小时候我当然坐过电车，但是不太记得这种常规琐事：从后门下车，把票准备好以备查验，适时按下车铃，不要打扰司机。很多事都变了：轨道的噪声没有以前那么震耳欲聋，车上的广告却比以前更有震撼力，也更开放，座位上的人们则更内向了。

　　到市中心后我换了交通工具，坐上一辆开往东北方向的巴士。他们说我可以用电车票乘车，太棒了。才花这么一点钱，就可以用过去我从不知道的方式在这座城市里四处移动。我正在移动，在格雷韦那个卫星定位玩意儿上面，我是一个光点。我似乎可以感觉到他的困惑：这是怎么一回事？他们在移动尸体吗？

　　我在亚沃下了车，开始沿山丘朝童森哈根镇往上爬。我大可以在更靠近奥韦家的地方下车，但此刻我所做的每件事都有特别的意义。这是住宅区的宁静早晨，一个佝偻的老太太蹒跚地走在人行道上，身后拖着一辆轮子没有上油，不断发出嘎吱声的购物车。尽管如此，她还是对我微笑，好像这是美丽世界里的精彩一天，人生如此美妙。此刻格雷韦在想什么？一辆灵车正载着布朗回到他童年的家，或者类似的情景吗？但怎么突然变得那么慢，是因为堵车吗？

　　朝我走来的是两个嚼着口香糖、化着浓妆的少女，她们背着书包，身穿紧身裤，腰间的赘肉从上衣下缘露了出来。她们生气地对视了一眼，但没有停止大声交谈，聊的显然是件让她们很气恼的事。她们经过我时，我听到一句："我是说……多么不公平啊！"我猜她们打算逃学，正要到山下亚沃的蛋糕店去，而当她们说不公平时，完全没有想到这地球上有百分之八十的人都买不起她们正要去吃的鲜奶油小面包。这也让我想到，如果我跟狄安娜有小孩的话——尽管她帮孩子取名叫达米安，但我深信那是个女孩——有一天她也一定会用同样涂着浓浓睫毛膏的眼睛看着我，大叫说"这不公平"，天哪，她只是想跟女性朋友到伊维萨岛去，毕竟她们都已经是大人，而且很快就要中学毕业了！而我……我想我应该有办法处理这种事。

我途经一个中间有大池塘的公园，选择走其中一条棕色小径去往另一边的树丛。不是因为它是条捷径，而是要让格雷韦卫星定位追踪器上的光点离开街道的范围。尸体有可能被车子载着四处移动，但是不可能穿越景观区域。今天早上我从洛蒂家打了一通电话唤醒那位荷兰猎头专家，是要确保他在那件事情上起疑：罗格·布朗死而复生了。之前布朗并不是如卫星定位仪器显示的那样躺在国立医院的停尸间里，而可能是躺在同一栋大楼的病床上。但是新闻不是说车内的每个人都死了吗，怎么会……

也许我没有读心术，但我懂得判断人的智慧，就是因为在这方面那么厉害，我才能帮挪威的大型企业招聘他们的领导者。所以，当我绕着池塘漫步时，我开始再次推演此刻格雷韦大概会怎么思考。这很简单。他必须来追杀我，把我干掉，尽管此时他面临的风险比先前大得多。因为，我不再只是能阻止霍特收购探路者的人，我也是个证人，能让他因为谋杀辛勒·欧而坐牢——如果他让我活得够久，撑到案子进入审判程序的话。

简而言之，我已经发了一封他不能拒绝的邀请函给他。

我走到了公园的另一边，当我经过那片桦树林时，手指抚过已经开始剥落的薄薄白树皮，轻轻压住坚硬的树干，屈指一抓，指甲刮过表面。我闻闻指尖，停下来，闭上双眼，在吸进香气的同时，童年的回忆涌上心头，我想起了过去的嬉闹、大笑、惊奇与带着欢愉的恐惧，还有种种发现。那些我以为自己已经忘却的小事都还在，当然，只是被封存于记忆中，没有消失，它们就像水子一样。过去那个罗格·布朗无法把它们找回来，但新的这个可以。新的这个可以活多久？不会太久。但这不重要，因为他的临终时刻肯定比过去那个罗格·布朗三十五年的人生还要刺激。

我开始感到热了，不过也终于看到了奥韦的家。我走到森林的边缘，坐在一棵树的残根上，在那里我可以将沿路有露台的房子与公寓看个清楚。我得出了结论，奥斯陆东区的居民不像西区的居民一样享有开阔的视野。不过我们都能看见邮报大楼与广场饭店。从这里望出去，这个城市并没有更丑陋或更迷人，唯一的差别是，从这里可以看见整个西区。

这让我想起了古斯塔夫·埃菲尔和那座他为了一八八九年巴黎世界博览会而建造的著名铁塔。批评者表示，巴黎最美的景观要从埃菲尔铁塔才看得见，因为那里是全市唯一看不到铁塔的地方。而我在想是否可以拿那座铁塔来比拟克拉斯·格雷韦：在他眼里，这世界是一个没那么丑陋的地方，因为他无法通过别人的眼睛看到他自己。例如我的眼睛。我看得见他，而且我恨他。我恨他的程度之强烈，对他的怨恨之深刻，连我自己都感到惊讶，甚至害怕。但我对他的恨并非模糊不清的，反之，那是一种纯粹的、体面的，几乎可以说是天真的恨意，就像美国的基督徒对异教徒的恨，是如此自然而然。这就是为什么我可以判格雷韦死刑，我的出发点是一种审慎而纯真的恨意。就许多方面而言，这恨意是种可以净化心灵的感觉。

这让我明白了，举个例子，我对我爸的那种感觉其实并不是恨。是愤怒吗？没错。不屑？也许吧。怜悯？那是当然的。为什么呢？事实上，有许多原因。但是此刻我发现我的愤怒来自内心深处，因为我深深觉得自己很像他，我的内在有跟他一模一样的特质：一个酒鬼，殴打妻子的穷光蛋，觉得东区的人命中注定就该住在东区，别想成为西区的人。此刻我已经变成他了，的的确确，彻彻底底。

我发自内心地大笑，毫不压抑。我一直笑，笑到声音在树干之间回响，一只鸟从我头顶的树枝上飞走，然后我看见下方的路上有一辆车开过来。

一辆银灰色雷克萨斯 GS430 轿车。

他来得比我预期的还快。

我很快地站起身来，往下走到奥韦的房子前。我站在台阶上，正要把钥匙插进门锁孔时，看了看自己的手。尽管手上微弱的颤抖几不可察，我却清清楚楚地看到了。

那是一种本能，一种原始的恐惧。克拉斯·格雷韦就是那种会让其他动物害怕的动物。

我一下就找到了正确的钥匙，我转动钥匙，开门后快速走进屋里。还没有异味。我坐在床上，往后移动，直到背部靠在床头板与窗户上，确认羽绒被盖住了躺在我身边的奥韦。

我等待着。时间一秒一秒嘀嗒过去，我的心也怦怦跳着，一秒两下。

格雷韦是个小心的人，这一点毋庸置疑。他想要确认我只有一个人。而且即使我只有一个人，此时他也知道我并非如他先前所想的那样没有杀伤力。首先，他那只狗的死一定跟我有关系。其次，他一定去过那里，见过她的尸体，知道我是可以下手杀人的。

我没有听见开门声，也没听见他的脚步声，就看见他站在门口，出现在我面前。他轻声细语，脸上的一抹微笑流露着真诚的歉意。

"很抱歉这样闯进来，罗格。"

格雷韦从头到脚都是黑色的：黑长裤、黑皮鞋、黑色高领毛衣，以及黑色手套，头上还戴着黑色羊毛帽。唯一不是黑色的，只有那把闪闪发亮的银色格洛克手枪。

我说："没关系，这是会客时间。"

22　默片

关于苍蝇对时间的感觉，有一种说法是，当我们一掌快速挥过去时，苍蝇所感觉到的速度却慢得令它们想打哈欠，这是因为其复眼所接收到的信息实在太多，多到大自然必须让它们身上有一台超快速的处理器，才有办法在短时间内消化一切。

起居室里彻底沉寂了几秒钟。我不知道有几秒，但我好比一只苍蝇，看见一只手就要挥过来了。奥韦的格洛克手枪指着我的胸膛，格雷韦的眼睛则盯着我的大光头。

最后他说："啊哈！"

这两个字包含了千言万语。它们说明了人类为什么能征服地球，克服恶劣环境，杀死那些速度与力量都远胜于我们的动物。重点是处理器的速度。在格雷韦说出"啊哈"之前，他的脑海中已经浮现千头万绪，思考并且筛选过无数个假设，借着持续运作的演绎能力，最后得出了一个必然的结论："你把头发剃掉了，罗格。"

如同我先前所说，格雷韦是个聪明绝顶的家伙。当然，他所说的不只是我剃光头发这个平淡的事实，也包括这在何时发生，发生的方式与原因。因为这解答了他所有的疑惑，回答了一切问题。因此他才会补上一句话，语气听来更像是陈述事实，而不是发问：

"在被撞毁的汽车里。"

我点点头。

他坐在床脚的那把椅子上，椅背往后靠在墙上，但枪管没从我身体的方向移开一分。

"然后呢？你把头发放在其中一具尸体身上？"

我迅速把手伸进外套口袋里。

他大叫："别动！"我看见他的手指按住了扳机。没有外置击锤的格洛克 17 式，奥韦口中的"女士"。

我说："我动的是左手。"

"好，慢一点。"

我慢慢地把手拿出来，将那袋头发丢在桌上。格雷韦缓缓点头，眼睛一直死盯着我。

他说："所以你已经知道了，知道信号发射器在你的头发里。还有，是她帮我弄上去的，所以你杀了她，对不对？"

我往后靠，问道："觉得若有所失吗，克拉斯？"我的心怦怦跳着，但在这人生的最后时刻里，我感觉极为愉快。我的肉体怀抱着凡人皆有的恐惧，精神却是平静的。

他没有回答。

"或者她只是……当时你说什么来着，达成目的的手段？为了有所收获，就一定要付出的代价？"

"你为什么想知道呢，罗格？"

"因为我想知道你这种人是真的存在，还是只是人们虚构出来的。"

"我这种人？"

"没有办法爱别人的人。"

格雷韦笑着说："如果你想知道答案，只要照照镜子就可以了，罗格。"

我说："我爱过一个人。"

克拉斯说："也许你只是模仿了爱。你那真的是爱吗？证据呢？我只看到相反的证据，也就是你拒绝给狄安娜除了你之外她唯一想要的东西：

一个孩子。"

"我本来已经想要给她了。"

他又大笑。"所以你已经改变了主意?什么时候?你什么时候变成一个痛改前非的丈夫了?当你发现她搞上别的男人时?"

我平静地说:"我相信忏悔。忏悔,还有原谅。"

他说:"现在已经太迟了。狄安娜没有得到你的原谅,也没得到孩子。"

"她也没得到你的。"

"我从来没想过要给她小孩,罗格。"

"没错,但就算你想过,也永远办不到,对吧?"

"我当然办得到,你以为我性无能吗?"

这句话他讲得很快,快到只有苍蝇可以感觉到,在十亿分之一秒的时间里,他犹豫了一下。我吸了一口气。"我看过你,克拉斯·格雷韦。我曾经看过你……由下往上看过你。"

"你到底在胡扯什么,布朗?"

"我曾经在情非得已的状况下近距离看过你的生殖器官。"

我看到他慢慢张开嘴巴,继续说道:

"在埃尔沃吕姆郊外的一间户外厕所里。"

格雷韦欲言又止。

"在苏里南的地牢里,他们就是那样逼你招供的吗?他们把你的睾丸当目标,猛打它们,还是用刀?他们没有把你的性欲也一起夺走,只是要让你无法生育,不是吗?他们用粗线把割下来的部分缝了回去。"

此时格雷韦的嘴巴紧闭,宛如冷峻脸上一条笔直的短线。

"这就足以解释你的话了,克拉斯。你说那只是一个无关紧要的毒贩,而你却发疯似的在丛林里追了他六十五天,不是吗?因为是他,对不对?是他夺走了你的男性雄风,夺走了你传宗接代的能力。他几乎夺走了你的一切,所以你要了他的命。这我能体会。"

对,没错,在英鲍、莱德与巴克利的第二个步骤里,这是第一个要点:为嫌疑人的罪行提出一个在道德上可接受的动机。但我已不再需要他的供认了。反而是他提前得到了我的供认。"我能体会,克拉斯,因为基于同一个理由,我已经决定要杀你了。你几乎夺走了我的一切。"

格雷韦的嘴巴发出了我认为是笑声的声音。"是谁拿着枪坐在这里,罗格?"

"我要用杀死你那只臭狗的方式杀死你。"

我看见他咬紧牙关,下颌的肌肉随之收紧,他的指关节也变白了。

"你没看到,对吧?最后它变成了乌鸦的大餐,被戳死在欧的青贮装载机的铁耙子上。"

"你好恶心,罗格·布朗。你坐在这里对我说教,自己却残杀动物,谋杀小孩。"

"你说得对。但你在医院里对我说的话却是错的。你说我们的孩子有唐氏综合征。刚好相反,所有的检测都显示胎儿是健康的。我之所以劝狄安娜堕胎,只是因为我不希望跟任何人分享她。你听过这么孩子气的事吗?对一个未出生的孩子怀有这种纯粹而彻底的妒忌心。我想是因为在成长的过程中我并未获得足够的爱。你觉得呢?或许你也一样,克拉斯?还是你从出生就是个恶魔?"

我不觉得格雷韦把问题听进去了,因为他直愣愣地盯着我,表示他又在努力动脑筋了。他在回想,从种种结论回溯到问题本身,回到事实,回到一切的起点,最后找到它,在医院里说的那一句话,他自己说的:"……劝她去堕胎,只因为小孩有唐氏综合征。"

我看出他想起来了,于是说:"跟我说吧,除了你的狗,你还爱过谁吗?"

他举起枪。新的罗格·布朗的生命如此短暂,此刻只剩下几秒钟可以活。格雷韦冰冷的蓝眼睛闪闪发亮,细语变成了低声呢喃。

"我曾想过一枪打爆你的头,借此向一个值得猎人追捕的猎物致敬,罗格。但此刻我想还是按照原先的计划好了。我会在你的肚子上开一枪。我跟你说过那种枪伤吗?子弹会穿过脾脏,导致胃酸外流,烧灼大小肠。我会在一旁等着你求我杀你。而且你一定会的,罗格。"

"也许你就别废话,直接开枪吧,克拉斯。也许你在医院里就不该等那么久。"

格雷韦又笑了。"哦,我想你应该没有请警察过来吧,罗格?你杀了一个女人,你跟我一样是凶手。这是你我之间的事。"

"再想想吧,克拉斯,你觉得我为什么要冒险到病理部一趟,骗他们把一袋头发交给我?"

格雷韦转了转双肩。"很简单,因为 DNA 证据。也许那是他们手上唯一可以用来对付你的东西。他们仍然认为自己应该追捕的人叫奥韦·奇克鲁。除非,你想要把漂亮的鬃毛拿回来做假发?狄安娜说,你的头发对你来讲很重要。她还说你用头发来弥补身高的不足,是吧?"

我说:"没错,但也不尽然。有时候猎头高手会忘记他的猎物也能思考。我不知道没有头发是否会减损思考能力,但就我的状况而言,猎人已经被我引进了陷阱。"

格雷韦慢慢地眨眨眼,同时我观察到他的身体紧绷了起来,他感觉到了危险。

"我看不出哪里有陷阱,罗格。"

我说:"在这里。"我的手轻轻拂过身边的羽绒被。我看见他的目光落在奥韦·奇克鲁的尸体,还有他胸口那把乌兹冲锋枪上面。

他的反应速度像闪电一样快,马上用手枪指着我说:"想都别想,布朗。"

我把手往冲锋枪伸过去。

格雷韦尖叫道:"不要!"

我举起武器。

格雷韦向我开火,枪声响彻房内。

我拿枪指着格雷韦。他已差不多站起身来,又开了一枪。我压住扳机,把它压到底。刺耳呼啸的铅弹穿过房间,击中了奥韦的墙壁、克拉斯·格雷韦的黑长裤与其下的完美小腿肌肉,他的鼠蹊部位爆了开来,希望他曾进入狄安娜体内的生殖器也是,同时还有肌肉发达的腹部,以及肌肉所保护的器官。

他往后翻倒在椅子上,格洛克手枪也砰的一声掉在地上。四周突然陷入一阵沉寂,然后出现一枚弹壳掉落在拼花地板上的滚动声。我歪过头往下看他,他也回看我,眼神充满了愤怒与震惊。

"现在你没法通过探路者的体检了,格雷韦。不好意思,你永远偷不到他们的技术了,不管你有多细致周密。事实上,你那该死的周密正是你毁灭的原因。"

格雷韦用荷兰语低声呻吟,我几乎听不见。

"你之所以会被吸引过来,是因为做事喜欢有头有尾。这是我为你安排的最后一个面试。你知道吗,你就是我一直在为这份差事寻找的人。我不但认为,也知道你是完美的人选,所以对你而言这是一份完美的工作。相信我,格雷韦先生。"

格雷韦没有答话,只是低头凝视自己,他的鲜血让那件黑色高领毛衣看起来更黑了。所以我就继续讲下去:

"在此我任命你为代罪羔羊,格雷韦先生。你就是杀死奥韦·奇克鲁的人,也就是躺在我身旁的这一具尸体。"我拍拍奥韦的肚子。

格雷韦又开始呻吟,他抬头说:"你他妈的在胡扯什么啊?"他的声音听起来很绝望，同时又晕眩无力，"在你犯下另一桩谋杀案之前，赶快打电话叫救护车吧，布朗。想想看，你根本不是专业杀手，你逃不过警方的追缉。赶快打电话，我也会救你一命的。"

我低头看看奥韦，躺着的他看起来好平静。"但是杀你的人不是我，格雷韦，是这位奥韦，你还不懂吗？"

"不，天哪，赶快帮我打电话叫该死的救护车，难道你看不出来我快流血至死了吗？"

"抱歉，已经太晚了。"

"太晚了？你要不顾我的死活吗？"

他的声音听起来已经不太一样了，是因为带着哭腔吗？

"拜托，布朗，我不能死在这里，不能这样死掉！我求你，拜托你！"

的确是哭腔，他的眼泪顺着脸颊流下来。也许这没什么好奇怪的——如果他对肚子中弹这种死法的描述没错的话。我可以看见血液从他的裤管内侧流到那双锃亮的普拉达皮鞋上。他苦苦哀求，无法在死前保有尊严。我听说没人可以办到，那些看上去保住了尊严的人其实只是吓呆了而已。对格雷韦而言，最丢脸的部分当然是有许多人见证了他的崩溃——未来还会有更多人。

我进入奥韦家，走进起居室时，因为没有输入"娜塔莎"这个密码解除警报，十五秒后，不但监控摄像头启动了，三城公司那边也会有警铃响起。我的脑海中浮现他们围在监视屏幕前的画面，他们会带着难以置信的心情观看那部默片，格雷韦是他们唯一看得见的演员，看见他开口说话，但听不见他说些什么。他们会看见他开枪与中弹，同时咒骂奥韦不装一台可以看见床上之人的摄像头。

我看着手表，警铃已经启动四分钟了，而我认为他们打电话给警方也得有三分钟了。警方会做的则是通知戴尔塔小队，也就是专门执行监视任务的武装部队。童森哈根离市中心有一段距离。我认为第一批警车抵达的时间最快不会少于十五分钟，不过这当然是我的假设。但另一方面，我没有理由这样跟他耗下去。格雷韦已经发射了弹匣里十七发子弹中的两发了。

我打开床头板后面的窗户，对他说："好吧，克拉斯，我给你最后一个机会。捡起你的枪，如果你能够射杀我，就可以自己打电话叫救护车。"

他用空洞的眼神瞪着我。一阵冰冷的风刮进屋内，无疑，冬天来了。

他被吓迷糊的脑袋似乎相信了这个说法。他以流畅的动作往旁边的地板滚去，然后一把抓起手枪——就一个受重伤的人而言，他的动作比我想象得快太多了。冲锋枪的铅弹——软、重、有毒性的金属——把他两腿间的拼花地板打得木屑四射。在子弹再度扫中他胸口、射穿心脏、打爆两侧肺叶、导致他吐出最后一口气之前，他又设法开了一枪。就那么一枪。那声音在各个墙面之间回荡，然后四周又安静下来。一片死寂，只有风声低语着。默片变成了一个停滞的镜头，被渗进房间里的寒冷冻结起来。

一切都结束了。

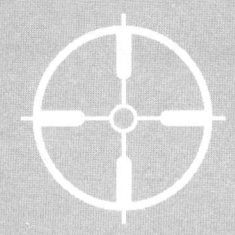

第五部
一个月后的最后面试

23　今夜新闻

电视节目《今夜新闻》的主题曲是极为简单的即兴吉他曲，往往让人联想到波萨诺瓦曲风、轻轻摆动的翘臀，还有颜色鲜艳的鸡尾酒，而不是事实真相、政治、令人沮丧的社会问题，或者像今晚所要讲的……刑事案件。播放音乐的时间很短，因为他们想要营造的形象是：《今夜新闻》不需要那些不必要的装饰，它能命中问题的核心，直击重点。

可能就是因为这样，这个在三号摄影棚拍摄的节目才会在一开始用悬臂摄像机进行拍摄。先从上面拍当晚的来宾，然后摄像机往下移动，最后以上半身特写镜头出现在画面上的是主持人奥德·迪布瓦。当音乐停止时，本来在看报纸的他会抬起头来，摘掉阅读用的眼镜。这也许是制作人的主意，他可能觉得这个动作能让人认为他们即将讨论的是刚刚出炉的新闻，因为实在太实时了，所以迪布瓦只能自己看报纸。

迪布瓦留着一头浓密的短发，两鬓已经开始花白，那张脸看来像四十几岁。三十岁时，他看起来像四十岁，现在他已经五十岁了，还是维持着那张四十岁的脸。迪布瓦在大学时主修社会科学，分析能力强，能言善辩，偏好耸动性的报道。然而这些特色可能并不是频道负责人决定让他拥有自己的谈话节目的主要原因，而主要原因是迪布瓦过去大半辈子都是个新闻主播。大致说来，过去他的任务就只是用正确的语调大声读稿，只要脸部表情适当，穿戴的西装领带得体就可以了。但就迪布瓦的表现而言，他的语调、表情与西装领带实在都太完美了，以至于他成了全挪威仍在世的人物里最具公信力的一个。而要让《今夜新闻》这种节目维持下去，需要的就是公信力。他曾几次公开声明很满意他的收视率,还说在编辑会议上是他——而非频道主管——在为那类商业化的新闻项目大声疾呼,但奇怪的是,这反而加强了迪布瓦的公信力。他喜欢那种能引发热烈讨论和煽动情绪的偏见,而不是质疑,也不是各种观点的碰撞与辩论。过去最能处理这个的是报纸上的专题报道,而他一贯的回应是:"如果《今夜新闻》上能有,为什么要把皇室、同性恋伴侣领养小孩、福利金诈骗案这些话题留给那些无聊的媒体?"

《今夜新闻》获得了名过其实的成就,奥德·迪布瓦也因此走红。正因为他很红,在经过一次极度痛苦而且尽人皆知的离婚之后,他才能将该电视台的某位年轻女星娶回去当老婆。

他用那双锐利的眼睛盯着电视屏幕说:"今晚我们有两个议题。"此时他因为压抑着自己的情绪,声音听起来已经有一点点颤抖,"首先我们要介绍的堪称挪威史上最富戏剧性的谋杀案。经过一个月的密集调查后,警方相信他们已经掌握了所谓格雷韦谋杀案的所有线索。这案子总计牵涉了八条人命:有个男人被勒死在自己那座位于埃尔沃吕姆郊外的农场;一辆警车被失窃的大卡车撞毁,四名警察殉职;一个女人在奥斯陆自家住宅中遭枪杀身亡;这一切发生后,这出戏的两个主角居然在奥斯陆附近童森哈根镇的一所房子里互相朝对方开枪身亡。这最后一场戏还被拍了下来,因为那所房子装了监控摄像头,那段视频早已被复制流出,过去几周内一直在网络上流传。"

迪布瓦持续强化这个案子的戏剧性。

"接着,上述的一切好像还不够惊人似的,这个奇案的核心是一幅世界知名的画作,也就是彼得·保罗·鲁本斯那幅二战后就失踪、恐怕早已失传的《狩猎卡吕冬野猪》。直到四周前它才被发现,地点是一个⋯⋯"说到这里,迪布瓦开始因为太激动而口吃,"⋯⋯是⋯⋯是一间室外厕所,就在挪威！"

说完这段话后，迪布瓦必须先镇定下来，才能够继续讲下去。

"今晚来到节目的嘉宾是最能帮助我们深入了解格雷韦谋杀案的人——布雷德·斯佩尔……"

迪布瓦顿了一下，因为在听到这个提示之后，中控室的制作人就必须把镜头切换到二号摄像机了。制作人选择从侧面拍摄唯一的特别来宾，一个高大英俊的金发男子。就公务员来讲，他的西装算是价格不菲，此外他还身穿开领衬衫，上面有贝母纽扣，这一切装扮都是出自 *ELLE* 杂志某个设计师的建议——目前他们俩正处于秘密或者半公开的性关系中。到目前为止，没有一个女性观众舍得转台。

"目前克里波对这桩谋杀案所进行的调查是由你领导的，你在警界的资历有近十五年之久，过去你曾经遇到过类似案件吗？"

布雷德·斯佩尔说："每个案件都是不一样的。"他的口气听起来轻松而有自信。就算你不是预言家也知道，节目播出后他的手机肯定会被短信塞爆。有个女人想知道他是不是单身，喜不喜欢跟有趣的人喝杯咖啡。还有个住在奥斯陆郊区的单亲妈妈，自己有车，下周有很多时间。有个年轻人说他喜欢年纪较大，而且有决心的男人。有些人省略了开场白，直接发了一张照片过来。那是他们特别满意的照片，脸上挂着美妙的微笑，刚刚从美发师那里做完造型，身穿华服，领口低得恰到好处。又或者是不露脸的照片，甚至是没穿衣服的。

斯佩尔用他那种做作的声音说："但是，牵涉八条人命的不会是有如家常便饭的案子。"他听说如果讲得太过保守，就会显得不够重视，于是又补充了一句，"在我国不是，在其他发达国家也不是。"

"布雷德·斯佩尔，"迪布瓦总是会小心地把来宾的名字重复个两三遍，以便让观众记住，"这是一个国际瞩目的案件，除了八条人命之外，外界的高度关注主要是由于一个世界知名的大师级画家也在本案中扮演了关键角色，不是吗？"

"这个嘛，对艺术鉴赏家来讲，当然是一幅熟悉的画作。"

迪布瓦大叫："现在，我想我们可以不怕被质疑，安心地称它是一幅世界知名的画作了！"他试着吸引斯佩尔的注意，也许是为了提醒他别忘了节目开始前他们所讨论的：他们是一个团队，两个人应该通力合作才能讲出很棒的故事。如果贬损那幅画的知名度，就会让故事变得没那么精彩。

"不过，因为这件案子没有幸存者或其他目击证人的口供作为办案的依据，要把拼图完成、还原真相，鲁本斯的画作一定是关键中的关键。是不是这样呢，斯佩尔警监？"

"没错。"

"明天你将会呈报结案报告，但我知道你已经可以先把格雷韦谋杀案的真相，也就是整件事的来龙去脉告诉观众。"

布雷德·斯佩尔点点头，但他没有开始讲话，而是举起面前桌上的水杯，啜饮了一小口水。画面右边的迪布瓦则是满脸笑容。这也许是他们俩为了加强戏剧性而预先安排好的一个小桥段，这么一停顿，观众肯定会靠在沙发边缘全神贯注地盯着看。也或许这意味着斯佩尔接管了舞台的主控权。警探把玻璃杯放下，深深吸了一口气。

"你也知道，在加入克里波之前，我在窃盗组任职，调查过最近两年内的多起艺术品盗窃案，案件之间的相似性显示出它们是同一伙人干的。一开始我们锁定的对象是三城安保公司，因为大部分遭窃的住户装的都是该公司的防盗警铃系统。而现在我们知道，窃案的主谋之一就是该公司的员工，奥韦·奇克鲁。他可以通过三城公司取得业主的钥匙。此外，显然奇克鲁早已发现如何从系统的数据库里删除那些闯入的记录。我们认为，大部分盗窃案都是奇克鲁自己犯下的，但他需要一个有艺术鉴赏眼光的人，那个人应该常有机会跟奥斯陆的艺术爱好者交流,也可以大致掌握谁拥有哪些画作。"

"所以这就是克拉斯·格雷韦的角色?"

"是的。他自己在奥斯卡街的公寓就收藏了一批很棒的艺术品,而且他常与艺术行家交往,尤其喜欢到 E 画廊去,人们常在那里看到他。他到那里去跟拥有名画或者知道谁有名画的人聊天,之后把获得的信息告知奇克鲁。"

"奇克鲁怎样处理偷来的画作?"

"根据不具名人士的线报,我们设法追查到一个在哥德堡的销赃人,他专门收偷来的物品,前科累累,如今他已经供认自己一直与奇克鲁有联系。审讯时,这个人跟瑞典警方说,他最后一次获得奇克鲁的消息,是接到其电话,通知他鲁本斯的画作已经在路上了。那个销赃人说他很难相信这是真的,而且最后那幅画与奇克鲁都没有在哥德堡出现……"

迪布瓦用悲剧性的低沉口吻说:"没有,没出现。因为发生了什么事?"

继续说下去之前,斯佩尔笑了出来,好像觉得主持人的语气耸人听闻,十分有趣。"看起来奇克鲁与格雷韦最后决定不与哥德堡的那个销赃人交易,也许他们决定自己卖画。请注意,画作销售收入的百分之五十都归销赃的人所有,而这次带来的收益远比过去那些画作高。格雷韦是一家荷兰科技公司的前执行总裁,他们与俄罗斯和几个东欧国家都有生意往来,因此他的人面很广,黑白两道都吃得开。而这次可以说是一次能让格雷韦与奇克鲁大捞一笔、往后都不愁吃穿的机会。"

"但是,格雷韦表面上看来似乎已经是个有钱人了,不是吗?"

"他担任大股东的那家科技公司当时正遭遇财务危机,而且他也丢了他在那里的工作。显然他过着一种有收入才能维持下去的生活,我们知道他死前曾去应征过一份工作,那家挪威公司位于霍滕。"

"所以奇克鲁没有去跟销赃人见面，因为他跟格雷韦想要自己卖画。后来怎么了？"

"他们必须把画藏在安全的地方，直到买家出现。所以他们前往奇克鲁从辛勒·欧那里承租多年的小木屋。"

"在埃尔沃吕姆的郊区。"

"对。邻居说并不经常有人使用那栋小木屋，偶尔会有两个男人过去，但是没人与他们交谈过。他们几乎就像是躲在那里似的。"

"而你相信那就是格雷韦与奇克鲁？"

"他们很专业，与别人来往时又特别小心。而且他们不希望留下任何可以把两人联系在一起的证据。没有任何证人看见过他们在一起，也没有电话记录显示他们曾交谈过。"

"然而接下来发生了一件意料之外的事？"

"是的，但我们不知道到底是什么。他们到小木屋去藏那幅画。当金额如此庞大时，人们难免会开始怀疑过去信任的伙伴……也许他们开始争执。而且他们一定嗑药了，我们在两人的血液样本里面都发现了毒品。"

"毒品？"

"一种克太拉与多美康的混合液，药效很强的玩意儿，奥斯陆的毒虫很少碰那种东西，所以我猜一定是格雷韦从阿姆斯特丹带进来的。两种药混在一起后可能会让他们变得迷迷糊糊，最后完全失控。结果，他们俩杀了辛勒·欧。事后……"

"等一等，"迪布瓦打断他，"能否请你为观众说明一下，第一件谋杀案到底是怎么发生的？"

斯佩尔抬起眉头，好像是对主持人的嗜血感到有点不高兴。然而他还是照做了。

"我不能'说明'，只能'猜测'。奇克鲁与格雷韦也许邀请辛勒·欧参加他们的派对，听他们吹嘘偷到了名画。而欧的反应则是威胁他们，或者真的要报警，于是他才会被克拉斯·格雷韦勒死。"

"勒死的意思是？"

"用一条细线或者尼龙绳勒在受害者的颈部，让大脑缺氧。"

"他死了？"

"嗯……是的。"

中控室那边按了一个钮，通过监视屏幕，也就是可以看到什么画面被传送到成千上万电视观众眼前的屏幕，他们发现奥德·迪布瓦正慢慢地点头，同时盯着斯佩尔，故意流露出一种混杂着惊恐与诚恳的眼神。他要把这种效果呈现出来。一秒……两秒……三秒过去了，这停顿时间对电视节目来讲简直像三年一样长。此刻制作人也许已经急得满头大汗了。接着迪布瓦打破沉默："你怎么知道人是格雷韦杀的？"

"根据司法鉴定的证据。稍后我们在格雷韦的尸体上发现了绞线，就在他的外套口袋里。我们发现上面有辛勒·欧的血迹以及格雷韦的皮屑。"

"所以你知道这件命案发生时，格雷韦与奇克鲁两人都在欧的起居室里？"

"是的。"

"你怎么知道？有其他证据吗？"

斯佩尔的身体稍稍扭动了一下。"是的。"

"什么证据？"

布雷德·斯佩尔咳了一声，瞪了迪布瓦一眼。也许他们曾经讨论过这点，斯佩尔也许曾请求他把这个细节略过去，但是迪布瓦坚称这对故事的完整性是很重要的。

斯佩尔做好准备才说："我们在辛勒·欧的尸体附近发现了一些证据，是排泄物的痕迹。"

"排泄物?"迪布瓦打断他,"人类的排泄物?"

"是的。我们把东西送到实验室去做 DNA 分析,大部分与奥韦·奇克鲁的 DNA 图谱相符,但也有一些是克拉斯·格雷韦的。"

迪布瓦摊开双手手掌。"当时到底发生了什么事,斯佩尔警监?"

"当然,想要详细地重建现场是很困难的,但看来格雷韦与奇克鲁好像……"他又顿了一下,准备好才开口,"好像把排泄物涂在自己身上。有些人会这样做,不是吗?"

"换言之,他们俩很变态?"

"如同我先前所说,他们在嗑药。但是,没错,这无疑是……嗯……异常的行径。"

"而且还不止这样,对吧?"

"对。"

迪布瓦举起食指时,斯佩尔便停了下来,这是个约定好的手势,意味着斯佩尔可以稍稍休息一下。这可以让观众消化信息,准备好面对接下来的内容。警监这才继续说下去。

"在药效发作之际,奥韦·奇克鲁发现他可以跟格雷韦带去的狗玩一种变态的游戏。他把狗叉在一辆拖拉机后面的青贮装载机的铁耙上。但那是一只斗狗,在双方激烈打斗时,奇克鲁的脖子被咬出很深的伤口。事后奇克鲁还开着拖拉机在那个地区到处跑,同时狗还挂在装载机上面。显然他兴奋到几乎把拖拉机开出路面,结果被一名汽车司机给拦了下来。那位司机不知道自己遇到了什么状况,只是遵循良善公民的义务,把受伤的奇克鲁弄上他的车,载他去医院。"

奥德·迪布瓦大叫:"人品的好坏居然有……有那么大的反差啊!"

"的确可以这么说。就是这位司机告诉我们,当他遇见奇克鲁时,奇克鲁身上沾满了自己的排泄物。他以为奇克鲁跌进了肥料堆,但是帮奇克鲁冲澡的医院人员说,那是人类的,不是动物的排泄物。他们过去有……有这方面的经验。"

"院方对奇克鲁做了什么?"

"当时奇克鲁半昏半醒,给他冲澡后,他们帮他包扎伤口,让他躺在病床上。"

"就是医院发现了他的血液有毒品反应?"

"不是。院方的确采集了血液样本,但是根据规定把样本销毁了。我们是在验尸时发现血液有毒品反应的。"

"好,但是我们先回头看一下。我们已经说到奇克鲁被送进医院,但是格雷韦仍在农场里。接下来发生了什么事?"

"奇克鲁没有回去,格雷韦自然会起疑。他发现拖拉机不见了,于是开了自己的车在那个地区绕来绕去,寻找他的伙伴。我们推测格雷韦车上装有警用无线电,因此他听见警方说找到了拖拉机,而后在接近早晨时又发现了辛勒·欧的尸体。"

"是的,所以此刻格雷韦惹上了麻烦。他不知道他的共犯在哪里,警方又发现了辛勒·欧的尸体,既然农场变成犯罪现场,他们在搜索凶器时也许会发现鲁本斯的画作。当时格雷韦的心里在想些什么?"

斯佩尔开始犹豫了。为什么?警方在写报告时总是尽量避免描述人们的想法,只写那些可以被证明的东西,最多也只能引用相关人士对其自身想法的陈述。但就这个案子而言,没人提供任何说法。但另一方面,斯佩尔知道他必须想出一些东西来讲,必须让这故事被描述得活灵活现,借此……借此……他可能不会容许自己去想那个逻辑合理的结论,因为他多少知道最后的结果是什么。他知道自己喜欢当那种常常接到媒体来电的人,每当媒体需要评论或者说明时,总是希望他们这种人提供一个关键说法,不管是在街上点头默认某件事,还是主动提供手机上的照片。但如果他不再提供那些说法，媒体会不会就此不再来电？所以，说到底问题在哪儿呢？想要吸引媒体的目光，就不能做个正直的警察？想要在街上受到大批媒体欢迎，就不能获得同事的尊敬？

布雷德·斯佩尔说："当时格雷韦心想……心想这实在是个棘手的处境。他开着车到处找人，当时已经是早上了。然后他听见警用无线电上面有人说，奇克鲁即将被逮捕，由警方去医院载他，拘留后进行审讯。当时格雷韦知道，情况不再只是棘手，根本已经是危急了。你懂吗？他知道奇克鲁不是个狠角色，警方不用使出什么厉害手段，也许只要跟他说供出共犯就能减刑就够了，而他当然不会扛下谋杀辛勒·欧的罪名。"

迪布瓦点头说："很合理。"然后往前倾身，怂恿他继续讲。

"所以，格雷韦知道，唯一的解决方案就是在审讯开始前把奇克鲁从警方手上救出来，或者是……"

就算迪布瓦没有悄悄地把食指举起来，斯佩尔也知道这里又是该稍微停顿的地方了。

"……或者是在路上把他杀掉。"

摄影棚的空气里好像听得见电视信号的噼啪声，因为舞台灯光的关系，里面干燥到仿佛随时会着火烧起来。斯佩尔继续说下去。

"所以格雷韦开始寻找他可以借用的车子。他在停车场发现了一辆后面连接着拖车的无人卡车。因为他在荷兰反恐部队的背景，他知道如何发动引擎。他仍然带着那台警用无线电，而且显然已经从地图上研究出警车把奇克鲁从医院载到埃尔沃吕姆时会走哪条路。他开着卡车，在附近道路上等他们……"

迪布瓦戏剧性地举起一根手指，让自己加入这故事里。"然后这整个案件里最惨的一幕就发生了。"

斯佩尔说："是的。"他垂下目光。

迪布瓦说:"我知道这对你而言很痛苦,布雷德。"布雷德,他故意直呼其名,这是个提示。

制作人通过耳机对着一号摄像机说:"现在来个斯佩尔的特写镜头。"

斯佩尔深深吸了一口气。"在随后的撞击中,四个好警察就这样殉职了,其中一个还是我在克里波的好同事,尤阿·松讷。"

他们小心地慢慢把镜头拉近,以至于一般观众都没有注意到此刻斯佩尔的脸部占据电视画面的比例稍稍变大了,只感觉到现场的气氛变得更为紧张、更有情感,这个坚强的警察显然说到了情绪激动处。

"那辆警车被撞得飞过路边护栏,掉进河边的树林里,就此消失了,"迪布瓦继续说,"但是,奇克鲁奇迹般地活了下来。"

斯佩尔已经平复了。"是的。他从警车残骸里爬出来,可能是靠自己,也可能是格雷韦帮了他。把卡车丢弃后,他们上了格雷韦的车,回到奥斯陆。警方稍后找到那辆巡逻车时,发现不见了一具尸体,他们以为是掉进河里了。此外,奇克鲁把自己的衣服穿在其中一名警察身上,让他看起来像自己,这暂时混淆了警方的视线,让我们搞不清楚生还者是谁。"

"但是,尽管格雷韦与奇克鲁暂时安全了,此刻他们之间的冲突却已到了要爆发的临界点,不是吗?"

"是的。奇克鲁知道是格雷韦开卡车撞了巡逻车,当时他一定是不管同伴的死活了。而奇克鲁已经意识到自己有生命危险,格雷韦至少有两个必须把他除掉的理由。首先,因为他目睹了辛勒·欧的谋杀案;其次,格雷韦不愿跟他分享卖掉鲁本斯画作的所得。他知道,只要有机会,格雷韦一定会再下手的。"

迪布瓦激动地把身子往前倾。"而我们就是要在此处进入这出戏的最后一幕。他们到达奥斯陆后,奇克鲁回到他家,但并不是回去休息。他知道他必须先下手为强——不主动出击就只能坐以待毙。然后,他从为数众多的武器里面挑选了一把黑色的小枪，一把……一把……"

斯佩尔说："罗哈博夫R9，九毫米的半自动手枪，有六颗子弹在弹……"

"而他带着枪到他觉得克拉斯·格雷韦会在的地方——他的情人家，是吗？"

"我们不确定格雷韦跟这个女人的关系，但我们的确知道他们经常接触，他们会见面，而且格雷韦的指纹在她家里到处都找得到，包括卧室。"

迪布瓦说："所以奇克鲁到那个情人家里去，当她开门时，他已经拿着枪站在那儿了。她让他进门，奇克鲁就在玄关射杀了她。奇克鲁把女人的尸体弄到床上，回到自己的住所。他确保自己在家里的每个地方都拿得到枪，甚至是在床上。然后，格雷韦就出现了……"

"是的。我们还不知道他是怎么进去的，也许是把锁撬开。总之，他不知道自己在进入时已经启动了无声警报，而且也启动了屋内的监控摄像头。"

"这意味着，警方掌握的影像记录了从这一刻开始发生的一切，也就是这两个罪犯的最后对决。因为有许多人受不了那段视频，你是否能为他们简单地说一下事发经过？"

"他们开始对彼此开枪。格雷韦先开了两枪，用的是他的格洛克17式手枪。令人惊讶的是，两枪都失手了。"

"惊讶？"

"是的，在这么近的距离居然没打中。毕竟，格雷韦曾经是受过训练的突击队员。"

"所以他打中了墙壁？"

"没有。"

"没有？"

"没有，床头板旁边的墙上没有弹头。他打到了窗户。应该说，他也没有打中窗户,因为窗户是开着的,他的子弹飞到外面去了。"

"外面?你是怎么知道的?"

"因为我们在外面找到了弹头。"

"哦?"

"在屋后的那片森林里,在一个高挂在树干上给猫头鹰住的巢箱里。"斯佩尔露出无奈的笑容,跟很多觉得自己把好故事讲坏了的人一样。

"我懂了。然后呢?"

"奇克鲁开始拿起床上的一把乌兹冲锋枪来反击。如同我们在录像上看到的,子弹打中了格雷韦的鼠蹊与腹部。他的手枪掉了,但是他又捡起来,企图开第三枪,也就是最后一枪。子弹击中奇克鲁右眼上方的额头,让他的大脑严重受损。但结果跟大家在电影里面看到的不一样——并不是被击中头部就一定会立刻毙命,懂吗?奇克鲁在死前试着发射最后一轮子弹,结果打死了克拉斯·格雷韦。"

接下来他们陷入一阵长长的沉默。也许制作人对着迪布瓦举起一根手指,提醒他预定的时间还剩一分钟,是时候做个总结,把这个新闻话题结束了。

奥德·迪布瓦往后靠回椅背上,此刻已经较为轻松了。"所以,克里波对这个事发经过从来没有怀疑过?"

斯佩尔瞪着迪布瓦说:"没有,"然后他张开双臂,"但是,不用说我们也知道,在细节方面总是会有一些不确定的地方。还有几个疑惑之处。例如,在犯罪现场的病理学家觉得,奇克鲁死后,其体温下降的速度实在太过惊人。如果按照一般的图表与数据来推算,他会把死亡时间往前推二十四个小时。但是现场的警官们指出,他们抵达时,床后面的窗户是打开的。不知道你记不记得,那是今年奥斯陆的气温降到零度以下的第一天。这种不确定性是永远存在的,这也是我们这种工作的一部分。"

"是的。因为，尽管我们在录像里看不到奇克鲁，但是奇克鲁头部的那颗子弹……"

"是从格雷韦击发的那把格洛克手枪里来的，没错，"斯佩尔又露出微笑，"这就是媒体常说的那种'具有决定性'的犯罪证据。"

迪布瓦一边整理身前的纸张，一边露出得体的灿烂微笑，这意味着他们已经把这话题结束了。接下来要做的只剩感谢布雷德·斯佩尔，直视一号摄像机镜头，准备开始当晚的另一个新闻话题：一个有关农业补助的问题。但是他停了下来，嘴巴半张，眼睛往下看。有什么信息传进他的耳朵里了吗？还是他忘了什么事？

迪布瓦说："要请教你最后一件事，警监，"他冷静、流利而有经验，"你对被枪杀的那个女人实际上了解多少？"

斯佩尔耸肩说："不多。如我所说，我们认为她是格雷韦的情人。有个邻居说，他曾看到格雷韦进出她家。她没有前科，但是，我们通过国际刑警发现多年前她曾经牵涉一桩毒品案，当时她跟爸妈住在苏里南。她是该国某位毒枭的女友，但是等到毒枭被荷兰突击队杀掉后，是她帮忙把其他党羽抓起来的。"

"她没有被起诉吗？"

"她当时未成年，而且怀孕了。政府把她的全家送回了祖国。"

"祖国是？"

"嗯，丹麦。就我们所知，她之后一直住在那里，过着平静的生活。直到三个月前，她来到奥斯陆，最终陷入悲惨的结局。"

"说到结局，恐怕我们必须跟你说声谢谢与再见了，布雷德·斯佩尔，"他摘下眼镜，直视着一号镜头，"挪威应该不计一切代价种植自己的西红柿吗？在《今夜新闻》这个节目里，即将与我们见面的是……"

我用左手大拇指按下遥控器上的"关闭"按钮，屏幕上的电视画面往内缩去，消失无踪。通常我都是用右手拇指做这件事，但是那只手现在抽不出空来。尽管它即将面临血液循环不佳的问题，但是我不会为这世上的任何事把手移开。事实上，我眼里的世界第一大美女正枕着我的右手。她把头转向我，用手推开羽绒被，如此一来才能好好地看我。

"你枪杀了她之后，那一晚你真的还在她床上睡觉？你说那张床该有多宽？"

我说："一米零一。这是宜家的产品目录上写的。"

狄安娜蓝色的大眼睛满是恐惧地瞪着我。但是——如果我没搞错的话——她的眼神里也流露出几分佩服。她穿着一件圣罗兰的薄纱居家服，当它像现在这样摩擦着我的时候，我会感到很凉爽，但是当我的身体隔着薄纱与她的身体摩擦时，我就会感到欲火难平。

她用手肘把自己撑起来。

"你是怎么枪杀她的？"

我闭上眼睛嘟囔道："狄安娜！我们不是说好不谈这件事的吗？"

"是的，我们说好了，但是现在我已经做好心理准备了，罗格。我发誓。"

"亲爱的，听我说……"

"不要，明天警方就会公布报告，无论如何我都会知道细节。但是我宁愿听你亲口说。"

我叹了一口气。"确定？"

"百分之百确定。"

"我开枪打了她的眼睛。"

"哪一只？"

"这一只。"我把食指放在她左边的秀眉上。

她闭上双眼，慢慢地、深深地吸了一口气，吸气又呼气。"你用什么枪射中的她？"

"一把黑色小手枪。"

"枪是从哪里……"

"我在奥韦家找到的。"我的手指从她的眉毛往脸侧滑过去，在她那高高的颧骨上弹了一下，"枪还是留在他家。当然了，上头没有我的指纹。"

"你在哪里开枪的？"

"玄关。"

狄安娜的呼吸显然变得比较急促。"她说了什么吗？她害怕吗？她知道发生了什么事情吗？"

"我不知道，我一进门就开枪了。"

"当时你有什么感觉？"

"悲伤。"

她对我露出一抹淡淡的微笑。"悲伤？真的？"

"对。"

"尽管她想把你骗进克拉斯的圈套？"

我的手指不再移动。就算是现在，距离整件事结束已经一个月之后，我还是不喜欢她直呼他的名字。但是，她说得当然没错。洛蒂的任务是成为我的情人，本来是要由她把克拉斯·格雷韦介绍给我，劝我邀请他去参加探路者的招聘面试，并且确保我一定推荐他。她花了多久钓上我的？三秒钟？当她收起钓绳时，我只能无助地在水中蹬着腿。但是，后来发生了一件出乎意料的事。我甩了她。一个男人因为太爱自己的老婆，所以甘愿跟一个为自己牺牲奉献、毫无所求的情人断绝关系。这实在太令人惊讶了。他们必须改变计划。

我说："我想我为她感到遗憾。我觉得，洛蒂这辈子有过太多令她失望的男人，我只不过是最后一个而已。"

当我说出她的名字时，我感觉到狄安娜抽搐了一下。很好。

我提议说："我们可不可以聊点别的？"

"不可以，现在我想聊这件事。"

"好吧。那我们就谈一谈格雷韦怎么引诱你，劝你扮演操控我的角色。"

她咯咯笑道："我无所谓。"

"你爱他吗？"

她转过头来，目光停在我身上。

我重复了刚才的问题。

她叹了一口气，扭着身体靠过来。"我有恋爱的感觉。"

"恋爱？"

"当时他要给我一个孩子，于是我就有了恋爱的感觉。"

"这么简单？"

"就是这样。但这并不简单，罗格。"

她说得没错，这当然不是一件简单的事。

"而你为了那个孩子，愿意牺牲一切？甚至牺牲我？"

"没错，就连你也是。"

"即使那意味着我会丢掉性命？"

她用太阳穴顶一顶我的肩膀。"不，不会。你很清楚啊，我以为他只是要劝你写一份对他有利的报告。"

"你真的那么想吗，狄安娜？"

她没有回答。

"真的吗，狄安娜？"

"对，总之我就是那么想的。你得了解，我宁愿相信是那样。"

"这足以让你把一颗装有多美康的橡胶球放在汽车座椅上？"

"对。"

"而当你下楼到车库时,你是想要把我载到某个地方,他会在那里劝我,是吗?"

"我们不是都说开了吗,罗格?他说,这个方式可以让所有人都承受最少的风险。当然,我早该知道这件事太疯狂了。或许我其实心知肚明吧。我不知道还能跟你说些什么。"

在一片寂静中,我们两个只是躺在那里,各自沉思着。夏天时,我们可以听见风声,还有雨水打在外面花园树叶上的声音,但现在听不见。现在一切都光秃秃的,而且四下寂静无声。唯一令人欣慰的是,春天还会再来。也许吧。

我问她:"你爱了多久?"

"直到我意识到自己做了什么。直到那一晚你没有回家……"

"怎样?"

"我只觉得自己快死了。"

我说:"我不是说你爱他爱了多久,是爱我。"

她咯咯笑起来。"这要等我不爱你了才知道。"

狄安娜几乎不说谎。不是因为她不会——她其实是个说谎高手,但她不愿费这个功夫。长得好看的人不需要套一层外壳,他们没有必要去学习种种防卫机制——那种东西是其他人为了保护自己不受拒绝与失望之苦而发明的。但是,当狄安娜这种女人决心要说谎时,她们会说得非常彻底而高明。并不是因为她们的道德标准比男人低,而是她们比男人更懂得背叛。这就是为什么事情结束的前一晚我会去找狄安娜,因为我知道她是那份差事的完美人选。

那一天,开门后我站在玄关听着她在拼花地板上的踱步声,过了一会儿才上楼到客厅里去。我听见她的脚步声停了下来,手机掉在茶几上,然后半啜泣着低语道:"罗格……"一副热泪盈眶的样子。当她扑过来、环抱着我的脖子时，我并未阻止她。"谢天谢地，你还活着！昨天我给你打了一整天电话，今天又打了一整天……你去了哪里？"

狄安娜没有说谎。她会哭是因为她以为自己失去了我；是因为她曾把我跟我的爱逐出她的生命，就像把一只狗送去兽医那里接受安乐死。不，她没有说谎，我的直觉告诉我。但是，如同我说的，我并不是很擅长判断人，而狄安娜又是个说谎高手。所以，当她到洗手间去把眼泪擦干时，保险起见，我拿起她的手机，确认她拨打的确实是我的电话号码。

当她回来时，我把一切告诉了她，完完全全地告诉了她。我说我去了哪里，见了谁，发生了什么事。我跟她说那些画作的盗窃案，说我发现了格雷韦公寓床底下的手机，说我被丹麦女人洛蒂蒙骗。我说出我跟格雷韦在医院里的那段对话，那些话让我知道他认识洛蒂，她是他最亲近的帮手，也让我知道是她用神奇的手指把含有信号发射器的发胶抹在我的头发上——是那个脸色苍白、棕色眼睛的丹麦女孩，那个喜欢听别人的故事而不喜欢说自己的故事、会讲西班牙语的翻译，而不是狄安娜。我说，发现奇克鲁在我车上的前一晚，我就已经被抹上了发胶。当我说出这一切时，狄安娜睁大惊讶不已的眼睛瞪着我，一语不发。

"在医院时，格雷韦说我劝你堕胎是因为小孩有唐氏综合征。"

"唐氏综合征？"从方才到现在，狄安娜只说了这五个字，"他怎么会有那种想法？我没有说……"

"我知道。那是我在跟洛蒂说你堕过胎时随口编的。她说她还是青少年时，爸妈曾逼她堕胎，所以我就编了个唐氏综合征的故事，因为我想让她觉得我没那么差劲。"

"所以她……她……"

"对。能跟格雷韦说那件事的人，就只有她。"

我停了一下，等她想明白这句话。

然后我跟狄安娜说接下来会发生什么事。

她用惊恐的眼神瞪着我,大叫说:"我办不到,罗格!"

重生的罗格·布朗说:"可以,你办得到。你办得到,而且你一定会去做,亲爱的。"

"但是……但是……"

"他对你说谎,狄安娜。他不可能给你孩子。他不能生小孩。"

"不能生?"

"我会给你小孩,我发誓。你只要帮我做这件事就好。"

当时她拒绝我,哭了起来,求我别逼她。然后她还是答应了我。

那天稍晚我去了洛蒂家,变成了杀人凶手,当时我已经告诉狄安娜该怎么做,而且知道她一定能完成任务。我可以在眼前想象,当格雷韦去找她时,她用虚假的灿烂微笑欢迎他,把已经倒好的一杯干邑白兰地递给他,提议为胜利、为未来、为那还没有孕育的孩子干杯。她坚持要尽早怀孕,当晚就要,立刻!

狄安娜捏痛了我一边乳头,我的身体往回缩。"你现在在想什么?"

我把羽绒被拉高。"那一晚格雷韦来的时候,他就是躺在我现在躺的这个位置。"

"那又怎样?那天晚上你跟一具死尸躺在一起。"

我压抑着想要开口发问的念头,但现在再也忍不住了。"你们做了吗?"

她咯咯笑道:"你还真能忍,到现在才问,亲爱的。"

"有吗?"

"我就这么说吧,我没有把全部的多美康都弄进橡胶球里,剩下的我都挤进了那杯欢迎他的酒里面,而且药效来得比我想的还要快。我打扮好走进来的时候,他就已经睡得跟死猪一样了。不过,第二天……"

我赶快说："我收回我的问题。"

狄安娜用手摸摸我的肚子，然后又笑着说："第二天早上他很清醒，不是因为我，是因为把他叫醒的那通电话。"

"我的警告电话。"

"对。总之，他穿好衣服就立刻离开了。"

"他的枪呢？"

"在他的外套口袋里。"

"他离开前检查枪了吗？"

"我不知道。反正他不会注意到有什么差别，重量差不多。我只把弹匣的前三颗子弹换掉了。"

"没错，但是我给你的那些空包弹在尾端都有一个红色的B。"

"如果他检查的话，可能会以为那是指'后面'吧。①"

我们俩的大笑声回响在整间卧室。我好喜欢那声音。如果一切顺利，验孕棒的结果又是阳性的话，很快这个房间里便会充满三个人的笑声了。而这能够把另一个声音给压制住，那个还是会害我半夜惊醒的回音——格雷韦开枪时的砰砰声，枪口冒出的火花，那电光石火间觉得狄安娜终究没有帮我换掉子弹，以为她又选了另一个人的想法，还有就是那些弹壳发出的铿铿回音。它们掉在已经布满了弹壳的拼花地板上，实心与空心弹壳，旧的与新的弹壳就这样混在一起，数量多到没办法将其区分开来，不管警方是不是怀疑那段录像有造假之嫌。

她问："当时你害怕吗？"

"害怕？"

"嗯，你从没跟我说过那是什么感觉，而且你又没有出现在画面里……"

---

① "空包弹"的英文为blank cartridges，"后面"的英文为back，都是以字母b开头的。

"画……"我动了动身子，好看着她的脸，"你是说，你上网看过那段视频？"

她没回答。我想，关于这个女人，我还是有很多不了解的地方。也许这辈子她都会这么神秘吧。

我说："是的，我很害怕。"

"怕什么？你知道他的子弹没有……"

"只有前三颗是空包弹。我必须确定他都射光了，如此一来警方才不会在弹匣里找到没用完的空包弹，看破我的计划，是吧？但他也有可能射出一些实弹。而且他在来找我之前也能把弹匣换掉，或是带一个我根本不知道的帮手一起去。"

四周静了下来，直到她低声问我："所以你不怕其他任何事？"

我知道她也想到了我想的事。

我转身对她说："害怕。我还害怕一件事。"

她在我脸上吐气，又急促又灼热。

我说："他有可能在晚上把你杀掉。格雷韦根本没想要与你共组家庭，而你又是个危险的目击证人，我知道我是让你冒着生命危险去当诱饵的。"

她低声说："我一直都知道自己处于危险中，亲爱的，所以我才会在他一进门时就把欢迎酒递给他。而且在你打电话之前，我也没把他叫醒。我知道，他一接到那通幽灵来电，就会起身离开。此外，我不是已经把前三发子弹换掉了吗？"

我说："的确。"正如我先前提过的，狄安娜是那种能轻松解开质数与逻辑问题的女人。

她用手抚摸我的肚子。"而且，我很高兴知道，你是故意且有计划地让我去冒生命危险的……"

"哦？"

她把手继续往下移动,来到了我的肚子下面。她用手握着我的睾丸,掂掂它们的重量,说:"平衡是生命的本质,它适用于任何友善与和谐的关系。在双方犯的过错、双方承受的耻辱,以及良知带来的痛苦中达到平衡。"

我听着这一番话,试着消化它,让我的脑袋想清楚其中颇有些沉重的深意。

"你是指……"我想说话,但又放弃,接着重新开口,"你是指,你让自己为我冒生命危险……那……那……"

"……那就是我该为曾对你做过的事付出的代价,没错。就像 E 画廊也是你为了要我去堕胎付出的代价。"

"你一直都是这么想的?"

"当然。你也是这么想的。"

我说:"的确。赎罪……"

"赎罪,没错。我们总是远远低估了它,不知道它是让心灵变平静的好办法。"她手上加了一点力道,我试着放松,想要享受这痛感。我吸入她的香味。这味道很美妙,但是我有办法抹去人类排泄物的那种臭味吗?有什么声音可以淹没格雷韦肺部爆裂的声音?事后,我拿着奥韦的冰冷手指去握那两把枪的握把与扳机——一把是乌兹冲锋枪,另一把是我用来枪杀洛蒂的罗哈博夫小型手枪——我觉得他似乎用一种呆滞而委屈的眼神看着我。往后我能吃到任何可以让奥韦的尸肉味变淡的东西吗?我上床去,屈身以犬齿用力咬住他的脖子。我不断使劲,直到他的皮肤被咬穿,我嘴里满是尸体的味道。他身上几乎已经没有血了,等到我忍住呕吐,把唾液擦掉时,我仔细端详着结果。对希望在他身上找到狗咬痕迹的警探来讲,这也许就可以过关了吧。然后我从床头后面的窗户爬出去,借此确保我不会被摄像头拍到。我快步走进森林里,发现一条条小径与大路。碰到路人我就用友善的态度与他们打招呼。我越爬越高,空气也越来越冷,因而在前往格拉森托本的路上能始终保持冷静。我在那里坐下来冥想秋天的各种颜色，而我下方的整片森林、整座城市、整个峡湾，还有这天光，都已经开始因为冬天的来临而失却秋色了。天光总是预言着黑暗的来临。

我可以感觉到我的大腿悸动着。

她在我耳边低语："来吧。"

我拿出我的技巧全力以赴，就像是一个正在工作的男人，一个享受工作，却又把工作当作职责所在的男人。工作持续到警报来临。警报来时，她把双手护在我的耳边，满是保护关爱之情，我再也控制不住，把热腾腾而充满生命的种子播撒在她体内，尽管那里面已经有生命存在了。事后她沉沉睡去，我躺在一旁听着她的呼吸声，为自己的优秀表现感到满意。我知道一切再也不会与过去相同，但仍有其相似之处。一个新生命会降临。他可以好好照顾她。他可以爱别人。而且就好像光是有爱还不够感人似的，我甚至看出了爱的真义：就是"因为"二字。我仿佛听到一个回声，一个当年在伦敦大雾中看足球赛时她给我的理由——"因为他们需要我"。

尾声

初雪降临又消失。

我看到网上有消息说，巴黎的一场拍卖会卖出了《狩猎卡吕冬野猪》的购买选择权与展示权。买家是洛杉矶的盖蒂博物馆，此时它们已经可以开始展示该画作了，除非在两年的选择权期间，突然有人出面宣示其所有权，不然接下来美术馆便可以行使选择权，永远拥有画作。关于其来源及相关的讨论只有几句简短的描述：因为没有证据可以证明鲁本斯曾经画过卡吕冬野猪，所以有人说它是仿品，也有人说它是另一个画家的原作。但是专家们如今已经达成共识，鲁本斯的确是其作者。文章没有提到这幅画是怎么被发现的，也没有提及卖家是挪威政府，或是出售金额。

狄安娜早已认识到，既然她都已经快当妈了，就不太可能继续独立经营画廊，因此在跟我商量后决定找一个人来当合作伙伴，专门负责一些比较事务性的工作，例如财务管理等，如此一来她便可以更为专注在艺术作品与艺术家上面。此外，我们已经打算卖掉房子了。我们达成共识，准备在靠近乡间的地方找个小一点但是有露台的房子，那将会是比较适合孩子成长的地方。已经有人跟我提出要以高价购买房子了，那个人一在报纸上看到广告就打电话给我，要求当晚看房。我一开门就认出他来，克莱利亚尼牌西装，还有极客范的眼镜。

跟着我看过一个个房间之后，他评论道："这也许不是老班恩的最佳作品，但是我决定买了。开个价吧？"

我提出了广告上的报价。

他说:"我再加一百万,期限是后天。"

我说,我们会考虑他的出价,然后就送他出门了。他把他的名片递给我,没有职称,只印了姓名与电话。那家猎头公司的名字用极小的字母印成,不管是基于什么实用的意图与目的,都难以阅读。

他在门前的台阶上说:"说吧,你曾经是我们这一行里最厉害的不是吗?"我还来不及回话,他就继续说,"我们正打算扩大业务,也许会打电话给你。"

我们。极小的字母。

我任由交易期限就这样过去,没有跟房产中介或者狄安娜提起这件事。我也没有接到任何来自"我们"的信息。

因为我原则上不在天亮前开始工作,所以跟其他大部分的日子一样,这一天我还是最后一个把车停在阿尔发公司停车场的人。"最厉害的人应该最后一个来上班。"这是一个我自己制定并切实执行的特权,只有公司里最厉害的猎头才能拥有这种特权。尽管按照白纸黑字的规定,公司的停车位跟其他任何公司的停车位一样,采取"先来先停"的使用规则,但是我的地位意味着没有人可以跟我抢。

不过,这一天却已经有车停在那个车位上了。那是一辆眼生的帕萨特轿车,车主可能是我们的客户,因为觉得车位后面的链子上挂着阿尔发公司的牌子,所以认为可以这样停。但是这笨蛋好像不识字似的,居然没有看到入口处就有一块大招牌,引导车辆前往"访客停车位"停车。

不过,我还是感到有一点不安。有可能是阿尔发公司的某人觉得我已经不是……我没有继续往下想。

当我懊恼地四处绕、寻找其他停车位时,一个男人从办公大楼里走出来,看来大概是要前往帕萨特轿车的方向。他走路的样子看起来就像是个帕萨特车主。确定后我松了一口气,因为他绝对不是要跟我抢停车位的对手,而是一个客户。

我把车停在帕萨特前面以示抗议，满怀希望等待着。也许，这毕竟是一天的一个好的开始，也许我可以对某个白痴开骂。我没料错，那个人拍拍我这边的车窗，我看见他上衣的下襟。

我等了两秒，然后按下车窗升降按钮，车窗玻璃慢慢滑下——但还是比我心中的理想速度稍快。

"听着——"他刚一开口，就被我故意拖长的话语给打断了。

"嗯，有什么可以为你效劳的吗？"我不屑地看他一眼，已经准备好要对他说教，要他把指示牌看清楚。

"你介意把车移开一下吗？你挡住了我车子的出路。"

"我想你等一下就会知道，是你挡住了我要进去的路，我的天——"

我的脑袋终于听见了这熟悉的大气噪声。我看向车窗外面的上方，心跳几乎停止。

我说："当然了，等一等。"我急躁地乱按，想要关上车窗，但是我的身体几乎完全不听控制。

布雷德·斯佩尔说："等一下，我们见过吗？"

我试着用平静、轻松的低沉声音对他说："我想没有。"

"你确定吗？我很肯定我们见过面。"

不是吧，他居然认出了我这个在病理部自称是蒙森兄弟远房表亲的家伙！当时我是个光头，穿得跟乡巴佬一样。现在的我留着一头浓密的头发，身穿杰尼亚西装，还有刚刚烫好的博雷里衬衫。但是我知道我不该急于全盘否认，这样一来反而会让斯佩尔启动防御模式，他的脑袋会想个不停，直到记起我是谁。我深深吸了一口气，觉得好累，原本我今天不该这么累的。今天应该是我的交货日，我要证明我还是像传说中的一样厉害。

我说："谁知道呢？说实在的，我也觉得你有点眼熟……"

一开始他似乎被我的反击搞得有点迷糊。然后，斯佩尔脸上露出那种让他在电视圈如此吃得开的迷人微笑。

"也许你是在电视上见过我，常有人这样跟我说……"

我说："对哦，也许你也是在电视上看到我的。"

他好奇地说："哦？是在哪个节目上啊？"

"一定是在你那个节目，既然你认为我们见过面。因为电视屏幕并不是一扇我们两个可以看到彼此的窗户，对吧？在镜头另一端，你待的地方比较像是……也许就像一面镜子吧？"

斯佩尔看来有点困惑。

我说："我开玩笑的啦。我会移车。祝你今天顺利。"

我把车窗关起来，往后把车移开。有人谣传，斯佩尔搞上了奥德·迪布瓦的新老婆，还有人说他搞的是迪布瓦的前妻——甚至有谣言说，他搞上的其实是迪布瓦。

当斯佩尔把车开出停车场时，他在转向前停了下来，所以有两秒钟的时间我们两个都是坐在车里的，隔着彼此的挡风玻璃相对。我看着他的眼睛。他看我的眼神好像刚刚被骗了，直到此刻才反应过来。我对他友善地点点头，然后他踩油门离开了。接着我看着后视镜，低声说了一句："嗯，你好，罗格。"

我走进阿尔发公司，用震耳欲聋的音量说了声："早安，欧达！"费迪南匆匆朝我走过来。

我说："他们来了吗？"

费迪南说："嗯，他们准备好了。"他跟在后面，和我沿着走廊向前走，"还有，刚刚有个警察过来，高个子，金头发，嗯……挺帅的。"

"他要干什么？"

"他想知道克拉斯·格雷韦来我们这里面试时说了哪些关于自己的事。"

我说:"他都死了一段时间了,他们还在调查那个案件吗?"

"不是那个谋杀案,是关于鲁本斯的那幅画,他们查不出来他是从谁那里偷来的。没人出来指认,现在他们正试着追查他和谁有过联系。"

"你没看今天的报纸吗?现在他们又开始怀疑那是不是鲁本斯的原作了。也许他不是偷来的,或许是继承的。"

"真奇怪。"

"你跟那个警察说了些什么?"

"当然啦,我把我们的面试报告交给他了。他似乎不怎么感兴趣,他说,如果有进一步的消息会跟我们联系。"

"而且我怎么觉得你希望他真的跟我们联系?"

费迪南发出尖锐的笑声。

我说:"总之,这件事就交给你了,费迪。我相信你。"

我可以看出他先是感到一阵兴奋,然后又心底一沉,我给他的责任让他成长,昵称却又令他矮了一截。万物都关乎平衡。

然后我们就来到了走廊尽头。我在门口停下来,检查了一下自己的领带。他们正坐在里面,准备好要进行最后一次面试。他们只不过是橡皮章,因为人选早已拟定,任命案也通过了,只有我的客户还不知道,以为自己仍有些许发言权。

我说:"两分钟后把候选人带过来,要准时。就是一百二十秒之后。"

费迪南点点头,看看手表。

他说:"还有一件小事。她的名字是伊达。"

我开门走进去。

他们站起来时,椅子发出了摩擦声。

我说:"各位先生,我为迟到向你们道歉,"我握了三只朝我伸出来的手,"不过,那是因为有人占了我的停车位。"

探路者的董事长说："真烦人啊。"他转身看了看用力点头以示同意的公关经理。代表员工的工会代表也来了，他是个身穿 V 领毛衫的家伙，里面的白色衬衫是便宜货，从衣着上看他无疑是最可悲的那种工程师职位。

我说："候选人十二点要去开董事会，所以我们或许应该速战速决？"我从桌子的尾端拉了把椅子来坐，待会儿要坐在另一头的预留座位上的，是一个半小时后他们会乐于同意让他成为探路者新任执行总裁的人。我已经帮忙准备好了对他最有利的舞台：他坐跟我们相同款式的椅子，但是椅腿稍长，我还把帮他买的皮革公文包摆了出来，上面有姓名的缩写，此外还有一支万宝龙金笔。

董事长说："的确应该。还有，你也知道，坦白说在面试过克拉斯·格雷韦后，我们一度很喜欢他。"

公关经理说："是啊，当时我们以为你找到了最完美的人选。"

董事长说："我知道他是个外国人，"他的脖子像蛇一样缩起来，"但是他能把挪威话说得像母语一样。还有，当你送他出去时，我们还说，荷兰人终究还是比我们懂出口市场。"

公关经理补充道："而且，我们也许可以从他的国际管理风格中学到东西。"

"所以当你回来跟我们说，你不确定他是最佳人选时，我们很惊讶，罗格。"

"真的吗？"

"没错，当时我们只是单纯地以为你的判断力不足。之前我们没跟你说，但是我们考虑过撤回对你的委托，直接跟格雷韦联系。"

我挤出一抹微笑，问："所以你们那么做了吗？"

公关经理说："我们感到纳闷的是，"他与董事长对望了一下，露出微笑，"你是怎么察觉出他有点不对劲的？"

董事长大声地清清喉咙，问道："为什么你光靠本能就能知道我们完全不懂的东西？怎么会有像你那么会判断人的人？"

我缓缓点头，把身前桌上的那几张纸往前推了五厘米，然后往后陷进高背办公椅里面。椅子摇了摇——没有晃得太厉害，只有一点点。我往窗外看，看着天光，看着即将到来的黑暗。已经一百秒了。此时房间里好安静。

我说："这是我的工作。"

透过眼角余光，我看见他们三个互相对望，并且点点头。接着我又说："此外，当时我早已开始考虑另一个更棒的人选。"

他们三人转身看我。我已经准备好了。在我的想象里，演奏会开始的前几秒钟，乐团指挥的感觉就像我现在一样吧！我感觉到交响乐团里的每一双眼睛都离不开那根指挥棒，并且听着身后的观众们带着期待的心情——就位。

我说："这就是我今天约你们来的原因。你们等一下要认识的人，不管是在挪威，还是在国际管理圈里，都是一颗闪耀的新星。上一轮面试时我想我不太可能把他从现在的工作挖过来。毕竟，他可以说是那家公司的圣父，圣子，还有圣灵。"

我依次凝视着眼前的三张脸。

"但是现在，虽然我不能给太多承诺，但至少可以说他也许是因为我而动摇了。如果我们真的能把他挖过来……"我转动双眼，好像要勾勒一幅远景，一个理想境地，不过……如我预期，那位董事长与公关经理不可避免地把身体往我这边靠过来。即使是本来双手一直环抱在胸前的那位工会代表，也把手放在桌上，身体往前倾。

公关经理低声说："谁？是谁？"

一百二十秒了。

门打开来，他就站在那里——那男人现年三十九岁，身上穿的西装来自布格斯塔大街上的神风奢侈品服饰店,是阿尔发公司用八五折帮他买下的。在带他进来前,费迪南在他手上撒了一些肉色的滑石粉,因为我们知道他的手掌很容易出汗。但是,这位候选人知道自己该做什么,因为我已经对他面授机宜了,就连细节部分也推演过。他把太阳穴旁的头发染成几乎察觉不出来的灰色,他曾经拥有过爱德华·蒙克那幅名为《胸针》的版画。

我说:"在此向各位介绍耶雷米亚斯·兰德尔。"

我是个猎头。干这一行没有多困难,但我可是最厉害的。